50 대 50

Fifty Fifty

First published in Great Britain in 2011 by Piccadilly Press Ltd., an imprint of The Templar Company Ltd.
Deepdene Lodge, Deepdene Avenue, Dorking, Surrey RH5 4AT, England

50 대 50

S. L. 파월 지음 | 홍지연 옮김

라임

차례

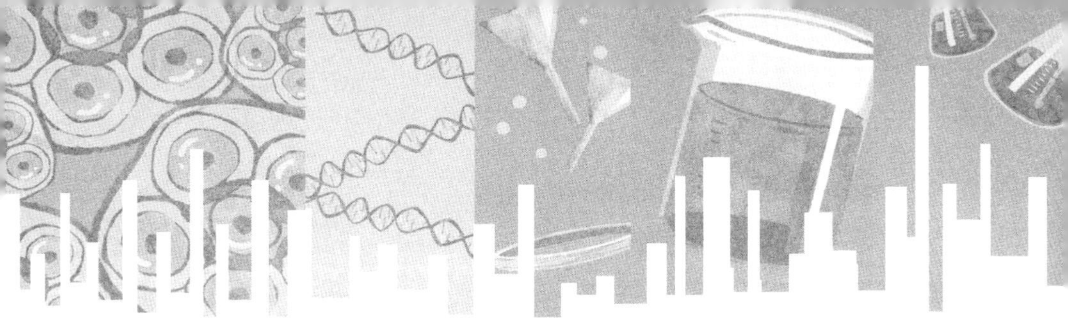

지독한 입씨름

길은 집게손가락으로 수프를 슬쩍 건드려 보았다. 평소보다 훨씬 더 뜨거웠다. 어제 세운 기록을 깨기는 그른 듯했지만, 일단 시도는 해 봐야 했다. 부엌에 걸린 시계의 초침이 12로 가기를 기다린 뒤 속으로 천천히 열을 세기 시작했다.

'10, 9, 8…….'

"점심 값은 있니?"

엄마가 물었다.

"네."

길은 숟가락을 들고 수프가 담긴 그릇 쪽으로 몸을 숙였다. 젠장, 수프에 집중하느라 대답을 잘못했다. 좀 있다가 잘 얘기해 봐야지.

'3, 2, 1. 시작!'

길은 수프를 허겁지겁 입안에 퍼 넣기 시작했다. 하도 뜨거워서 입술이랑 입천장이 몽땅 데이고 말았다.

'더 빨리!'

길은 뜨거운 수프를 식히려고 입안에서 이리저리 굴리며 속으로 중얼거렸다. 수프를 빨리 먹을수록 아침 식사 시간에 여유가 더 많이 생긴다. 그런데 그 시간에 뭘 하지? 사실은 그게 문제였다. 식사 시간에 여유가 생겨 봤자, 엄마 아빠하고 쓸데없는 일로 입씨름만 할 게 뻔했다.

"천천히 먹어. 뭐가 그렇게 급하니? 입천장 다 데겠다."

엄마는 딱히 시선을 주지도 않은 채 말했다. 길은 마지막 한 숟갈을 삼키고서 시간을 확인했다. 2분 24초. 실망스러웠다. 최고 기록 근처에는 가지도 못했을뿐더러 평균까지 깎아 먹을 정도로 형편없었다.

그때 아빠가 부엌으로 들어와 냉장고 옆에 둔 휴대폰을 집어 들었다.

"길, 학교 갔다 와서 오늘은 방 정리 좀 해라. 방이 쓰레기장 같잖아."

"제 방에 들어가셨어요?"

"문이 열려 있더구나."

"그래도 제 방에 허락도 없이 들어가시면 안 되죠."

"그래, 무슨 뜻인지 알겠어. 하지만 네 방을 정리해야 한다는 사실은 변하지 않는 거 알지?"

길은 아빠를 똑바로 쳐다보았다. 아빠는 평소에 즐겨 입는 검정색 바지에 파란색 점퍼 차림이었다. 지금 막 출근을 하려는지, 한 손에 노트북 가방을 들고 있었다. 아빠 얼굴에서는 아무도 꺾을 수 없는 올곧은 성품이 고스란히 배어났다. 순간, 길은 욱하는 감정이 치밀어 올랐다.

"그런데 어쩌죠? 학교 끝나고 나서 할 일이 따로 있는데."

"네가 학교 끝나고 나서 곧장 할 일은 집으로 와서 네 방을 정리하는 거야."

"시내에 갈 거예요."

"누구랑? 루이스랑?"

엄마가 다급하게 끼어들었다.

"혼자서요."

길은 짐짓 태연하게 대답했다. 그러고는 수프를 먹다가 데인 곳을 혀끝으로 쓸었다.

부엌에 잠시 침묵이 감돌았다. 엄마와 아빠는 말없이 눈을 마주쳤다. 길은 또다시 그 낯선 기분을 느꼈다. 아무리 겪어도 쉬이 익숙해지지 않는 기분이었다. 꿈속에서 열심히 뛰다가 문득 발이 허공을 딛고 있다는 사실을 깨달았을 때의 기분이랄까? 길은 머리가 어지러워지면서 숨이 막혔다. 벗어나고 싶지만 뜻대로 되지가 않았다. 그 느낌이 너무나 두려웠다.

"쓸데없는 소리 하지 마라."

한참 만에 아빠가 입을 떼자 엄마도 거들었다.

"그래, 너 혼자 시내에 가는 건 엄마 생각에도 안 했으면 좋겠구나. 차라리 학교 끝나고 엄마랑 만나서 같이 가는 게 어떻니?"

"엄마! 전 지금 중학교 2학년이라고요. 제발 학교 앞으로 데리러 오는 것 좀 하지 마세요!"

"당신은 내가 좀 전에 길에게 학교 끝나면 얼른 집으로 와서 방 정리하라고 말한 걸 깜빡한 것 같군. 시내 이야긴 그만하지.”

“아 참, 그랬지. 그러면 시내는 월요일에 가는 게 어떨까? 루이스랑 같이 말이야.”

엄마가 다정하게 말했다.

“루이스랑 같이 가고 싶지 않아요.”

“그새 둘이 싸우기라도 했니?”

“엄마, 제발요! 한 번쯤은 저도 혼자서 뭔가를 해 보고 싶어요.”

“너 혼자선 시내에 갈 수 없어.”

아빠는 이렇게 말하며 노트북 가방을 바닥에 내려놓고 팔짱을 꼈다. 입씨름이 길어질 징조였다.

“엄마가 학교 앞으로는 가지 않을게. 다른 데서 만나서 같이 가면 되잖니?”

엄마가 어르듯이 말했다.

길은 빈 그릇을 내려다보았다. 엄마와 눈이 마주치지 않도록 조심해야 하는 시점이었다. 눈이 마주치면 엄마한테 미안해지고, 그러면 스스로에게 화가 날 테니까.

“제 친구들은 다들 혼자서 시내에 간다는 거 아세요?”

“아직은 그럴 나이가 아니야.”

엄마가 말했다.

“어휴, 전 네 살배기가 아니에요. 아기가 아니라고요.”

“고작 열다섯 살이지.”

아빠가 끼어들었다.

"끝까지 어린애 취급이시네요? 그러니까 엄마 아빠는 절 못 믿으신다는 거죠?"

"하지도 않은 말을 갖다 붙이면서 생떼 쓰지 마라."

"대체 전 언제쯤이면 다 크는 건가요?"

"지금 그 얘기를 하는 게 아니잖아."

아빠 목소리가 조금 커졌다.

"도대체 제가 몇 살이나 되어야 하는 거냐고요? 열여섯 살? 열아홉 살? 설마, 마흔아홉 살이요?"

"지금 그 얘기를 하는 게 아니라고 분명히 말했다."

"두 분은 도대체 저한테 무슨 일이 생길 거라고 걱정하시는 거예요?"

멍청한 질문이었다. 길은 엄마가 무얼 걱정하는지 정확하게 알고 있었다. 교통사고나 유괴, 혹은 나쁜 녀석들한테 걸려서 맞거나 돈을 뺏기는 것……. 아마도 엄마 머릿속에서 이러한 사고들이 마치 영화의 예고편처럼 빠르게 뒤섞이고 있을 터였다.

길은 의자를 앞뒤로 흔들기 시작했다. 벽에 쿵 하고 부딪히기 전에 멈춰야 한다는 걸 알면서도 자기도 모르게 리듬까지 타고 있었었다.

"엄마, 제가 조심하면 되잖아요."

"그만."

아빠가 길의 말을 막았다.

"길, 나중에 생각해 볼게. 정말이야. 약속해."

엄마가 자리에서 일어서며 덧붙였다.

"네, 네, 알았어요. 제가 그 말씀을 퍽이나 믿겠네요."

길의 대답에 엄마가 어깨를 움찔했다. 약속한다고 대답한 것을 후회하는 듯했다. 엄마에게 상처를 주는 건 갈수록 더 쉬워졌다.

"차라리 휴대폰을 사 주세요. 오 분마다 문자 보낼게요."

"휴대폰은 안 돼."

아빠가 단호하게 말했다.

"요즘은 초등학생들도 다 갖고 다녀요. 우리 학교에서 제일 찌질한 애도 휴대폰은 갖고 있다고요."

"우리가 너한테 휴대폰을 왜 안 사 주는지 잘 알잖니? 건강에 무해하다는 과학적 연구 결과가 아직까지 나온 게 없어. 정부에서도 어린이와 청소년의 휴대폰 사용을 줄이거나 막아야 한다고 권고하고 있고. 그것 말고도 휴대폰을 갖고 있으면 강도를 당하거나 다른 아이들에게 괴롭힘을 당할 확률이 높아지잖니?"

아빠가 구구하게 설명을 늘어놓았다.

"아, 예! 과학적 연구에다 정부의 권고요. 제가 깜빡했네요."

길은 한껏 빈정대며 대꾸했다.

"길, 과학은 우리가 세상을 이해하는 데 가장 훌륭한 도구야."

아빠가 진지한 목소리로 말했다.

"저는 그 바보 같은 과학이 싫어요."

"넌 바로 코앞만 보는구나. 과학이 없으면 휴대폰도 없어."

"뇌가 엉덩이에 있다고 과학적으로 증명하면요? 아빤 그것도 믿으시겠네요."

"증거만 확실하다면야."

아빠는 언제나 자신만 옳았다. 증거와 논리와 사실들을 내세우면서. 이것들을 뚫고 가거나 돌아가거나 피해 갈 방법은 없었다. 그것이 매번 길을 돌아 버리게 했다.

길이 노려보자 아빠는 슬쩍 미소를 띠었다. 길은 의자를 앞뒤로 세게 흔들면서 부엌 바닥을 쿵쿵 찧어 댔다.

"휴대폰이 뇌종양을 일으킬 수도 있다면서요? 그런데 엄마랑 아빠는 왜 휴대폰을 쓰시는 건데요?"

"우린 주의해서 쓰고 있어."

"저도 그럴 수 있다는 생각은 안 하시나요?"

"길, 네가 더 크면 부모가 되는 게 얼마나 큰 책임을 지는 일인지 이해할 거다. 우린 널 보살필 의무가 있어. 이 모든 게 너를 위해서라는 걸 아직은 네가 비록 모른다 해도 말이다."

"아빤 언제나 순 쓰레기 같은 말씀만 늘어놓으시네요. 전 아빠가 싫어요."

길은 의자에서 벌떡 일어났다.

"길, 진정해. 부탁이야."

엄마가 사정하듯이 말했다.

"그런 부탁은 아빠한테나 하세요. 문제는 제가 아니라 아빠니까요."

"그만하고 차에 타라, 당장."

아빠가 한 발짝 앞으로 내딛자 길은 무의식적으로 뒤로 물러섰다. 이대로 가다간 아빠가 자신을 벽에 메다꽂을지도 모른다는 생각이 들어서였다. 이제까지는 한 번도 그런 적이 없었지만.

"이 닦아야 해요."

"그냥 가. 지금 아빠랑 같이 나가자."

아빠가 길의 팔을 잡으려 손을 내밀었다. 길은 아빠를 피해 식탁 뒤로 갔다.

"아빤 차를 타고 다니시면 안 돼요. 지구의 환경을 파괴하는 일이잖아요."

아빠가 피식 웃었다.

"그래, 지구 온난화는 모두 내 잘못이다."

길은 곧 아빠를 피해 식탁을 끼고 도는 게 잘못된 선택이라는 걸 깨달았다. 구석으로 몰리자 더 이상 달아날 데가 없었다.

"잘해 보려고 용을 쓰다가 완전히 망쳐 버린 건 아빠 세대라고요. 아이들에게 책임 전가하지 마세요."

"길, 더 이상은 안 봐줄 거야. 이제 그만하고 나가자."

"더 가까이 오시면 이걸 던질 거예요."

길은 식탁에 있는 그릇을 집어 들고는 위협하듯이 휙휙 흔들었다.

"아, 제발 좀!"

엄마가 갑자기 소리를 질렀다.

"두 사람 다 그만해. 그만 좀 하라고!"

아빠는 깜짝 놀라서 그대로 굳어 버렸다. 길 역시 말을 잃고 우두커니 서 있었다. 이제껏 엄마는 단 한 번도 흥분한 적이 없었다. 짜증 섞인 목소리로 화를 낸 적도 없었고, 누구에게 소리를 지른 적도 없었다.

"여보, 미안해. 일이 너무……."

아빠가 더듬거리며 말했다. 길은 그 틈을 노려 그릇을 아빠 쪽으로 던졌다. 그 순간 엄마가 비명을 질렀다. 아빠는 원반을 잡듯이 그릇을 한 손으로 멋지게 잡아챘다. 그사이에 길은 부엌에서 잽싸게 뛰쳐나갔다.

길은 계단을 한 번에 두 개씩 올라가 자기 방으로 들어간 뒤, 방문을 쾅 닫고 그 앞에 장애물을 쌓기 시작했다. 책상을 끌어다 놓은 다음, 그 위에 의자를 올려 두었다. 무거워 보이는 물건은 죄다 가져가 책상 위에 차곡차곡 쌓았다.

잠시 후, 길은 침대에 벌러덩 드러누웠다. 다음번에는 찻주전자를 던져야겠어. 차가 가득 들어 있는 걸로. 길은 뜨거운 찻주전자에 손도 대지 못할 것을 뻔히 알면서도 그렇게 중얼거렸다.

이윽고 아빠가 계단을 터덜터덜 올라오는 소리가 들리더니, 방문 앞에서 그 소리가 뚝 멈추었다. 곧이어 문고리를 덜그럭거리는 소리가 들렸다.

"길, 그만하고 나오렴."

"싫어요. 아빤 저한테 아무것도 억지로 시키실 수 없어요."

"아, 그래?"

쿵 하는 소리가 나더니 문이 조금 움직이는 게 보였다. 아빠가 온몸으로 문을 밀고 있었다. 그 바람에 책상이 1센티미터쯤 뒤로 밀렸다.

"지금 문을 부수시려는 거예요?"

길이 소리쳤다.

잠시 침묵이 감돌았다. 길은 아빠가 이대로 문을 밀고 들어오면 어떻게 해야 할지를 생각하면서 창문을 바라보았다. 불현듯 아빠와 함께했던 화재 대피 훈련이 떠올랐다. 창문을 열고 창문턱에 올라선 뒤 벽 바깥쪽에 붙은 기둥을 타고 천천히 내려간 다음에 몸을 쭉 뻗어 뒷마당으로 뛰어내렸던……. 어렸을 땐 그 훈련이 엄청 신나는 모험 같았지만, 지금은 아빠가 정한 무의미한 규칙 중 하나로 여겨졌다. 그래도 아빠가 방으로 쳐들어온다면 유용한 탈출 방법이 될 수 있을 것 같았다.

"길, 넌 아직 어른이 아니야. 다 널 위해서 그러는 거야. 엄마 아빠를 믿어야 해."

"됐어요! 아빠가 말씀하시는 건 아무것도 안 믿어요."

"길, 난 지금 출근해야 해."

"누가 뭐래요? 아빠의 소중하고 훌륭한 직장으로 어서 출근하세요!"

"선생님한테도 이런 식으로 말하니? 네가 요즘 무슨 생각을 하고 사는지 도무지 알 수가 없구나."

'무슨 생각을 하고 사냐고요? 빌어먹을 아빠 생각이요.'

길은 이 말을 입 밖으로 내지는 않았다.

"엄마를 생각해서라도 제발 진정을 좀 하렴."

길도 엄마가 몹시 속상해할 거라는 것쯤은 알고 있었다. 하지만 그 생각은 안 하기로 마음먹었다.

"길, 아빠는 먼저 간다. 학교에 잘 가고 좋은 하루 보내렴."

"네, 네, 그러시든지 말든지요."

길이 여전히 비꼬는 투로 대꾸했다.

곧이어 아빠가 계단을 내려가는 소리가 들렸다. 길은 갑자기 맥이

탁 풀렸다. 흥, 좋은 하루 보내라고? 하루하루가 날마다 똑같은데 어떻게 그런 말을 하지? 매일 아침 침대에서 일어나는 순간부터 잠자리에 들 때까지 판에 박힌 듯 똑같은 나날이었다. 똑같은 옷에, 똑같은 끼니에, 똑같은 입씨름…….

아무것도 바뀌지도, 나아지지도, 해결되지도 않았다. 물론 아주 사소한 것들이 달라지긴 했다. 아침 식사로 수프 대신 시리얼을 먹는다든지, 낡은 운동화를 버리고 새 운동화를 신는다든지 하는 식으로. 하지만 진짜로 달라지는 것은 하나도 없었다. 게다가 어디를 둘러봐도 아빠가 있었다. 앞길을 떡하니 가로막은 채 목을 바싹 조이면서.

끝도 없이 계속 도는 쳇바퀴에 갇힌 삶이었다. 어떻게든 여기서 탈출할 방법을 찾아야 한다는 생각이 들었다. 완전히 미쳐 버리기 전에.

환상의 짝꿍

이십 분쯤 지난 후, 길은 문을 막은 책상을 끌어내고 계단을 내려갔다. 반쯤 내려가다가 다시 방으로 돌아가서 용돈을 지갑에 넣었다.

엄마는 식탁 앞에 앉아 있었다. 찻잔에는 차가 반 정도 남아 있었다. 울고 있었던 것 같았다.

"아까 소리 지른 거 미안해. 그릇이 박살 나지 않은 게 천만다행이야."

"저도 죄송해요."

길은 더 이상 뭐라고 해야 할지 몰라서 입을 꾹 다물었다. 엄마는 어느 정도 진정된 것 같았다. 어쩌면 길이 생각하는 것만큼 엄마가 심하게 소리를 지른 건 아니었는지도 모른다. 이 모든 건 다 아빠 때문이었다.

"학교에 지각하겠구나."

"네, 알아요. 점심 사 먹게 3파운드만 주세요."

길은 등 뒤에 감춘 지갑을 만지작거렸다.

"아까는 돈이 있다고 했잖니? 엄마가 어제 10파운드를 주었던 것 같은데……."

"루이스한테 갚아야 할 돈이 있어요. 지난주에 빌렸거든요."

그럴듯한 거짓말도 아니건만 엄마는 순순히 일어나 지갑을 열었다. 길은 괜스레 죄책감이 느껴졌다.

"아껴서 쓸게요. 저, 이제 학교 가요."

길은 지갑을 가방에 넣으면서 말했다.

"날이 쌀쌀한데 점퍼라도 입지 그러니?"

"괜찮아요. 다녀올게요."

"그래, 잘 갔다 와."

길은 거리로 나섰다. 엄마는 길이 안 보일 때까지 창문 너머로 지켜보고 있을 터였다. 길은 뒤돌아서서 엄마에게 손을 흔들고 싶은 충동을 가까스로 억눌렀다. 대신에 자신의 발을 내려다보았다. 발이 인도를 따라 움직이며 학교로 향하고 있었다.

왠지 오늘은 매일 똑같이 반복되는 날 같지가 않다는 생각이 들었다. 왜 그런지 생각해 보다가 학교에 아주 많이 늦어서라는 걸 깨달았다. 이렇게까지 학교에 늦어 본 적이 없었다. 기분이 참 이상했다.

학교로 가는 내내 거리가 텅 비어 있었다. 운동장에 이르렀을 때는 한 번도 들어 보지 못했던 웅성거림이 들렸다. 천 명쯤 되는 전교생이 웅성거리는 소리가 교실 너머로 아스라이 들려왔다. 길은 초조한 마음으로 수위실 쪽으로 걸어갔다. 어색하게 굴지 말라고 속으로 연방 중얼거리면서.

그런데 수위실 문손잡이를 잡는 순간 후회가 밀려들었다. 오늘 같은 날엔 차라리 땡땡이를 치는 게 나았을 텐데. 그것이야말로 아빠를 제대로 한 방 먹이는 일이 될 터였다. 하지만 지금까지 결석이라곤 한 번도 한 적이 없으니, 그런 기막힌 생각이 제때 떠오를 리가 없었다. 이제는 너무 늦어 버렸다. 유리문 안에서 경비원이 미간을 찌푸리며 길을 쳐다보고 있었다.

"이름이 뭐니?"

경비원이 물었다.

"2학년 2반, 길버트 워커예요."

"왜 늦었니?"

길은 시무룩한 표정을 지었다.

"아빠랑 말다툼을 하다가요. 늦어서 죄송해요."

경비원의 표정이 좀 누그러졌다.

"지각이 습관이 되지 않도록 조심하렴. 지금쯤 출석을 부르고 있을 거다. 얼른 가 봐."

경비원이 책상 아래에 있는 버튼을 누르자 교문이 삑 하는 소리와 함께 열렸다.

길이 가까스로 교실에 다다라 문을 열었을 땐, 마치 작은 폭탄이라도 터진 듯이 왁자지껄했다. 뜻밖에도 몬터규 선생님이 없었다. 교탁 앞에는 처음 보는 여자 선생님이 서 있었다. 기간제 교사인 모양이었다. 선생님은 어떻게든 아이들을 조용히 시켜 보려 애를 썼지만, 아무래도 실패를 한 것 같았다.

길이 교실로 살그머니 들어서자, 반 아이들이 손가락질을 하면서 미친 듯이 웃어 댔다. 길은 무슨 일인가 싶어서 그 자리에 우뚝 멈춰 섰다. 아이들의 지나친 관심이 당황스럽기보다는 오히려 성가셨다. 대체 무슨 일이지?

"그 여자애가 저기 왔네요, 선생님."

벤이 교실 맨 뒷자리에서 소리쳤다. 길은 입술을 비죽였다. 또 벤이었다. 2학년 얼간이들을 모두 모아도 저 녀석 앞에만 있으면 다 정상으로 보일 만큼 머저리 같은 녀석이었다. 게다가 루이스가 벤 옆에 앉아 있는 게 아닌가. 정말로 환상의 짝꿍이구먼.

선생님이 어리둥절해하며 길을 쳐다보았다.

"네 이름이……."

"길 워커입니다."

"길?"

"네, 길이요. 길버트를 줄인 이름이에요."

"어머, 미안해. 네 이름이 '질'이라고 생각했어. 네가 여자애인 줄 알았단다."

다시 교실이 떠나가라 웃음소리가 터져 나왔다. 길은 눈을 또르르 굴리며 아이들이 웃음을 그칠 때까지 기다렸다. 루이스마저 자지러지듯이 웃고 있었다.

"애들아, 조용히 해! 조용히 하라고."

선생님이 이렇게 말하는 순간, 조회 시간이 끝났음을 알리는 종이 울렸다. 아이들은 일제히 일어나 낄낄거리며 문밖으로 우르르 빠져나갔다.

"야, 너 정말 끝내줬어."

벤이 루이스와 함께 길에게 다가오면서 큰 소리로 말했다.

"어이, 계집애! 너네 엄마가 물려주신 걸 한번 흔들어 보시지!"

벤은 길을 쿡 찌르더니 미친 듯이 킬킬거리기 시작했다. 루이스도 같이 웃고 있다가 길의 얼굴을 보고는 웃음을 뚝 멈추었다.

"야, 아까는 진짜 웃겼단 말이야."

루이스가 변명하듯이 말했다.

"진짜야. 너도 봤어야 했는데."

루이스가 새된 소리로 선생님의 목소리를 흉내 내었다.

"질 워커? 질 워커? 여러분, 질이 이 반 학생이 맞나요? 오늘 아침에 질을 본 사람? 자, 자, 조용, 조용히 해요! 만약 그 선생님이 다음에도 출석을 그렇게 부른다면, 선생님으로서의 자질을 의심해 봐야지."

"그래, 맞아!"

벤이 맞장구를 치며 깔깔댔다.

"야, 넌 왜 안 웃어?"

루이스가 물었다.

"그러게. 어째서 안 웃는 거야, 질?"

벤이 곧바로 루이스의 말을 따라 했다.

"안 웃기니까."

길은 시큰둥한 목소리로 대꾸했다. 여태껏 살면서 이렇게까지 웃고 싶지 않았던 적은 처음이었다. 루이스가 그 선생님 흉내를 제법 그럴듯하게 낸 데다, 그 선생님도 얼간이 짓을 해서 충분히 웃음을 자아낼 만했다. 만약 그 일이 자신과 관련이 없었다면 다른 아이들처럼 아무 생각 없이 자지러지게 웃어 댔을지도 몰랐다.

"아냐, 엄청 웃겨."

루이스가 말했다.

"그래, 웃기다고! 질."

벤이 놀려 대며 또다시 루이스를 따라 했다.

"흥, 그래. 아주 웃겨 죽겠다."

"너, 왜 그래? 무슨 일이야?"

루이스가 정색을 하며 눈썹을 씰룩거렸다.

"맙소사! 그새 유머 감각을 잃어버린 게 틀림없어, 그렇지?"

"네가 나를 비웃는 데 질렸을 뿐이야. 넌 늘 그런 식이잖아."

길은 그 말이 딱히 적절하지는 않다는 걸 알면서도 짐짓 우기듯이 말했다. 루이스는 입을 쩍 벌리더니 화를 벌컥 냈다.

"아니야! 내가 언제? 난 널 한 번도 비웃은 적 없어!"

"어이쿠! 너네 둘, 지금 싸우는 거야?"

벤이 두 눈을 빛내며 물었다.

"꺼져."

길이 차갑게 말했다.

"친구에게 그런 식으로 말하면 안 되지, 질."

"넌 내 친구가 아니야."

벤은 길의 대꾸에 그저 씩 웃고 말았다. 길은 헤벌어진 벤의 입에 주먹을 쑤셔 넣고 싶은 걸 꾹 참았다.

"루이스, 우린 친구야. 그렇지?"

벤이 큰 소리로 말하며 루이스의 목에 팔을 둘러 꽉 조였다.

"물론이야! 왜 아니겠냐?"

루이스가 캑캑거리며 대답했다. 벤이 자기 목을 조르는 것쯤은 아무렇지 않다는 듯이 실실 웃으면서.

길은 짜증이 훅 치밀어 올랐다. 더 이상 그 애들과 말을 섞기도 싫어서 대뜸 뒤돌아서 복도로 걸어 나갔다. 뒤에서 루이스가 부르는 소리가 들렸다.

"길! 야! 기다려!"

길은 못 들은 척 성큼성큼 걸어 나갔다. 계단을 반쯤 올라갔을 때에야 루이스가 허겁지겁 달려와 따라잡았다.

"야, 왜 안 기다렸어?"

루이스가 헉헉거리며 물었다.

"너랑 네 새 절친 사이를 방해하고 싶지 않아서."

"벤 말이야? 걔가 얼마나 재미있는데."

"그러니까 앞으로도 걔랑 쭉 붙어 다닐 거라는 뜻이야?"

"어……, 그건 아니지만, 음……."

길은 곁눈질로 루이스를 흘깃 보았다. 분통 터질 정도로 쾌활해 보였다. 길은 갑자기 모든 게 성가시게 느껴졌다.

루이스와 친구로 지내면서 둘 사이에는 암묵적인 규칙이 있었다. 좋은 생각을 해내는 쪽은 길이었고, 군소리 없이 따르는 쪽은 루이스였다. 둘은 그렇게 일을 벌려 놓고 함께 깔깔대곤 했다.

한번은 길과 루이스가 북극 탐험가 놀이를 한 적이 있었다. 루이스네 차고에 있는 커다란 냉동고를 가지고 북극 놀이를 하다가 깜빡하고 냉동고 문을 닫지 않아 그 안에 든 음식이 모두 상해 버렸다. 루이스 엄마가 어지간해서는 아이들을 꾸짖지 않는 데다, 그나마 냉동고에 음식이 많이 들어 있지 않아서 큰 문제로 불거지지는 않았다. 하지만 생각할수록 진땀 나는 일이기는 했다. 가끔씩 둘은 그 일을 떠올리며 깔깔거리곤 했다.

"벤은 멍청이에다 얼간이야. 게다가 지진아잖아."

길이 비아냥거렸다.

"그건 그렇고, 오늘 왜 그렇게 늦었어?"

루이스가 진지하게 물었다. 길은 입을 꾹 다물었다.

"말하기 싫구나. 됐어. 말 안 해도 돼."

루이스가 샐쭉한 투로 말하자 길은 마음이 조금 누그러졌다.

"아빠랑 또 대판 싸웠어. 네가 크면 다 이해할 거다, 어쩌고저쩌고, 뭐 그런 얘기 말이야. 너도 뭔지 알잖아. 정말로 따분하지 않냐? 아빠는 휴대폰도 안 사 주시는 데다, 혼자서는 시내에도 나가지 못하게 하셔."

"네가 외아들이라서 그럴 거야."

"그래?"

"응, 넌 형제가 없잖아. 그래서 너네 부모님이 널 지나치게 보호하시는 거야. 너한테 형제가 있었다면 훨씬 더 편했을 텐데. 나만 봐도 알 수 있잖아. 난 부모님 간섭 없이 무슨 일이든 혼자서 할 수 있어. 주말에 형들이랑 19금 영화를 봤는데도 엄마 아빠는 아무 말씀도 안 하셔. 근데 정말로 끝내주더라. 좀 무섭긴 했지만 말이야."

"형제는 내가 어떻게 할 수 있는 일이 아니잖아. 형들을 만들어 낼 수도 없고 말이야."

"그렇지. 어휴, 난 외아들이 싫어. 숨을 곳이 하나도 없는 것 같잖아."

길이 느릿하게 말을 받았다.

"진짜 딱 그런 느낌이야."

숨을 곳이 하나도 없다. 루이스의 표현이 딱이었다.

수업이 모두 끝났다. 길은 이제부터 무얼 해야 할지 고민에 빠졌다. 곧장 집으로 가서 방을 정리할까? 아주 착한 아이처럼?

"길! 우리 집에 놀러 갈래?"

루이스가 교문을 나서며 길에게 물었다. 길은 그 말에 잠시 솔깃했다. 루이스네 집은 사람들이 바글바글해서 그런지 늘 시끌벅적했다. 게다가 텔레비전을 보거나 컴퓨터 게임을 하는 데 시간제한이 전혀 없었다.

게다가 엄마에게 전화해서 "아침에 아빠가 방을 정리하라고 하셔서 일찍 집에 가려고 했는데요. 루이스가 자꾸 자기 집에서 놀다 가라고 졸라서 잠깐 들렀어요. 조금만 놀다가 갈게요."라고 당당하게 말할 수도 있었다. 어쩌면 엄마는 아침에 소리 지른 게 미안해서 길의 방을 대신 정리해 놓을지도 몰랐다. 전에도 자주 그랬으니까.

"벤도 올 거야."

루이스가 들뜬 목소리로 덧붙였다. 모든 걸 망쳐 버린 줄도 모르고.

"벤이라고?"

길은 못마땅한 목소리로 되물었다. 온종일 자신을 질이라고 부르며 놀려 댄 그 얼간이가 온단 말이지? 길은 벤이 월요일에도 자기를 그런 식으로 자꾸 놀려 대면, 녀석이 평생토록 잊지 못할 만한 데를 세차게 걷어차 버릴 작정이었다.

"응! 벤이 어제 학교 끝나고 뭘 했는지 내가 말해 줬나?"

"아니."

길은 더 이상 듣고 싶지 않아서 자르듯이 말했다. 그러나 루이스는 웃음을 터뜨리며 눈치 없이 말을 이었다.

"벤이 초등학생의 체육복을 슬쩍해서 불을 붙이려고 했어! 라이터를 갖고 와서 말이야. 그러고는……."

루이스는 숨을 고르느라 말을 멈추었다. 길은 루이스를 뚫어지게 쳐다보았다. 루이스가 언제 이렇게 변한 거지? 이 년 전만 해도 루이스는 얼빠진 초등학생이었다. 그래서 길은 벤 같은 아이들에게서 루이스를 보호하느라 하루의 반 이상을 고군분투하며 지냈다.

"설마 너도 그런 짓을 같이한 건 아니겠지?"

"진짜로 웃겼어."

루이스는 길이 묻는 말에 대답도 하지 않고 연방 킬킬거렸다. 길은 그 모습을 가만히 보다가 마음을 굳히고 이렇게 말했다.

"넌 벤이랑 너희 집에서 놀아. 난 시내로 갈 거야."

"그냥 우리 집에 가서 놀자."

"싫어. 시내에 갈 거야."

"너희 엄마 아빠가 시내에 가는 건 안 된다고 하셨다며?"

루이스의 얼굴에 혼란스러운 빛이 떠오르자 길은 은근히 즐거워졌다.

"허락은 못 받았어. 그래도 갈 거야."

"하지만 길……."

루이스의 표정이 어찌나 심각해 보이던지, 길은 하마터면 웃음을 터뜨릴 뻔했다. 루이스는 키도 작고 빼빼 말랐지만 예전부터 혼자서 시내에 다녀오곤 했다. 휴대폰도 당연히 갖고 있었고.

정말로 불공평하지 않은가? 심지어 지금 루이스는 마치 자신이 길을 보호해야 하는 양 걱정스런 눈길로 바라보고 있었다.

"너희 부모님이 아시면 어떻게 할 거야? 너네 아빠가 무척 화내실 텐데."

"신경 안 써."

"그러지 말고 나랑 같이 우리 집에 가자."

"됐어. 네가 끼면 일이 더 엉망이 돼. 넌 골칫거리니까!"

"아니거든!"

"맞거든."

"그래, 좋아. 너 혼자 가."

"안 그래도 그럴 거야. 지진아 벤이랑 재미있게 놀아라."

"근데 너네 엄마가 전화해서 너 우리 집에 있냐고 물어보시면 뭐라고 해?"

"너 좋을 대로 말해. 난 상관없으니까."

"알았어. 그렇지만 만에 하나 일이 잘못되더라도, 내가 끝까지 최선을 다했다는 것만은 기억해."

"나한테 이래라저래라 하지 마. 너도 우리 엄마 아빠랑 똑같아."

길은 그길로 버스 정류장을 향해 걸어갔다. 하지만 루이스는 따라오지 않았다.

어설픈 일탈

길은 잠시 멈춰 서서 지갑에 있는 돈을 헤아려 보았다. 생각보다 남아 있는 돈이 적었다. 학교 매점에서 군것질을 너무 많이 한 모양이었다. 집으로 돌아갈 버스비를 따로 챙겨 두고 나면 10파운드도 채 안 되었다. 돈이 없으면 시내에서 신나게 놀 수가 없었다.

길은 상점을 둘러보면서 터덜터덜 걸었다. 거리는 상점에서 흘러나오는 음악이 한데 섞여 시끌벅적했다. 컴퓨터 게임 시디를 사고 싶었지만 돈이 모자라서 엄두도 낼 수 없었다. 당연히 엄마 아빠 몰래 휴대폰을 사려던 계획도 물거품이 되고 말았다. 그래도 맥도날드에 가서 햄버거를 사 먹을 돈은 있었다. 아빠는 맥도날드 근처에 얼씬도 못하게 했지만. 길은 맥도날드에 가서 뭘 먹을지 고르려고 십 분 정도 서 있다가, 햄버거나 감자튀김을 별로 좋아하지 않는다는 사실만 깨닫고 뒤돌아섰다.

원하는 것은 무엇이든지 할 수가 있는데, 정작 하고 싶은 것이 없다는 생각이 들자 맥이 탁 풀렸다. 큰일을 저지르게 될 줄 알았지만, 이제와 보니 제대로 된 반항을 해 보지도 못할 듯했다.

길은 어두워지기 전에 집으로 돌아가기 위해 버스 정류장으로 발길을 옮겼다. 정류장 근처에 덤불이 우거진 작은 공원이 있었다. 공원 안에는 커다란 나무 두 그루가 멋들어지게 가지를 늘어뜨리고 있었다. 드문드문 잔디도 보이고 벤치도 한두 개 보였다. 알코올 중독자나 노숙자들이 경찰의 눈을 피해 구석진 곳으로 기어들 만한 공원이었다.

문득 공원 안에 들어가 보면 재미있겠다는 생각이 들었다. 주위를 둘러보자, 순찰을 도는 경찰 두 명이 눈에 띄었다. 아빠는 길이 술 취한 사람이나 노숙자들이 우글거리는 공원 옆에 홀로 서 있다는 걸 알면 하늘이 무너져 내리는 것처럼 펄펄 뛸 터였다. 길은 상상만으로도 신이 났다.

바로 그때, 커다란 나무 위에 올라가 있는 남자가 보였다. 그 남자는 땅에서 3미터쯤 위에 있는 큰 가지에 드러누운 채 하늘을 바라보고 있었다. 도대체 뭘 하는 거지? 자세히 보니 남자의 몸 위에는 해먹이 걸려 있었고, 앙상한 나뭇가지에는 냄비와 양동이, 배낭, 옷 같은 살림살이가 주렁주렁 매달려 있었다. 마치 말리려고 널어놓기라도 한 듯이.

길은 그 기이한 풍경을 좀 더 자세히 보기 위해 공원 쪽으로 가까이 다가갔다. 나무 아래쪽에 플래카드가 여러 개 걸려 있었다. "나무는 세상의 허파다.", "녹지를 지키자.", "나무를 가만히 놔둬라." 같은 말이 적혀 있었다. 길은 자기도 모르게 공원을 둘러싼 낮은 담을 넘으려고 한쪽 다리를 쳐들었다.

"거기에 들어가면 안 된다."

순찰을 돌던 경찰이 다가오며 말했다.

"왜요?"

경찰은 나무 쪽을 손가락으로 가리켰다.

"저 나무는 조만간 베어 낼 예정이다. 그런데 저 청년이 나무에 올라가 불법 시위를 하고 있잖니? 우린 저 청년에게 동조하는 사람이 생기지 않도록 경계를 하고 있단다. 그러니 가까이 가지 마라."

"거참, 갠 아이잖아요. 웬만하면 가만히 내버려 둬요."

그때 나무 위의 남자가 끼어들었다. 남자는 몸을 돌려서 표범처럼 가지 위에 엎드린 채 늘어져 있었다. 나이는 스무 살쯤 되어 보였다. 아직 3월인데도 얼굴이 햇볕에 완전히 그을어 있었다. 남자가 길을 바라보며 씩 웃었다. 헝클어진 금발 머리가 남자의 얼굴 위로 몇 가닥 흘러내렸다. 남자는 한쪽 팔을 아래로 늘어뜨린 채 느긋하게 흔들어 댔다. 경찰이 손을 뻗으면 잡힐락 말락 하는 거리였다.

남자가 말을 이었다.

"걔가 나한테 말을 걸 수는 있잖아요. 설마 그것까지 막으려는 거예요?"

"꼬마야, 절대로 담을 넘어가선 안 된다."

경찰은 이렇게 말하고는 이내 자리를 떴다. 그와 동시에 집으로 가는 버스가 정류장에 멈춰 섰다. 길은 그 버스를 그냥 보내기로 마음먹었다.

"어, 그러니까…… 형은 거기에서 뭘 하고 있는 거예요?"

길이 나무 위의 남자에게 물었다.

"내가 여기에서 살고 있으면 이 나무를 베어 버릴 수가 없잖니?"

"거기에서 산다고요?"

"응, 오늘이 나흘째야."

"그 나무를 왜 베려는 건데요?"

"상점을 더 짓기 위해서라나. 돈에 눈이 멀어서 공원에 멀쩡히 서 있는 나무를 베어 낸다는 게 말이 되니? 많은 사람들에게 휴식을 제공하는 나무인데……."

길은 사람이 나무에서 생활하는 게 가능한 일인지 생각해 보았다. 그리고 나무 위에서 아빠에게 전화를 거는 자신의 모습을 상상했다.

'저예요, 아빠. 아뇨, 저녁 먹으러 집에 가지 않을 거예요. 나무 위에 있거든요. 당분간 여기에서 지낼게요. 전 이제 환경 운동가라고요. 아빠 같은 어른들이 엉망진창으로 만든 일들을 하나하나 수습해 나갈 생각이에요.'

아빠가 얼마나 열받을지 생각하니까 짜릿하게 흥분이 차올랐다.

"이름이 뭐니?"

남자가 물었다.

"길이에요. 길 워커요."

"멋진 이름이네."

"고맙습니다. 형은요?"

"주드야."

"성이 뭔데요?"

"그냥 주드. 그편이 더 간단하잖아."

"형은 음……, 어떻게 버티나요? 그러니까 그 위에서 절대로 내려오지 않을 셈인가요?"

주드 형이 웃으며 대답했다.

"내가 볼일을 어떻게 해결하는지 궁금한 모양이구나. 꼬맹이들은 다 그걸 묻더라."

길은 꼬맹이가 아니라고 말하려고 입을 열었다가 다시 닫았다.

"그래서 양동이가 있는 거지. 가끔은 아무도 없을 때 나무 아래로 그냥 쉬를 하기도 해. 요즘엔 누가 공원에 오는 것 같지도 않으니까."

주드 형은 주머니에서 담뱃갑을 꺼내더니 몸을 일으켜 앉았다. 그러고는 담배 끄트머리에 불을 붙인 뒤 연기를 깊게 빨아들이고 이내 숨을 크게 내쉬었다. 마치 안락의자에 앉아 있기라도 한 듯이 아주 편해 보였다.

그때 버스 한 대가 정류장에 멈추더니, 일이 분쯤 손님을 기다렸다가 금세 다시 떠나갔다.

"네가 지금 무슨 생각을 하는지 알아맞혀 볼까? 담배를 피우면 안 된다고 생각하고 있는 거지?"

주드 형이 말했다.

"네, 담배는 백해무익하니까요."

길은 딱히 그런 생각을 하고 있지도 않았으면서 모범 답안을 외듯

기계적으로 대답했다.

"위험한 일이라는 건 나도 알아. 하지만 이건 나 혼자만 감수하면 되는 위험이잖니? 환경 오염은 흡연보다 훨씬 더 나쁜 영향을 끼쳐. 자동차를 운전한다는 건 전 세계의 공기를 오염시키는 일이니까. 어쨌든 인생은 위험한 것투성이지만. 나무에서 떨어지는 것도 위험천만한 일이고."

주드 형은 앙상한 나뭇가지 사이로 담배 연기를 내뿜었다.

"그래도 넌 절대로 담배를 배우지 마라. 돈이 너무 많이 들어. 그 외의 다른 문제점은 이미 다 알고 있을 테지만."

길은 팔짱을 끼고 서서 장황하게 설교를 늘어놓는 아빠의 말투를 똑같이 흉내 냈다.

"당연하죠. 담배에서 나오는 연기는 세포를 손상시켜요. 특히 폐에 안 좋죠. 좀 더 정확히 말하면 세포핵 안에 있는 유전자에 해를 끼쳐요. 이런 손상 때문에 암을 유발할 수 있는 돌연변이가 발생한다고 과학 연구 자료에 나와 있어요."

길은 흡연이 중독성이 있는 데다 몸에 해롭다는 것을 잘 알고 있었다. 그러나 요즘 같아서는 순전히 아빠를 화나게 하기 위해서 담배를 피워 보고 싶은 충동이 강하게 일곤 했다.

주드 형은 흥미로운 눈길로 길을 바라보았다.

"오호! 대체 어디에서 들은 얘기니?"

"우리 아빠요. 늘 그런 말씀을 하시거든요."

"아빠가 의사니?"

"아뇨."

길은 멈칫했다. 아빠가 의사였나? 아빠한테 오는 편지에는 대개 '매슈 워커 박사님께'라고 적혀 있었다.

"지금은 과학자예요. 전에는 의사였을지도 모르지만. 아빤 세포나 유전자에 관한 얘기를 많이 하세요."

"흠, 넌 그런 얘기가 재미있냐?"

"별로요."

"아빠가 대학에서 일하시는 거 아니니?"

"맞아요, 그럴 거예요."

"아빠한테 좀 더 관심을 가져 봐."

어느새 주드 형의 얼굴에서 미소가 사라졌다. 목소리도 한층 차분해졌다.

"과학자들이 하는 일들은 우리 모두에게 크고 작은 영향을 미치거든. 언젠가 기후 변화만큼 호된 재앙이 되어 우리를 덮칠지도 모르지."

"무슨 소리예요?"

"그 얘긴 그만하자. 지금은 이 작은 투쟁에서 이기는 데에만 집중해야 하니까."

주드 형은 담배꽁초를 비벼 끄더니 머리 위 양동이에 버렸다.

"쓰레기를 함부로 버리면 안 되지."

주드 형은 밝은 목소리로 말하며 벌떡 일어섰다. 그 바람에 나뭇가지가 휘청거렸지만 형은 외줄 타기 곡예사처럼 균형을 잘 잡았다.

"길, 부탁 하나만 들어줄래?"

"네, 물론이죠!"

"대신에 조심해야 해. 경찰은 나를 도와주려는 사람들을 단속할 구실을 호시탐탐 노리고 있거든."

"겁나지 않아요."

길은 가슴을 두근거리며 주드 형의 말을 기다렸다.

"물 한 병만 사 올래? 큰 걸로?"

고작 그건가? 길은 몹시 실망스러웠다.

"네, 알았어요."

"돈 줄까?"

"아뇨, 괜찮아요."

거리에는 어느새 어둠이 깔리기 시작했다. 길은 서둘러 편의점으로 갔다. 편의점 안은 퇴근길에 들러 필요한 물건을 고르는 사람들로 북적였다. 길이 물을 사서 공원으로 돌아왔을 때는 이미 해가 져서 주위가 깜깜했다. 다행히 경찰은 보이지 않았다.

"넌 완전 영웅이야!"

주드 형이 다정하게 말했다.

"잠깐만. 가방에 밧줄이 있을 거야."

주드 형은 나뭇가지 주변을 살피기 시작했다.

"그럴 필요 없어요. 형 쪽으로 물병을 가져갈게요."

길은 물병을 들고 공원 둘레에 쳐진 낮은 담을 넘어 나무 아래로 갔다.

"여기요! 잡으세요!"

길이 물병을 위쪽으로 휙 던졌다. 물병은 생각보다 빨리 손에서 벗어나 나무 쪽으로 날아올랐다. 주드 형이 잽싸게 잡아채려 했지만, 물병은 통제 불능인 위성처럼 나선 모양으로 빙그르르 돌며 형을 지나치고 말았다. 그러고는 느릿느릿 아래로 떨어지는가 싶더니 땅에 부딪히자마자 박살이 나 버렸다. 뚜껑이 공중으로 날아가면서 병에서 쏟아진 물이 플래카드 하나를 흠뻑 적셨다.

"으아아아!"

길이 화가 나서 소리를 지르자, 주드 형이 키득거렸다. 이내 길도 비죽 웃고 말았다.

바로 그때였다. 누가 길의 어깨에 손을 턱 하고 올렸다.

"얘야, 아무래도 넌 나하고 같이 가야겠구나."

경찰이 말했다.

자신이 믿는 것

길이 끌려가면서 생각한 것이라고는 경찰이 너무 세게 잡아서 팔이 아프다는 것뿐이었다. 나무 위에서 주드 형이 고래고래 소리를 질렀다.

"이봐! 그 아이를 놔줘! 그냥 애잖아! 그 앤 아무 짓도 하지 않았다고! 당신들은 완전히……."

경찰은 형이 뭐라고 하건 조금도 신경 쓰지 않았다. 아무 말 없이 도로 가에 세워 둔 경찰차로 길을 끌고 가서 뒷좌석에 태웠다.

길은 몸을 숙여 경찰차에 올라탔다. 속이 울렁거렸다. 운전석에 경찰이 한 명 더 있었는데, 뒷좌석을 돌아보지도 않았다. 길을 끌고 온 경찰은 조수석에 앉더니 곧바로 차문을 잠갔다.

"너, 몇 살이니?"

조수석에 앉은 경찰이 물었다.

"열다섯 살이에요."

"열다섯 살이라고? '반사회적 행위 금지 명령'을 받기에 어리진 않구나. 그게 다른 사람에게 피해를 주는 행위를 금지하는 명령이라는 건 알지?"

"잘 모르겠어요……. 제가 나쁜 짓을 한 건가요? 정말로 죄송한데요. 전 제가 뭘 잘못했는지 진짜로 모르겠어요."

"불법 시위 원조에다 쓰레기 투기라고 하면 알겠니?"

"쓰레기 투기요?"

"네가 아까 공원에서 물병 던지는 걸 봤어. 그런 게 바로 쓰레기 투기지. 요즘은 그런 데 벌금이 꽤 많이 붙는단다."

"저는 쓰레기를 버린 게 아니에요."

길은 숨을 크게 들이마셨다. 경찰이 갑자기 아빠로 보이기 시작했다. 정신을 바짝 차려야 했다.

"저는 그저 주, 아니, 나무 위에 있는 형을 도우려 한 거예요. 물이 필요하다고 해서요. 그뿐이에요."

"그게 바로 불법 시위 원조라는 거다. 그것도 나한테 경고를 받은 후에 저질렀기 때문에 죄가 더 크단다."

경찰이 딱딱한 목소리로 말했다. 길은 더 이상은 대화가 안 될 것 같아서 입을 꾹 다물었다.

"너희 부모님과 얘길 좀 해야겠어. 어디에 살지?"

길이 집주소를 말하자 경찰은 조금 놀란 듯이 말했다.

"흠, 좋은 곳에 사는구나. 난 네가 저쪽 공공 임대 주택에 사는 양아치인 줄 알았지. 안전벨트 매렴."

경찰차가 부르릉거리며 출발했다. 길은 차창에 머리를 기댄 채 가슴을 꽉 죈 안전벨트를 손으로 움켜쥐었다.

'이 바보! 바보 같으니라고.'

길은 아빠를 화나게 만들고 싶었지만, 이런 식으로 일을 저지를 생각은 없었다. 하지만 집에 도착한 뒤에 현관문을 열고 나오는 아빠의 얼굴을 보는 순간, 아쉬운 대로 해 볼 만한 가치가 있었다는 생각이 설핏 들었다.

경찰은 아빠에게 길을 경찰차에 태워 집으로 데려온 이유를 설명했다. 길은 현관에서 새어 나오는 불빛에 연신 눈을 깜빡거리면서 아무 말 없이 우두커니 서 있었다. 경찰은 주드 형을 불량배라고 말했다. 졸지에 주드 형은 나무 그늘에 숨어서 가까이 다가오는 어린이나 청소년을 납치하려는 범죄자가 되어 버렸다. 어찌 되었건 지금 경찰의 말을 물고 늘어져 반박하는 것은 아무 소용이 없었다. 길은 아빠와 싸울 힘을 아껴 두어야 했다.

"저희는 아드님께 공원에 들어가지 말라고 충분히 경고했습니다. 앞으로는 아드님 혼자서 시내에 가지 않도록 잘 타이르시는 게 좋을 것 같습니다."

"앞으로 저희 아이가 그러는 일은 없을 겁니다. 번거롭게 해 드려서 죄송합니다. 다시는 이런 일이 없도록 하겠습니다."

아빠와 경찰은 펭귄처럼 뻣뻣하게 서로를 향해 고개를 숙였다. 길은 경찰차가 떠난 뒤에야 집 안으로 들어갔다.

"오늘 저녁 메뉴는 뭐예요? 배고파 죽겠어요."

길은 일부러 밝은 목소리로 물었다. 예상했던 폭풍이 곧바로 몰아치지는 않았다. 아빠는 부엌 쪽으로 길의 등을 떠밀었다. 길이 부엌에 들어섰을 때, 엄마는 식탁 앞에 앉아 티슈로 눈물을 찍어 내고 있었다. 온몸을 바들바들 떨며 흐느끼고 있었다. 맙소사, 시내에 나가 있는 동안 엄마가 걱정할 거란 생각은 까맣게 잊고 있었다. 아무 일도 없다고 간단하게 전화 한 통화만 했더라도…….

"죄송해요, 엄마."

길이 풀 죽은 목소리로 말했다. 이건 진심이었다.

"앉아라."

그때 아빠가 이상하리만큼 차분한 목소리로 말했다. 물론 아빠 목소리에 약하게 쉭쉭거리는 소리가 섞여 있기는 했다. 탄산음료를 세게 흔들고 나서 캔에 귀를 대면 들리는 그런 소리 말이다. 그런 다음에 캔을 따면…….

길이 식탁 앞에 앉자 아빠가 다시 입을 열었다.

"네가 지금 경찰차를 타고 집에 왔다는 사실은 제쳐 놓고, 지난 몇 시간 동안 집에서 무슨 일이 일어났는지를 알려 주마. 엄마가 4시 반에 나한테 전화했어. 네 걱정에 어쩔 줄 몰라 하면서 말이야. 이미 루이스네 집에 전화해서 네가 거기에 없다는 것도 알고 있었고. 루이스는 하교한 뒤에 네가 버스 정류장 쪽으로 걸어가는 걸 봤다고 했다더구나. 결국 네가 우리 말을 안 듣고 혼자서 시내로 간 모양이라고 생각했지."

길은 루이스가 꽤나 재미있어 했겠다는 생각이 들었다. 보나 마나 내일 스케이트장에서 만나면 엄청난 똑똑이인 양 거들먹거리겠지. "거봐, 그다지 좋은 생각이 아니라고 말했잖아. 내가 몇 번이나 말했어?"라고.

"전 그저……."

아빠 얘기는 아직 끝난 게 아니었다.

"네가 실종되었다는 엄마의 말을 듣자마자 난 회의실에서 뛰쳐나왔어. 아주 중요한 회의였는데도 불구하고 말이다. 그러고는 곧장 집으로 와서, 지난 몇 시간 동안 네가 나타나거나 연락을 해 주길 애타게 기다렸다. 수없이 지옥에 갔다 왔다 하면서. 네가 집에 도착했을 때 경찰에 실종 신고를 막 하려던 참이었어. 그런데 바로 그 순간, 어처구니없게도 네가 경찰차에서 내리더구나."

"전 실종된 게 아니었어요. 정말로 별일이 없었다고요."

"그래, 실종은 아니고 체포될 뻔했지."

아빠가 말했다.

"아빠, 경찰은 제멋대로 절 잡아간 거였어요. 전 잘못한 게 없다고요. 그냥……."

"책가방은 어떻게 했니?"

아빠가 길의 말을 잘랐다.

"모르겠어요. 아마도…… 학교에 두고 온 것 같아요."

책가방은 주드 형이 있던 나무 근처에 있었다. 물병을 던지기 전에 가방을 어디에 내려놓았는지 정확히 기억이 났다. 그러고 나서 곧바로 경찰이 나타나 길을 집으로 끌고 온 것이었다. 가방 속에는 지갑도 있는데, 젠장!

아빠가 못마땅한 듯한 눈초리로 쏘아보았다.

"네가 어디에 있는지 엄마에게 전화로 알리는 상식조차 없었어."

"네, 죄송해요. 하지만……."

"휴대폰을 안 사 준 우리의 잘못이란 거냐? 네가 하고 싶은 말이 고작 그거야? 시내엔 공중전화가 널려 있을 테지만, 너랑은 아무 상관도 없겠지? 더러운 공중전화로 집에 전화를 거는 일 말이다!"

길은 의자를 뒤로 기울인 뒤 균형을 잡으려 식탁 모서리를 손으로 붙잡았다. 식탁 위에는 티슈 상자가 덩그러니 놓여 있었다. 길은 차라리 다행이라는 생각이 들었다. 아빠한테 뭔가를 집어 던지고 싶어졌기 때문이다. 잠시 동안 정적이 흘렀다. 엄마는 여전히 부르르 떨며 깊게 숨을 내쉬더니, 마침내 얼굴에서 티슈를 떼어 냈다. 엄마 얼굴은 엉망이었다. 가슴 한가운데에서 죄의식이 스멀스멀 올라오는 찰나, 아빠의 공격이 다시 시작되면서 물거품이 되었다.

"엄마는 온종일 오크우드에 있었어. 왜 그랬겠니?"

아빠는 일부러 잠깐 뜸을 들였다. 오크우드라……, 또 시작이군. 그것은 길의 죄책감을 자극하는 말이었다. 오크우드에는 외할머니가 지내는 요양원이 있었다. 엄마는 일주일에 한 번씩 오크우드에 갔지만, 길은 한 번도 데려가지 않았다. 외할머니를 보러 가고 싶다고 하면, 상태가 안 좋으셔서 안 된다는 대답만이 돌아왔다.

그렇게 편찮으신데 왜 아직 돌아가시지 않은 걸까? 암은 아닌 것 같았다. 그렇다면 대체 뭐지? 길은 외할머니가 어떤 병을 앓고 있든지,

자기가 병문안을 갈 수 없다는 사실이 이해가 안 갔다. 그것은 학교가 끝나고 시내에 나가는 것과 똑같은 문제였다. 길이 하면 안 되는 일이라고 부모님이 정해 놓은 것 중의 하나였다.

"그건 엄마가 선택하신 거 아닌가요?"

길은 시선을 내리깔고 양 다리를 흔들며 되물었다.

"뭐라고?"

아빠 목소리가 얼음장처럼 차가워졌다.

문득, 길이 외아들이어서 부모님이 과보호하는 거라던 루이스의 말이 떠올랐다. 길은 뒤로 기울였던 의자를 바닥에 쿵 하고 내려찍으며 단도직입적으로 말해 보기로 했다.

"엄마 아빠는 저를 과보호하고 계세요. 혼자서 시내에도 못 가게 하고, 외할머니 병문안도 못 가게 하고, 휴대폰도 못 가지게 하시잖아요. 저를 언제나 아기 취급하신다고요. 그게 다 제가 외아들이어서 그런 거 아니에요?"

"그것과는 상관없는 얘기야."

아빠가 말했다.

하지만 길은 멈출 수가 없었다. 언덕 아래로 굴러가는 바위처럼.

"아뇨, 상관 있어요. 어째서 아이를 더 갖지 않으셨죠? 제가 원한 건 아니잖아요. 이 집에 아이가 더 있었다면, 이렇게까지 절 들볶지는 않으셨을 거예요. 혹시 아이를 더 낳으면 엄마 아빠의 근사하고 깔끔한 삶을 망칠 거라고 생각하신 건 아니에요? 그런 생각에……."

그때 엄마가 자리에서 벌떡 일어섰다. 길은 엄마의 눈에 서린 분노를 알아채고는 재빨리 입을 다물었다.

"넌 아무것도 모르면서……."

뜻밖에도 엄마 입에서 거친 말이 튀어나오자, 길은 겁이 나서 저도 모르게 움츠러들었다. 엄마는 핏발 선 눈으로 길을 노려보았다.

"그래, 맞아. 길은 아무것도 몰라. 이제 그만합시다, 여보. 길, 넌 어서 네 방으로 올라가."

아빠가 급하게 상황을 수습하려 들었다.

길이 머뭇거리는 사이에 엄마는 의자에 털썩 주저앉더니 양손으로 얼굴을 감싸 쥐었다.

"엄마, 대체 왜……?"

"그냥 좀 가, 당장."

아빠가 길의 말허리를 자르며 소리쳤다.

길은 의자에서 천천히 일어나 계단을 올라갔다. 반쯤 올라간 뒤에 멈춰 선 채 귀를 기울여 보았지만, 부엌에서는 아무 소리도 들리지 않았다. 길은 다시 내려가 무슨 말이든 하고 싶었지만, 머릿속이 텅 빈 듯이 아무것도 떠오르지 않았다. 그래서 마저 계단을 올라가 자기 방으로 갔다.

방은 여전히 엉망진창이었다. 아침에 내버려 두고 간 그대로였다. 책상이 문 바로 뒤에 놓여 있었다. 길은 문을 간신히 통과한 뒤 침대 끄트머리에 걸터앉았다. 책상을 제자리에 옮겨 놓고 바닥에 널브러진 물건들도 정리를 해야 했다. 그러면 아빠가 자기 말을 순순히 따랐다고 우쭐해하시겠지. 그런 생각만으로도 짜증이 치밀었다. 길은 멍하니 책상을 바라보면서, 엄마에게 대체 무슨 일이 있었던 것인지 곰곰 생각해 보았다.

'넌 아무것도 모르면서…….'

젠장, 대체 뭘 모른다는 거지?

길은 자신이 뭔지 모를 선을 넘어 버렸다는 것을 깨달았다. 거기에 선이 있다는 사실조차 몰랐지만. 이전까지 벌였던 싸움에서는 어떻게 해야 엄마 아빠를 화나게 만드는지 정확히 알고 있었다. 늘 길의 생각대로 된 것은 아니었다 해도……. 어쨌든 부모님이 정한 규칙 중에서 자신이 무엇을 어겼는지, 두 사람을 화나게 하려면 무얼 건드려야 하는지 정도는 잘 알고 있었다. 그러나 이번에는 달랐다. 조금 전 엄마의 표정은 전혀 예상하지 못한 것이었다. 길은 자기가 무슨 짓을 저질렀는지 감조차 잡을 수 없었다.

어쩌면 부모님은 길을 외아들로 키우고 싶었던 건 아닌지도 모른다. 아이를 원했지만 더 이상 가지지 못했을 수도 있으니까. 하지만 그게 사실이라 한들, 길에게 당당하게 말하지 못할 이유가 뭐란 말인가?

엄마와 아빠는 감추는 게 무척 많았다. 두 사람은 '인생'이라는 여정이, 길이 어른이 되기 전에는 이해할 수 없는 아주 고통스러운 것이라도 되는 양 행동했다. 그러면서 힘을 합쳐서 길의 앞을 막아섰다. 길은 별안간 아빠가 늘 '우리'라는 복수형으로 말한다는 사실을 깨달았다. 그 '우리' 안에 길이 들어간 적은 한 번도 없었다.

'우린 이 일을 견딜 수 없을 거야. 우린 그 일에 대해 논의할 준비가 되지 않았어. 우린 재미가 없구나, 길. 우린 재미가 없다고!'

길은 다시 스멀스멀 화가 나기 시작했다. 아빠는 길의 얘기는 들어보지도 않았다. 이제 설명할 기회는 영영 오지 않을 것이다. 아무것도 변하지 않을 터였다. 아빠는 갖가지 벌칙을 내놓을 테고, 길의 인생은 그날그날 정처 없이 떠돌 터였다. 미쳐 버릴 때까지.

길은 침대 위에 벌렁 드러누워 창문을 바라보았다. 밖은 이제 완전히 깜깜했다. 주드 형이 떠올랐다. 추운 3월의 하늘 아래 해먹에 누워서 전기톱과 불도저에 맞서 나무를 지켜내는 형의 모습이 머릿속에 그려졌다. 나무에서 떨어지는 것은 물론이고, 경찰과 맞서는 것을 두려워하지 않는 모습도. 자신이 믿는 것을 지키기 위해 아늑한 침대를 버리고 스스로를 위험 속에 밀어 넣은 주드 형이 정말로 멋있게 느껴졌다.

벌칙 아닌 벌칙

아빠는 토요일 아침 일찍, 벌칙 목록을 내놓았다. 길은 목록을 쭉 훑어보면서 아빠가 벌이란 벌은 모조리 늘어놓았다는 것을 알아챘다.

1. 방과 후나 주말에 집으로 친구를 데려오지 말 것.
2. 친구네 집에 놀러 가지 말 것.
3. 토요일 아침에 스케이트 타러 가지 말 것.
4. 혼자서 등·하교하지 말 것.
5. 컴퓨터, MP3 플레이어, 게임기 사용하지 말 것.
6. 군것질하지 말 것.
7. 엄마나 아빠 없이 외출하지 말 것.
8. 텔레비전과 DVD 시청하지 말 것.

9. 이 주일간 용돈 사용하지 말 것.

이외에도 저녁 식사와 숙제하는 시간 전후로 해야 하는 기나긴 집안일 목록이 덧붙어 있었다. 아빠는 길의 일과를 아예 새로 짠 듯했다.

"이 주일 동안 이렇게 지내야 한다. 네가 책임감 있게 행동할 수 있다는 걸 우리에게 증명해 보이면, 몇 가지 권리는 돌려받을 수 있어."

아빠가 말했다.

길은 목록을 빤히 바라보았다. 엄청나게 무거운 압박감이 어깨를 짓누르는 듯한 기분을 느꼈다. 이렇게 큰 벌을 받는 것은 처음이었다. 예상했던 것보다 최악이었다. 대체 무엇 때문에 이런 벌을 받아야 하는 거지? 경찰에게 체포될 뻔한 것 때문에? 아니면 엄마 아빠에게 왜 아이를 한 명만 낳았느냐고 대든 것 때문에?

조금 뒤, 아빠가 다시 말을 이었다.

"하지만 이 조항 중 하나라도 어기거나 다른 말썽을 피운다면……."

아빠는 말끝을 흐렸다.

길은 속으로 또 '우리'라고 할 생각이군, 하고 생각했다. 엄마는 아직 일어나지도 않았고, 여기에 같이 있지도 않았다. 길은 아무 대꾸도 하지 않고 부엌에서 시리얼을 그릇에 부어 방으로 갖고 올라갔다. 시리얼을 먹으면서 아빠의 벌칙 목록을 다시 읽어 보았다. 마치 컴퓨터 게임에서 레벨을 올리는 것과 비슷하다는 생각이 들었다. 갖고 있는 기술과 아이템을 다 쏟아 부어야 다음 레벨로 갈 수 있는……. 그렇게 다음 레벨로 가면 지금까지와는 다른 새로운 기술이 필요해진다. 그 레벨에 적응이 될 때까지 한동안은 능력치가 미치지 못해 무한정 헤맬 수밖에 없다. 아빠는 방금 벌칙의 난이도를 한 단계 올렸고, 길이 갑작스레 맞닥뜨린 새 레벨은 아주 벅차게 느껴졌다.

길은 벌칙 목록을 반복해서 읽는 동안 머리가 차츰차츰 맑아졌다. 벌칙 중 일부는 길이 그다지 신경 쓸 필요가 없는 것들이었다. 요즘에는 친구 집이라고 해 봐야 루이스네 집 외에는 간 적이 없었다. 이 주 정도 루이스 없이 지낸다 해도 아무 상관이 없을 듯했다. 요즘처럼 루이스가 벤과 어울려 다닐 땐 더더욱 그랬다.

스케이트도 루이스와 같이하는 취미 활동이었는데, 안 그래도 요즘 들어 시들해져 가던 참이었다. 스케이트장에 사람이 너무 많아서 짜릿한 기술을 시도해 볼 수가 없어서였다. 이 주 동안 용돈을 쓰지 못하는 것도 큰 문제는 아니었다. 시내에 갈 수 없다면 딱히 돈을 쓸 데도 없었다. MP3 플레이어도 마찬가지였다. 그것 좀 참는다고 죽는 것도 아니고, 게임도 대부분 슬슬 지겨워졌기 때문에 당분간 못 한다 해도 크게 손해 나는 일은 아니었다.

'좋았어.'

길은 속으로 중얼거렸다. 다른 벌칙도 대수롭지 않게 여기려고 노력하면 그만이었다. 아빠가 교문 앞에서 매일 기다리면 어떠랴. 같은 학년 얼간이들이 멋대로 지껄이든 말든 신경 쓰지 않으면 되었다. 군것질도 안 한다고 큰일 나는 건 아니었다. 오히려 그런 것 없이도 잘 살 수 있다는 것을 증명해 보이는 편이 훨씬 이로울 듯했다.

벌칙을 하나도 어기지 않고도 아빠를 열받게 할 수 있는 방법이 분명히 있을 것이다. 엄마 아빠가 세워 놓은 견고한 벽에 아주 작은 틈을 만들 수 있는 무엇인가가……. 아직은 아무것도 떠오르지 않았지만, 생각만 해 낸다면 적을 단숨에 한 줌의 먼지로 만들어 버릴 만큼 무시무시한 힘을 갖는 것과 다름없을 터였다. 그 방법을 찾을 동안 아빠가 하라는 대로 착실하게 지낼 생각이었다. 그래야 아빠가 완전히 무방비 상태에서 길의 공격을 받고 고통스럽게 미쳐 버릴 테니까.

"오늘 책가방 꼭 챙겨 와."

월요일 아침에 아빠가 길을 학교에 데려다 주면서 말했다.

"네, 네."

길은 무심히 대답하다가 멈칫하며 덧붙였다.

"아, 아니. 그럴게요. 진짜로요."

다행스럽게도 아빠는 길이 고분고분 말을 잘 듣는다고 생각하는 듯했다. 그래서 잔소리 대신에 올해는 벚꽃이 일찍 피었다는 얘기를 하기 시작했다. 길 또한 이 등굣길이 꽤 만족스러웠다. 지갑을 잃어버렸다고 털어놓지 않고도 엄마에게 점심 값을 얻어 내는 데 성공했기 때문이다.

"그럼 이따 보자. 즐거운 하루 보내렴."

아빠가 말했다.

길은 아빠 차에서 내리자마자 주위를 두리번거리며 루이스를 찾았다. 루이스는 교문 옆에 서 있었다. 멀리 있었지만 어떤 표정인지 한눈에 알 수 있었다. 안도와 걱정, 그리고 호기심이 마구 뒤섞여 있겠지.

루이스는 길에게 무슨 일이 있었는지 빨리 물어보고 싶어서 허둥거리며 뛰어왔다.

"루이스, 안녕? 주말 잘 보냈어?"

길은 여느 때처럼 인사했다.

"그럼. 근데 금요일에 무슨 일 있었어? 너네 엄마가 우리 집에 전화하셨는데, 목소리가 엄청 안 좋으셨어. 그다음 날, 넌 스케이트장에도 안 나왔잖아. 일요일 아침에 너희 집에 전화했는데, 너네 아빠가 넌 지금 전화를 받을 수 없다고 하시더라."

"네가 전화한 줄도 몰랐어. 아빠가 말씀을 안 하셨거든."

길은 아빠가 그 말을 전해 주었어도 루이스에게 전화를 걸지는 않았을 것 같았다. 주말 내내 루이스 생각은 조금도 하지 않았으니까. 루이스는 아빠가 작성한 벌칙 목록의 금지 조항 중 하나일 뿐이었다.

루이스가 길에게 몸을 바짝 붙이며 재촉했다.

"금요일 날 무슨 일이 있었던 거야?"

"아, 시내에 갔어. 이것저것 해 보다가 집에 오려던 차에……."

길은 극적인 효과를 노리려고 말을 잠깐 멈췄다.

"경찰한테 체포당할 뻔했어. 공원에서 물병을 던진 걸로 말이야."

루이스가 깜짝 놀라며 눈썹을 추어올렸다.

"경찰이라고? 세상에, 말도 안 돼!"

"별거 아니었어."

길은 여유롭게 웃으면서 루이스의 반응을 즐겼다.

"무슨 소리야, 별거 아니라니? 더 얘기해 봐."

루이스가 길을 뚫어져라 쳐다보며 물었다.

"난 아무것도 잘못한 게 없어. 그러니까 경찰도 날 체포하지 못한 거지. 어쨌든 경찰차를 타고 집에 가긴 했어. 아마도 날 겁주려고 그런 것 같아."

루이스가 걸음을 멈추고 입을 쩍 벌렸다.

"우리 아빠가 뭐라고 했을지 상상이 가지?"

"그래서 내가 너한테 시내에 가는 건 안 좋은 생각이라고 말했잖아. 기억 안 나?"

"우아! 놀랍네. 난 네가 그 말을 할 거라곤 생각도 못 했는데 말이야. 아 참, 우리 엄마가 너네 집에 전화했을 때 배신 때린 거 고맙게 생각한다. 진짜진짜 큰 도움이 됐거든."

"그럼 너네 엄마한테 뭐라고 말씀드렸어야 했는데? 넌 내가 뭐라 말하든 신경 안 쓴다고 했잖아."

루이스가 흥분해서 계속 지껄였다.

"넌 내가 거짓말을 못 하는 거 알잖아. 널 도와주길 바랐다면, 둘러댈 만한 걸 미리 알려 줬어야지. 게다가 경찰이 널 집으로 데려갔다며? 내가 거짓말을 했다고 해도 금방 들통 났을 거잖아. 난 거짓말을 한 것 때문에 많이 괴로웠을 테고, 안 그래?"

"하, 루이스. 왜 그렇게 화가 난 거야?"

"화가 난 건 내가 아니라 너야. 너, 요즘 이상하게 굴잖아. 이제 잘 웃지도 않고. 게다가 지금 경찰한테 체포될 뻔했다는 걸 자랑이랍시고 늘어놓고 있잖아."

"자랑하는 거 아니거든!"

"맞거든! 정말로 멍청한 짓이야! 전엔 이러지 않았어!"

"너한테까지 잔소리 듣고 싶지 않아. 그따위 소리는 집에서 실컷 듣고 있다고!"

길은 휙 돌아서서 반대 방향으로 걸었다.

"또 그런다! 거기 서!"

루이스가 소리쳤다.

길은 걸음을 멈추고 아주 천천히 뒤돌았다. 그러고는 루이스를 빤히 쳐다보며 한동안 서 있었다. 루이스는 길이 왜 그러는지 몰라서 얼떨떨한 표정을 지었다.

"이번 주에 우리 집에 놀러 올래?"

길이 물었다.

"어……, 가 본 지 한참 되었잖아."

루이스가 대답했다.

"그래서 정말로 오고 싶단 거야?"

"응, 아까 짜증 낸 건 미안해. 가끔씩 그냥……."

루이스가 쭈뼛거리며 땅을 내려다보았다. 길이 루이스의 말을 잘랐다.

"아마도 안 될 거야."

루이스가 고개를 번쩍 들고 물었다.

"무슨 소리야?"

"넌 우리 집에 올 수 없다는 소리야. 나, 외출 금지당했어. 친구네 집에도 놀러 가지 못해. 그러든가 말든가 난 상관없어. 너랑 놀고 싶지 않으니까. 그러니까 엄밀히 말하면 그걸 벌이라고 볼 순 없겠지? 이번엔 아빠가 자기 꾀에 걸려 넘어진 거야. 너도 그렇고."

루이스는 입만 벙긋거릴 뿐 아무 말도 하지 못했다. 길은 학교 쪽으로 성큼성큼 걸어갔다.

그날 내내 루이스는 길을 피해 다녔다. 길 역시 루이스에게 다가가려는 시도조차 하지 않았다. 루이스는 얼간이었다. 그 사실을 알아내는 데 이토록 오랜 시간이 걸리다니!

뜻밖의 초대장

"가방은?"

하교할 시간에 교문 앞에 서 있던 아빠가 길을 보자마자 이렇게 물었다.

"네?"

"가방은 어디에 있냐고. 찾아보긴 한 거니?"

"아니요, 안 찾아봤어요."

길은 사실대로 말했다. 주드 형이 있는 나무 아래에 두고 온 걸 뻔히 알면서 학교에서 애꿎게 가방을 찾는 것은 누가 봐도 쓸데없는 짓이었다.

아빠는 못마땅해하며 코를 찡긋거렸다.

"내일은 꼭 찾아야 해. 얼른 타라. 시간이 별로 없어. 바로 회사로 가

봐야 해."

진짜로 아빠는 집에 도착하고도 차에서 내리지 않았다. 차 안에 앉아서 엄마가 현관문을 열어 주고 길이 집에 들어가는 것을 확인하고는 다시 가 버렸다.

"잘 다녀왔어?"

길은 엄마가 평소처럼 "잘 다녀왔어?"라고 묻자 가슴이 철렁했다. 엄마는 길이 몇 시간이 아니라 몇 주 동안 밖에 있다가 돌아온 것처럼 말했다. 게다가 길을 마주한 표정이 정말로 행복해 보여서 무척 부담스러웠다.

요사이 엄마는 늘 집에 있었다. 처음부터 그랬던 것은 아니다. 길이 초등학생이었을 때만 해도 엄마는 직장에 다녔다. 길이 현관 열쇠로 문을 따고 혼자 빈집에 들어갈 수 있을 만큼 자라자, 엄마는 돌연 직장을 그만두고 길을 위해 집에 있겠노라고 선언했다.

"다녀왔습니다."

길은 이렇게 말하고 엄마 옆을 지나쳐서 곧장 거실로 갔다. 소파에 털썩 앉아 텔레비전 리모컨을 집어 들자 뒤에서 엄마 목소리가 들렸다.

"길……."

엄마는 문간에서 서성이고 있었다.

"아, 맞다. 보면 안 되는 거죠?"

"응, 미안하지만."

집이 어찌나 적막한지 길은 자신의 숨소리까지 고스란히 들리는 듯했다. 텔레비전을 못 본다면 이 적막감을 뭘로 채워야 할까?

"오늘 학교에선 어땠니?"

엄마는 여전히 거실 문간에 선 채 물었다.

"음, 나쁘지 않았어요."

그리고 이어지는 침묵.

"엄만 어떠셨어요?"

"응?"

"오늘 즐겁게 보내셨느냐고요."

"아, 그래. 그저 빈둥거렸어. 너도 알겠지만."

빈둥거리다니. 노인들이나 그렇게 지내는 거 아닌가. 길은 뭔가 잘못되었다는 생각이 들었다. 엄마가 그렇게 많은 시간을 그저 빈둥거리며 보냈다고? 엄마는 늘 밖에 나가서 일을 하고 싶어 했는데, 지금은 아무것도 안 하고 빈둥거린단다. 집 안을 어슬렁거리면서 길이 집에 돌아오기만을 기다린다니. 어째서 다시 직장에 나가지 않는 걸까? 길은 엄마에게 건넬 만한 말이 좀체 떠오르지 않았다. 해서는 안 될 말만 수두룩하게 생각났다.

'외할머니한테 다시 가 보셨어요? 외할머닌 좀 어떠세요? 얼마나 안 좋으신 거죠? 혹시 엄마도 어디가 아프신가요? 그래서 아빠는 금방이라도 터질 것 같은 비눗방울처럼 엄마를 조심스럽게 대하시는 건가요? 엄마는 주말 내내 침대에 누워 계셨던 거예요? 그래서 아빠가 학교로 절 데리러 오시는 거죠? 아빠는 저 때문에 왔다 갔다 하느라 한껏 짜증이 나 있으면서도 말이에요.'

"배고프지? 간식 먹을래? 아!"

엄마는 말끝을 흐리더니 금세 얼굴이 어두워졌다. 길이 대수롭지 않은 듯이 말했다.

"그것도 벌칙 목록에 있을걸요."

"맞아, 그렇구나. 미안해."

엄마는 어딘가 불편해 보였다.

"괜찮아요."

"아, 아냐. 난 정말로 이런 식으론……."

엄마도 아빠처럼 이런 벌이 합당하다고 생각하는 걸까? 길은 대놓고 물어보고 싶었지만 이내 그만두었다. 엄마도 벌을 받고 있는 듯한 표정이었기 때문이다.

"걱정 마세요. 시리얼 먹으면 돼요."

엄마는 길의 이야기를 듣고는 먼저 부엌에 들어가서 그릇과 우유를 꺼냈다. 길은 간식을 들고 늘 자기 방으로 올라갔지만 오늘은 일부러 식탁 앞에 앉아서 먹었다. 그러면서 지난 금요일의 일을 사과하기엔 너무 늦은 게 아닌지 고민했다. 가장 큰 문제는 무엇을 잘못했다고 사과해야 할지 모른다는 점이었다. 게다가 엄마를 속상하게 하지 않으면서 사과할 방법이 떠오르지도 않았다. 그래서 결국 포기했다. 그대로 내버려 두는 편이 가장 나을 것 같았다.

"루이스는 잘 있니?"

"네, 잘 지내요."

대화가 다시 끊겼다. 루이스랑 무슨 일이 있었는지 털어놓기엔 너무 복잡했다. 게다가 엄마는 금요일에 루이스네 집에 전화한 것 때문에 충분히 자책을 했을 테니까. 더 말을 이어 봤자 좋을 게 없을 듯했다.

그렇게 하루하루가 지나갔다. 이따금 엄마는 길에게 해선 안 되는 일을 아주 부드럽게 일깨워 주었다. 아빠는 매일 아침과 오후에 학교로 왔지만, 머릿속이 일로 꽉 차 있어서 거의 말을 하지 않았다. 그러는 내내 루이스는 계속해서 길을 피해 다녔다. 길은 아빠의 벌칙 목록에 있는 아주 사소한 것 하나까지도 지키려고 노력했다.

수요일 저녁, 길은 사전을 가지러 거실로 내려왔다. 아빠는 뉴스를 보고 있었다. 은행과 관련된 따분한 소식이었지만, 벌써 텔레비전을 보지 못한 지 여러 날째라 그것마저도 재미있게 느껴졌다. 길은 사전을 뒤적거리는 척하면서 뉴스를 훔쳐보았다. 뉴스가 끝나자 스포츠 뉴스가 이 분 정도 이어지더니 곧바로 지역 뉴스가 나오기 시작했다.

"오늘 도심부에서 성난 군중들의 시위가 있었습니다. 스탠모어 공원에 있는 나무를 베려는 계획을 두고 환경 운동가들이 경찰과 충돌했습니다."

진행자가 쾌활한 목소리로 말했다.

화면에는 커다란 나무 두 그루가 있는 작은 공원이 나왔다. 가지 사이에 걸린 주드 형의 해먹이 바람에 펄럭이고 있었다. 고개를 흔드는 사람들, 출렁이는 플래카드, 경찰관들에게 질질 끌려가며 소리를 지르는 여자가 나왔다. 곧이어 주드 형의 얼굴이 화면에 나오자 길의 심장이 마구 쿵쾅거렸다. 주드 형의 머리카락은 바람에 사방으로 흩날렸다. 마치 재난 영화에 나오는 주인공처럼 아주 멋져 보였다.

"이 공원의 재개발은 어떠한 협의도 거치지 않았습니다. 의회가 환경 문제에 얼마나 위선적인 태도로 일관하는지 시민들이 알고 관심을 가졌으면 좋겠습니다. 이건 정말로 끔찍한 일입니다. 이 나무들은……."

그때 아빠가 텔레비전을 꺼 버렸다. 하마터면 아빠에게 텔레비전을 다시 켜라고 외칠 뻔했다. 주드 형이 보고 싶었다.

"경찰한테 붙잡힌 곳이 저기냐?"

아빠가 길을 흘깃 쳐다보며 물었다.

"네? 텔레비전을 안 보고 있어서 모르겠네요."

길은 방으로 돌아와서 방금 본 뉴스를 곰곰이 생각해 보았다. 주드 형은 꽤 영향력이 있어 보였다. 나무 위에 올라가 담배나 피우는 그저 그런 사람이 아니었다. 한 단체의 책임자였다. 텔레비전 카메라가 초점을 맞추는 사람, 모두가 인터뷰를 하고 싶어 하는 사람이었다. 길은 자기도 그런 사람들과 함께할 수 있었으면 좋겠다는 생각이 들었다. 불도저가 거칠게 밀고 들어와도 주드 형과 팔짱을 낀 채 구호를 외치며 맞서고 싶었다.

다음 날, 학교에 갔더니 길의 가방이 교실에 덩그러니 놓여 있었다. 아무것도 없어지지 않았다. 지갑과 돈까지 고스란히 남아 있었다. 주드 형이 가방을 갖다 준 걸까? 그렇다면 형이 경찰에게 체포되지는 않았다는 말인데.

길은 주드 형의 흔적을 찾기 위해 가방을 꼼꼼하게 뒤졌다. 잔가지가 됐든 꽁초가 됐든, 이 가방이 형의 손을 거쳤다는 것을 증명할 수 있는 것이라면 무엇이든 좋았다.

길은 집에 와서 지갑에 있는 것을 모조리 꺼낸 뒤에야 비로소 쪽지 하나를 발견했다. 쪽지는 작게 접혀서 지폐 속에 끼워져 있었다.

길, 가방이 너에게 무사히 전달되었기를 바란다. 경찰들이 너한테 지나치게 겁을 주지는 않았으면 좋을 텐데. 처음 그런 일을 겪을 땐 누구에게나 다 최악이란다. 하지만 경찰의 협박 작전에 조금씩 익숙해지는 날이 온단다. 날 도와줘서 정말로 고맙다. 넌 진정한 친구야. 어쩌면 뉴스에서 우릴 봤을 수도 있겠구나. 네가 이 쪽지를 읽을 때쯤이면, 아마도 시에서 공원의 나무를 베어 내고 아예 밀어 버렸을지도 모르지만. 우리의 투쟁은 계속될 거야. 용감하게 맞서야 할 일이 너무나 많단다. 너도 언젠가 우리와 함께할 날이 올지도 모르겠다. 길, 기억하렴. 혁명은 텔레비전 방송에 나오지 않는단다. 나중에 보자, 동지!

길은 주드 형이 깨끗한 공기와 자유, 반항의 아이콘처럼 느껴졌다. 주드 형은 새장에서 나왔다. 그리고 이것은 자신을 따르라는 초대장이었다. 길은 쪽지를 다시 접어서 침대 옆 서랍장에 잘 숨겨 놓았다.

정면충돌

토요일 아침부터 아빠는 엄청나게 기분이 좋아 보였다.

"길, 이번 주에 참 잘해 줬다. 그렇다 해도 지금 당장 모든 벌칙을 없애진 않을 거야. 그래서 안됐지만 오늘도 스케이트는 못 탄단다. 하지만 우린 너한테 작은 상을 하나 줄 생각이야."

아빠가 아침을 먹으며 말했다. 길은 그다지 기쁘지 않았다.

"오늘 널 시내에 데리고 가마. 자연사 박물관에서 특별 전시를 한다지 뭐냐? 마트 가는 길에 들르자꾸나."

아빠는 기대에 찬 얼굴로 길의 대답을 기다렸다. 길은 뭐라고 대답해야 할지 몰라서 우물쭈물했다.

"고마워요, 아빠. 하지만 전 발톱이나 깎으면서 집에 있을게요."

물론 아빠가 바라던 대답이 아니었다.

"별로 좋지 않은 모양이구나. 누가 보면 거기에 가는 것도 벌인 줄 알겠다."

아빠가 눈썹을 추어올리며 말했다.

"넌 선택의 여지가 없어. 엄마는 미용실에 갈 거거든. 우린 널 혼자 집에 둘 수가 없고."

결국 이거였다. 네가 좋아하든지 말든지, 너는 즐겁게 받아들여야 해. 아빠의 특기였다.

길은 아빠와 함께 버스를 타고 시내에 갔다. 아빠를 따라다니며 대형 마트 여기저기를 천천히 거닐었다. 일 분이 몇 시간처럼 길고 지루했다. 아빠는 식료품 판매대를 자세히 들여다보며 미나리와 사과, 훈제 장어를 샀다. 장어가 꼭 썩어 가는 밧줄 토막 같아 보여서 역겹게 느껴졌다. 그다음에 정육 코너에 가서는 장어 못지않게 흉측해 보이는 검붉은 고기 몇 덩이를 골랐다.

"그게 뭐예요?"

길이 물었다.

"사슴 고기야. 스테이크로 먹어. 크리스마스 때 먹었는데, 기억 안 나니?"

"저한테 사슴 고기를 먹였다고요?"

아빠가 웃음을 터뜨렸다. 여전히 기분이 좋아 보였다.

"그리고 이건 떼까마귀야. 야생 떼까마귀지."

"떼까마귀요? 그러니까 까마귀같이 생긴 그 커다랗고 까만 새 말씀하시는 거예요?"

"응, 맞아."

"아빠, 어떻게 그런 걸 먹을 수가 있어요?"

길이 얼굴을 찡그렸다.

"떼까마귀랑 닭이 뭐가 다른데?"

아빠가 물었다.

"어……. 잘 모르겠지만, 어쨌든 음……."

"따져 보면 닭보다 더 나아. 닭은 농장에 갇혀 살지. 대부분의 시간을 아주 불쾌한 환경에서 극도의 스트레스를 받으면서 지낸단다. 이 떼까마귀는 하늘을 마음껏 날아다니면서 살잖니? 여느 새처럼 아주 자유롭게 말이야."

아빠가 껄껄거리며 말을 이었다.

"난 직접 죽일 준비가 되지 않았다면 아무것도 먹지 말아야 한다고 봐. 안 그래?"

길은 아무 말도 하지 않았다. 나중에 멋진 대답이 떠오르길 바라면서 이 대화를 잘 기억해 두었다.

박물관의 특별 전시는 생각보다 그리 나쁘지 않았다. 입구에 들어가자마자 입을 크게 벌리고 있는 티라노사우루스의 거대한 골격이 시야를 가득 메웠다. 그걸 올려다보고 있으려니 은근히 즐거운 마음이 들기도 했다. 티라노사우루스는 여섯 살 때부터 세상에서 가장 좋아하는 것이었으니까. 무서워하면서도 말도 못 하게 좋아했다. 그때는 엄마와 아빠에게 틈만 나면 티라노사우루스를 보여 달라고 조르곤 했다. 툭

하면 공룡이 꿈에 나타나 방 안을 걸어 다녔다. 그 당시엔 공룡 화석이 뼈 무더기 이상의 것이라고 믿었다. 오늘 보러 온 것도 바로 공룡 화석 전시였다. 아빠는 신발에 바퀴라도 단 것마냥 전시장을 부지런히 뛰어 다녔다.

"틱타알릭……."

아빠가 중얼거렸다.

"우아, 그것참 놀랍구나. 길, 어류와 파충류 사이에 있는 걸 보렴. 머리는 악어처럼 납작하고, 이빨도 있지만 비늘도 있어. 지느러미가 팔다리로 넘어가는 초기 형태라 얕은 물에서는 걸어 다닐 수도 있었겠지. 보이니?"

아빠는 유리에 뽀얗게 입김을 내뿜으며 서 있었다. 길은 그런 아빠를 빤히 쳐다보았다.

"생명이 바다를 떠나기 시작하는 바로 그 순간이지. 우리는 이런 생명체에서 진화한 거야. 아주 특별하지. 아직까지도 존재한단다. 우리 유전자 안에 들어 있거든. 틱타알릭을 구성했던 모든 정보가 말이야."

아빠가 작게 속삭였다. 길은 아빠가 물고기 모양의 오래된 돌덩어리에 불과한 걸 보고 흥분해서 떠드는 것을 보니 기분이 묘해졌다.

한참 뒤, 아빠와 길은 박물관에서 나와 작은 공원 옆의 버스 정류장으로 향했다. 길은 이곳에 오게 될 줄 미리 알고 있었다. 공원이 점점 가까워질수록 이상하게 심장이 자꾸 쿵쾅거렸다. 오래전에 티라노사우루스를 보면서 느꼈던, 두려우면서도 흥분되는 감정과 똑같았다.

길은 자신이 무엇을 그렇게까지 두려워하는지 알 수가 없었다. 주드 형을 보는 것? 아니면 못 보는 것? 아빠가 주드 형과 맞닥뜨렸을 때에 보일 돌발 행동?

아빠는 상점의 쇼윈도를 들여다보느라 걸음을 멈추었다. 하지만 길은 계속 걸어갔다. 하도 초조해서 가만히 있을 수가 없었다. 상점을 지나쳐 조금 더 걸어가자 낯선 풍경이 펼쳐졌다.

공원은 판자로 완전히 둘러쳐져서 못 들어가게 되어 있었다. 낮은 담장 너머로, 하늘로 치솟은 불도저의 삽이 보였다. 주드 형이 올라가 있던 나무는 물론이고 다른 나무들까지 모두 사라져 버렸다. 길은 나무가 있던 자리를 바라보면서 나뭇가지들이 얼마나 멋들어지게 뻗어 있었는지를 기억해 보려 애썼다. 그리고 버스 정류장에 거의 다다랐을 무렵, 정말로 중요한 것을 발견했다.

주드 형이 아직도 거기에 있었다. 공원 말고 담장 밖, 즉 버스 정류장 바로 옆에 말이다. 인도에는 탁자가 두 개가 놓여 있었고, 담장에는 커다란 팻말이 세워져 있었다. 탁자 위에는 전단지와 책이 쌓여 있었으며, 주드 형은 탁자 뒤에 서 있었다. 형은 사람들에게 전단지를 나눠 주면서 텔레비전에서처럼 확신에 찬 목소리로 이야기하고 있었다.

마침내 주드 형이 길을 보았다. 형은 머리를 살짝 흔들어 머리카락을 옆으로 넘기고는 탁자를 훌쩍 뛰어넘어 길에게 다가왔다.

"길! 야, 무사해서 정말 다행이야! 가방은 잘 받았니?"

"네, 고마워요. 며칠 전에 뉴스에서 형을 봤어요."

길은 괜스레 무안해져서 쭈뼛거리며 말했다.

주드 형은 활짝 웃으며 고개를 끄덕였다.

"그래, 덕분에 우린 꽤나 유명해졌단다. 비록 나무를 지키진 못했지만 말이야."

"형이 잡혀갈까 봐 걱정했어요."

"그래도 괜찮아. 나한테 그런 건 중요치 않으니까. 저 나무 위에서 일주일을 버텼잖아. 어쨌든 내 걱정은 하지 마. 더 큰 일을 하기 위해서나 스스로도 조심하고 있으니까."

형은 뒤에 있는 탁자를 가리켰다. "동물 실험 연구소를 문 닫게 하자.", "동물의 권리를 보호하자."라고 쓰여 있는 플래카드가 탁자에 걸려 있었다. 담장에 기대어 놓은 팻말에는 커다랗고 슬픈 눈망울을 한 연갈색 원숭이 포스터가 붙어 있었다. 원숭이 귀 주변으로 선이 그어져 있는 게 보였다.

"흠."

길은 별안간 등 뒤에서 들려오는 목소리에 깜짝 놀랐다. 아빠였다. 길은 아빠와 같이 시내로 왔다는 사실을 까맣게 잊고 있었다. 아빠가 한 발짝 다가왔다. 아빠와 주드 형은 서로를 한참 동안 노려보았다.

"내 아들이 경찰한테 끌려가도록 만들었던 청년이 바로 자네로군."

아빠는 아주 태연한 목소리로 먼저 말을 건넸다.

"그렇다면 당신은 무자비한 방법으로 동물을 고문하는 매슈 워커 박사님이시겠군요? 만나서 반갑습니다."

주드 형이 빈정거리듯 대꾸했다. 아빠는 주드 형을 뚫어지게 쳐다보았다. 주드 형이 아빠 이름을 어떻게 알지? 그리고 아빠가 동물을 고문한다니……. 대체 무슨 말일까?

"자네는 내가 하는 일을 눈곱만큼도 모르는 것 같은데?"

마침내 아빠가 다시 입을 열었다.

"아, 그래요? 박사님의 웹사이트에 흥미로운 정보가 아주 많이 있던데요. 물론 박사님이 지난해에 학살한 동물이 얼마나 많은지는 적나라하게 나와 있지 않았지만, 행간을 읽을 줄 안다면야……."

"사실을 왜곡하지만 않는다면, 내 시간을 좀 더 많이 할애해 줄 수도 있을 텐데……."

아빠가 주드 형의 말을 자르고는 커다란 원숭이 사진을 손가락으로 가리켰다.

"저기에 걸어 놓은 사진은 우리 연구소와 아무 관계가 없네. 미국에서 이십 년도 더 전에 있었던 일이라고. 자네도 그 사실을 잘 알고 있을 테지. 그런데도 저걸 붙여 두다니. 자네는 한심하고 감상적인 이 논쟁을 뒷받침하는 데 저 사진을 이용하고 싶은 거잖아."

사진 속의 원숭이는 몹시 슬픈 눈을 하고 있었다. 자세히 보니 원숭이의 머리에 선이 그어져 있는 게 아니었다. 선이 원숭이의 머리에 꽂혀 있었다.

"박사님 같은 과학자들이야말로 한심한 논쟁을 즐기는 사람들이지요. 아직 원숭이 문제를 다룰 준비가 안 된 모양이군요. 그러면 이번에는 또 어떤 말 못 하는 동물을 고문한다고 털어놓을 겁니까? 쥐? 개구리? 기니피그? 아니면 그저 상추로 실험할 뿐이라고 할 건가요?"

주드 형이 차분하게 따졌다.

"우리가 하는 연구에는 그 어떤 고문도 없어. 단지 동물을 주의 깊게 관찰할 뿐이지. 동물 사육보다 훨씬 더 인간적이야. 어디까지나 우리는 실험용 동물들을 보살피고 있는 거니까."

"그건 또 무슨 말 같지 않은 변명이죠? 동물이 컴퓨터 장치라도 되는 양 함부로 여기저기 손대는 것을 요즘은 보살핀다고 하나 보죠?"

"어쨌든 난 동물을 불필요하게 죽인 적이 없어."

아빠가 어찌나 나직이 말하던지, 길은 하마터면 그 말을 못 들을 뻔했다.

"어쨌든 죽인 적이 있다는 소리군요. 박사님은 동물이 더 이상 쓸모 없어지면, 그러니까 뇌를 너무 많이 잘라내서 식물이나 다름없는 상태가 되면 어떻게 하죠? 병들게 만들어 놓고 치료할 수 없게 되면 어떻게 하냐고요. 그럴 땐 결국 동물들을 죽이잖아요?"

아빠가 주드 형에게 주먹을 날리면 어쩌지? 아빠는 몹시 흥분한 듯이 보였다. 아빠가 누군가와 말싸움을 하다가 지는 건 한 번도 본 적이 없었다. 아빠는 언제나 침착하고 냉정했다. 하지만 주드 형과 마주하고 있는 지금, 아빠는 너무나 화가 난 나머지 아예 말문이 막혀 버린 듯했다. 그만큼 아빠가 궁지에 몰린 듯이 보였다.

"아빠."

길이 한쪽 팔을 잡아끌었지만 아빠는 꼼짝도 하지 않았다. 주드 형은 숨을 깊이 들이마시면서 길을 바라보았다.

"길, 미안하구나. 이분이 너희 아빠라는 사실이 유감스럽다. 그렇다고 널 배려하느라 그냥 넘어가는 척할 순 없어."

순간, 아빠가 코웃음을 치며 말했다.

"그것참 우습군. 길, 이 친구 말에 신경 쓸 것 없다. 대신에 네 아빠가 어떤 일을 하는지나 말해 줘라."

"어, 과학자요."

길이 얼버무리듯이 대답했다.

"내가 하는 일이 구체적으로 뭐니?"

"모르겠어요, 아빠. 아빠가 말씀해 주신 적이 없잖아요."

아빠가 주드 형에게로 돌아섰다.

"봤지? 이 아이는 아무것도 모른다고. 이 아이한테 자네의 어설픈 생각 따윌 주입시키려 하지 말게."

"이 아이에게도 알 권리가 있어요."

주드 형이 대답했다.

"전 도대체 두 분이 왜 이러시는지 전혀 모르겠어요."

길이 말했다.

주드 형이 뒤에 있는 탁자에서 작은 책을 하나 집어 들어 길에게 건넸다.

"이걸 읽어 봐."

"읽지 마. 거기엔 정확하지도 않은 선동투성이 글이 전부일 테니."

아빠가 쏘아붙였다.

"길이 이걸 읽는 것도 막을 건가요? 저 아이가 눈이 있어야 할 자리에 눈구멍만 있는 아기 고양이나, 머리 둘 달린 생쥐나, 어른 주먹만큼 커다란 종양을 달고 있는 하얀 쥐같이, 박사님 같은 과학자들이 진실을 향한 영광스러운 탐험에서 멋대로 만들어 낸 그 괴물들에 대해 영원히 모르길 바라는 겁니까?"

그때 버스 한 대가 정류장에 멈춰 섰다. 아빠는 아무런 대꾸도 없이 길의 어깨를 끌어당겼다. 길은 순순히 끌려갔다. 그러면서 주드 형이 준 작은 책을 동그랗게 말아서 바지 뒷주머니에 찔러 넣었다.

버스를 타고 집으로 가는 동안, 아빠는 아무 말도 하지 않다가 한참 만에 입을 열었다.

"도대체 너는 무슨 생각으로 생판 모르는 사람에게 내 이야기를 한 거야?"

"네?"

"그 친구가 내 이름을 어떻게 아는 거니?"

"아빠, 전 그 형한테 아무 말도 안 했어요. 제 이름은 얘기했을지도 모르지만요. 그게 전부예요. 흡연에 관한 얘기를 좀 했고요."

"그 사람이 너한테 담배를 피우라고 꼬드긴 모양이구나?"

"아니에요! 저한테 흡연이 얼마나 어리석은 짓인지 말해 줬어요. 그래서 저도 아빠가 예전에 말씀해 주신 걸 얘기했고요. 흡연이 유전자에 미치는 손상 같은 거요. 그랬더니 그 형이 아빠가 의사냐고 물어봤어요. 전 아니라고, 아빠는 과학자라고 했고요. 그게 다예요. 주드 형이 인터넷 검색을 해 봤을지도 모르죠. 그나저나 아빤 진짜로 무슨 일을 하시는 거예요?"

"흥, 그 친구가 얘기하는 걸 들었잖니? 작은 동물을 재미 삼아 고문한다고. 끔찍한 고통을 주기 위해서."

아빠는 불쾌한 듯이 말하고는 덧붙였다.

"집에 폭탄이 떨어지지 않길 바라자꾸나."

"대체 무슨 소리를 하시는 거예요?"

"동물 권리 보호론자 중 몇몇은 극단적이다 못해 아예 미쳐 버렸단다. 어처구니없게도 동물은 사랑한다면서 정작 사람은 증오를 하지."

"형은 그런 사람이 아니에요."

"그 친구 이름이 뭐냐?"

"몰라요."

길은 창밖을 바라보며 대답했다.

"그 친구가 누구든지 간에 다시는 만나지 마. 알아들었지? 상당히 위험한 친구야."

이상한 게임

길이 아빠와 집에 돌아왔을 때, 엄마는 아직 미용실에서 오지 않았다. 아빠는 샌드위치를 만들어 주고는 자기 접시를 들고 서재로 들어갔다. 길은 식탁에서 샌드위치를 먹어 치우고는 방으로 올라갔다. 수영장을 수십 번이나 왕복한 것처럼 기운이 빠졌다.

길이 침대 끄트머리에 앉자, 아까 바지 뒷주머니에 찔러 넣었던 작은 책이 삐져나왔다. 아빠는 웬일로 이 책을 빼앗아 쓰레기통에 던져 버리지 않았을까? 길이 읽든 말든 신경 쓰지 않겠다는 뜻일까? 하지만 지금은 아무 생각도 하고 싶지 않았다. 아침 내내 롤러코스터를 타다가 방금 내린 듯한 기분이었다. 머리가 정상으로 돌아가기까지 시간이 좀 필요했다. 길은 그대로 침대에 픽 쓰러졌다.

시간이 얼마나 지났을까? 차츰 정신이 맑아지면서 공원 근처에서 벌어졌던 황당한 일들이 조금씩 정리가 되기 시작했다.

1. 아빠는 동물 실험을 하는 연구소에서 일한다.
2. 주드 형은 아빠가 일하는 연구소가 문을 닫기를 바란다.
3. 아빠는 주드 형이 하는 일을 싫어한다.
4. 주드 형은 아빠가 하는 일을 싫어한다.
5. 아빠는 주드 형이 위험인물인 데다, 심지어 자신을 죽이고 싶어 한다고 생각한다.
6. 주드 형은 아빠가 사악한 과학자이며, 자신의 목적을 이루기 위해 동물을 괴롭힌다고 생각한다.

'그러면 나는? 나는 어떻게 생각해야 하지?'

그 전에도 사람들이 동물 실험을 한다는 사실은 알고 있었다. 하지만 그건 베이징이 중국의 수도라는 사실을 아는 것처럼 두루뭉술한 상식에 지나지 않았다. 어떤 식으로든 알고는 있지만 삶에 별다른 영향을 끼치지 않는, 다른 수많은 정보처럼 말이다. 동물 실험에 대해서도 깊이 생각해 본 적이 없었다. 동물 실험이 구체적으로 어떻게 진행되는지, 실험에 어떤 동물을 쓰는지, 그런 실험을 누가 하는지 궁금해한 적도 없었다.

하지만 이제 그런 실험을 하는 사람이 아빠 같은 과학자들이라는 사실을 알았다. 아빠는 지금껏 한 번도 그런 얘기를 해 주지 않았다. 길은 하얀 가운을 입은 아빠가 배를 드러낸 채 누워 있는 고양이 위로 몸을 숙이는 장면을 상상해 보았다. 그리고 곧이어 하얀 가운에 피가 튀는 상상을……. 그게 정말 아빠가 직장에서 하루 종일 하는 일일까?

길은 머릿속이 복잡해져서 생각을 멈추었다. 그대로 아래층으로 내려가 서재의 문이 닫혀 있는지 확인하고는 거실로 가서 조용히 텔레비전을 켰다. 그리고 채널을 이리저리 돌리다가 마침내 찾던 프로그램을 발견했다. 〈출동! 소방관 샘〉이라는 애니메이션으로, 길이 아플 때 즐겨 보던 것이었다.

그때 거실 창문을 똑똑 두드리는 소리가 났다. 엄마였다. 엄마가 창밖에서 웃으며 손을 흔들고 있었다. 길은 서둘러 현관문을 열었다.

“열쇠도 안 챙기고서 문을 안으로 잠근 채 밖으로 나갔지 뭐니? 바보같이 말이야. 그런데 뭐 좀 먹었니?”

엄마의 말이 끝나자마자 아빠가 거실로 나왔다.

“걱정했었어. 안 그래도 전화하려던 참이었는데.”

아빠가 말했다.

“휴대폰을 집에 두고 나갔지 뭐예요. 현관 열쇠도요.”

그때 〈출동! 소방관 샘〉의 주제가가 눈치 없이 흘러나왔다. 엄마가 당황한 얼굴로 아빠를 쳐다보았다.

“당신이 허락해 준 거예요?”

“지금 텔레비전이 중요한 게 아니야. 당신, 점심부터 먹어야지.”

엄마와 아빠는 서둘러 부엌으로 갔다. 길은 다시 〈출동! 소방관 샘〉으로 시선을 돌렸다. 소방관 샘이 벨라 아줌마의 고양이 로사를 나무 꼭대기에서 구출하는 것을 보면서 어느 쪽을 선택하는 것이 좋을지 마음속으로 재고 있었다. 아빠? 아니면 주드 형?

문득 무척 간단한 문제라는 생각이 들었다. 소방관 샘이 고양이를 나무에서 끌어 내리는 것처럼 간단했다. 동물 실험이 옳은지 그른지 알 필요도 없었다. 중요한 것은 주드 형이 아빠를 극단으로 내몰았다는 사실이었다.

길은 그토록 찾아 헤매던 것을 마침내 발견했다. 적을 한 줌의 먼지로 만들어 버릴 수 있는 무시무시한 힘 말이다. '동물의 권리'! 길이 동물 실험을 반대하는 주드 형의 주장에 동의하고 함께 활동하면 아빠는 미친 듯이 펄펄 뛸 것이다. 담배를 피우는 것보다 훨씬 더 나은 방법이었다. 그 일은 청소년에게 금지된 것도 아닌 데다, 그런 활동을 한다고 죽는 것도 아니니까.

일요일 점심 때, 길은 첫발을 내딛었다. 아빠는 마트에서 사 온 사슴고기를 구웠다. 맛있는 냄새가 진동했지만, 이미 마음을 굳힌 상태였다. 길은 식탁에 앉아서 아빠가 고기를 먹기 좋게 잘라 접시에 올리는 것을 지켜보았다. 구운 감자와 콩, 브로콜리, 당근 따위의 채소를 담은 그릇에서 김이 모락모락 올라왔다. 길은 아빠가 자기 접시에 고기를 올려놓으려고 하자 기다렸다는 듯이 선언했다.

"전 고기를 먹고 싶지 않아요."

"뭐라고?"

아빠는 고기를 든 채 뻣뻣하게 굳어 버렸다.

"채식주의자가 되어 볼까 해요. 오늘부터 시작하려고요."

길의 얘기를 들은 엄마가 걱정스러운 듯이 말했다.

"길, 정말이니? 넌 지금 한창 성장기라서 음식을 골고루 먹어야 해."

"이게 어제 있었던 동물의 권리 어쩌고 하는 말도 안 되는 실랑이의 결과니?"

아빠가 어이없는 표정을 지으며 물었다.

"아니에요. 이건 아빠가 하신 말씀의 결과예요."

"무슨 소리냐?"

"마트에 갔을 때 아빠가 그러셨잖아요. 직접 죽일 준비가 되어 있지 않다면 어떤 동물도 먹어선 안 된다고요. 음, 저도 아빠랑 같은 생각이에요. 전 사슴을 죽일 준비가 되지 않았으니까 이 고기는 안 먹는 게 낫겠어요."

"이건 정당하고 합법적인 절차를 걸쳐서 판매되고 있는 고기야."

엄마가 길을 설득하려는 듯이 말했다.

"그러니까 엄마 말씀은 도살당하기 전까지 이 사슴이 건강하고 행복했다는 뜻이네요? 어쨌든 전 됐어요. 채소나 먹을래요."

길이 구운 감자에 손을 뻗자 아빠가 그릇을 치우며 말했다.

"미안하구나, 길. 이것도 안 먹는 게 낫겠다. 안타깝게도 육즙에 절인 거거든. 다른 채소도 마찬가지고."

아빠가 구운 감자 그릇을 낚아챌 때 끝내주는 고기 냄새가 길의 콧속으로 밀려들었다. 그 순간, 길은 자신이 앞으로 감내해야 하는 게 무엇인지 확실히 깨달았다. 고기를 못 먹는다. 닭고기도, 돼지고기도, 베이컨도, 햄도, 소고기 버거도, 소시지도 못 먹는다. 정말로 어려울 것이다. 길은 눈을 질끈 감았다. 자신의 의지란 의지는 모조리 다 끄집어내야만 할 터였다.

"빵과 치즈만 좀 먹어야겠네요."

길의 말을 듣고, 엄마가 자리에서 일어서자 아빠가 엄마의 팔을 붙잡았다.

"네가 직접 갖다 먹어."

아빠는 길이 빵과 버터, 치즈를 들고 식탁에 돌아와 앉는 모습을 유심히 지켜보았다.

"길, 채식주의를 할 거라면 제대로 해야 하지 않겠니?"

아빠가 고기를 한입 가득 베어 문 채 말했다.

"그게 무슨 말씀이세요?"

"치즈도 먹으면 안 돼. 치즈를 어떻게 만드는지 아니? 죽은 송아지의 위를 으깬 다음 렌닌이라는 효소를 채취해서 만든단다."

"여보, 제발. 밥 먹는데 그만해요."

엄마가 포크를 내려놓으며 말했다.

"난 길에게 사실을 말해 주고 있을 뿐이오. 거기 네가 가져온 버터는 말이다. 고기를 도축하는 회사에서 생산한 거야. 암소는 송아지를 뱄을 때만 우유를 만들어 내거든. 암송아지는 새끼를 배어야 하니까 키우지만, 수송아지는 죽어서 저녁 식탁에 오르는 걸로 생이 끝난단다. 우유는 축산업의 유용한 부산물일 뿐이야. 그러니까 고기를 먹지 않을 작정이라면, 동물에서 나오는 것은 하나도 먹지 말아야 해."

길은 겨우겨우 치즈 한 덩이를 삼켰다. 주드 형이라면 아빠의 어처구니없는 주장을 한 방에 깨부수고, 아빠 얼굴에 떠오른 득의양양한 웃음을 단박에 걷어 낼 수 있을 텐데. 그때 엄마가 끼어들었다.

"아이를 그렇게 몰아세우지 말아요. 스스로 결정하도록 내버려 두자고요. 길은 이런 것들을 혼자 곰곰이 생각해 볼 필요가 있어요."

아빠도 길만큼이나 놀란 것 같았다.

"길이 곰곰이 생각해 보도록 도와주고 있는 거잖소."

"아뇨, 당신은 논쟁에서 이기고 싶은 것 뿐이에요. 여보, 우리도 그랬잖아요. 나도 한때는 채식주의자였어요. 최소한 십 년은 그랬죠. 그러니 길에게도 시간을 좀 주자고요. 당신의 생각과 길의 생각이 다르더라도 말이에요."

마침내 벽에 작은 균열이 생겼다. 길은 믿을 수가 없었다. 엄마가 아주 부드러우면서도 단단하게 버티고 있었다. 아빠의 의견에 동의하지 않은 채.

"엄마가 채식주의자이셨던 건 전혀 몰랐어요. 왜 그만두셨어요?"

길이 물었다.

"살다 보니 그게 그리 중요하지 않다는 생각이 들었어."

아빠가 놀라서 엄마를 쳐다보더니, 길이 알아서는 안 된다는 듯이 비밀스러운 표정을 지었다. 엄마는 다시 식사에 집중했다. 부엌은 정적에 휩싸였다.

길은 빵과 치즈를 다 먹고도 식탁에서 먼저 일어서지 않았다. 아빠가 나이프와 포크를 내려놓고 의자에 등을 기댈 때까지 기다렸다. 그리고 엄마가 자리에서 일어나려 하자 시키지도 않았는데 벌떡 일어나 식탁을 치우기 시작했다. 접시와 그릇, 나이프와 포크를 모아 엄마에게 들고 가 조심스럽게 건넸다. 엄마는 길이 접시를 건네줄 때마다 고맙다고 말했다. 앞으로 이런 식으로 돕는다면 엄마가 계속 자신의 편을 들어줄 수도 있을 것 같았다. 그러면 아빠는 버림받은 채 혼자 내쳐지겠지. 이제 식탁 위에는 커다란 고기 접시만 남아 있었다.

"저건 내가 치울게."

엄마가 말했다.

"괜찮아요. 제가 할 수 있어요."

길이 말했다.

길은 타원 모양의 커다란 접시를 들어 엄마에게 건넸다. 엄마가 접시를 받아들며 미소를 지었다. 그리고 접시를 건네는 순간, 예측은 했으나 막을 수는 없는 일이 벌어지고 말았다. 엄마의 손가락이 힘없이 벌어지더니 접시가 미끄러져 떨어졌다.

길은 무거운 접시가 타일 바닥에 떨어진 것보다 엄마의 비명 때문에 더 소스라치게 놀랐다. 비명은 멈출 줄을 몰랐다. 아빠가 의자에서 벌떡 일어나 산산조각이 난 접시와 바닥에 흩어진 고기, 그리고 길을 물끄러미 바라보았다.

길은 고개를 흔들며 말했다.

"제가 한 게 아니……."

하지만 길의 목소리는 엄마의 비명 소리에 묻혀 버렸다. 엄마는 손을 멍하니 늘어뜨린 채 눈물범벅이 되어 계속해서 비명을 질렀다. 아빠는 고기와 그릇 조각으로 난장판이 된 바닥을 조심스럽게 건너와 엄마를 꼭 껴안았다. 엄마는 여전히 소리를 질러 댔다.

"여보, 괜찮아. 괜찮다고."

아빠의 속삭임에 엄마의 비명이 흐느낌으로 바뀌었다. 엄마는 아빠의 가슴에 얼굴을 묻고 울었다. 길은 그 광경을 보고 있기가 힘들었다. 그 자리에서 벗어나고 싶었지만 옴짝달싹할 수가 없었다.

"괜찮아. 다 괜찮아."

아빠는 똑같은 말을 계속했다.

"떠, 떨어뜨렸어요."

마침내 엄마가 입을 열었다.

"여보, 내가 떨어뜨렸다고요. 너무 무서워요. 이젠 자꾸 깜빡깜빡 잊어버려요. 어제도 봐요. 열쇠를 집 안에 둔 채 문을 잠그고 나가서 못 들어왔잖아요. 대체 이제 어떻게 해야 하죠?"

"여보, 그냥 접시가 깨졌을 뿐이야. 누구나 실수로 접시를 떨어뜨리잖아. 지극히 평범한 일이야."

"우리 어머니가 아끼시는 접시라고요."

엄마가 다시 울기 시작했다.

"어쩌면 당신이 그런 게 아닐지도 몰라. 길이 접시를 당신한테 건넸잖아. 길이 실수한 걸 거야."

아빠가 고개를 돌려 길을 쳐다보았다. 길은 아니라고 말하려 했지만, 아빠의 표정에서 무언가를 읽고는 입을 꾹 다물었다. 아빠는 길을 탓하고 있는 게 아니었다. 오히려 엄마를 위해 거짓말을 해 달라고 부탁하고 있었다.

길은 머뭇거리며 중얼거렸다.

"네, 제가 실수한 거예요. 조심했어야 했는데……. 죄송해요, 엄마."

길은 토할 것 같은 기분이 들었다. 무슨 일인지 도무지 알 수가 없었다. 조금 전까지만 해도 아빠는 먹잇감을 노리는 맹수처럼 길을 주시했다. 그런데 지금은 엄마의 기분을 풀어 주기 위한 이상한 게임에 길더러 끼라고 부탁을 하다니. 게다가 엄마는 아빠의 품에 안겨 아기처럼 울고 있었다. 아까는 아빠에게 맞서며 길을 내버려 두라고 소리쳐 놓고서는 말이다.

아빠는 엄마를 부엌에서 데리고 나갔다. 엄마가 침실로 가면서 흐느껴 우는 소리가 조금씩 잦아들었다. 길은 바닥에 무릎을 꿇고 앉아서 깨진 접시 조각들을 하나씩 주워서 쇼핑백에 넣었다.

조금 뒤, 아빠가 다시 돌아와 길의 어깨에 살며시 손을 얹었다.

"그냥 둬. 아빠가 나중에 치울게."

길은 아빠가 부엌 찬장에 둔 약 상자에서 알약이 든 병을 꺼내는 것을 보았다.

"엄마, 어디 아프세요?"

"그냥 속이 좀 상했을 뿐이야."

"아빠, 그냥 접시가 깨진 것뿐이에요. 그런데도 엄마는 무섭게 비명을 지르셨잖아요."

아빠는 알약을 만지작거릴 뿐 아무 말도 하지 않았다.

"엄마가 혹시 무슨 병에 걸린 거예요?"

"……."

"아빠, 제발 말씀해 주세요. 저도 다 감당할 수 있어요."

"아니야. 엄마한텐 아무 문제 없어. 정말이야. 네가 걱정할 만한 일은 아무것도 없어."

"그 약은 뭐예요?"

"엄마를 좀 진정시키려는 거야."

길은 재빨리 약 이름을 확인했다. 아빠는 약병을 주머니에 집어 넣고는 성큼성큼 부엌에서 나갔다.

"바륨이잖아요. 바륨이 뭔지 저도 알아요. 학교에서 배웠다고요."

아빠는 뒤돌아보지 않았다.

"그래, 맞아. 하지만 엄마가 아파서 이걸 먹는 게 아니야. 그저 흥분을 가라앉힐 진정제가 필요한 것뿐이야."

바륨이라니……. 정신 질환이 있는 사람들이 먹는 약이었다. 게다가 몇 주 이상 복용하면 중독될 수도 있었다. 엄마가 신경 쇠약인 걸까? 그런데 아빠는 어째서 엄마가 괜찮다고 우기는 거지?

실험 VS. 고문

길은 주드 형이 준 책을 손끝으로 빙빙 돌리면서 한참 동안 침대에 누워 있었다. 표지는 슬픈 표정의 연갈색 원숭이 사진이었다. 길은 도저히 그걸 똑바로 쳐다볼 수가 없었다.

머릿속이 엉망진창이었다. 엄마가 아플지도 모른다는 생각이 들자 겁이 더럭 났다. 가만히 생각해 보니 엄마가 예전 같지 않았다. 아빠한테 지나치게 의존하는 듯했다. 엄마에게 뭔가 문제가 생긴 게 분명했다. 길이 속상하게 하면, 그만큼 엄마의 상태가 더 나빠질지도 몰랐다.

그것은 아빠에게 완벽한 무기가 될 것이다. "말대꾸하지 마라. 엄마가 속상해할 거야. 엄마를 위해 진정하려무나. 어쩌고저쩌고……." 길은 이 모든 게 아빠 탓이라는 생각이 들었다. 그러자 화가 훅 치밀었다. 그러다 어제 알게 된 끔찍한 진실을 다시 떠올렸다.

아빠가 동물 실험을 한다는 것. 아빠에게 한 번도 들어 본 적 없는 이야기였다. 머릿속에서 거대한 종이 시끄럽게 울려 댔다. 길은 침대에서 일어나 앉아 책을 펼쳤다. 그 책을 읽어야 했다. 주드 형이 아빠를 왜 그토록 비난하는지 정확히 알아야 했다. 그러나 막상 책장을 넘기자, 그 안에 담긴 내용이 너무 어려워서 단박에 이해가 되지 않았다.

책에는 수많은 과학자들의 이야기가 실려 있었다. 그들은 토끼의 눈에 세제를 뿌려서 눈이 머는지를 알아보기도 하고, 기니피그의 털을 싹 다 민 다음에 피부에다 표백제를 한 방울씩 떨어뜨려서 화상의 정도를 살피기도 하고, 대마초와 코카인을 원숭이에게 주어서 중독되는 과정을 알아보기도 하고, 원숭이를 일부러 에이즈에 걸리게 한 다음에 치료제를 찾기도 하고, 개에게 립스틱을 먹인 다음 암에 걸리는지를 연구하기도 했다.

그 외에도 배아 유전자를 조작해서 머리가 둘 달린 쥐와 머리의 반이 없는 쥐, 다리가 없거나 혹은 너무 많이 달린 채 태어나게 만들기도 하며, 몸의 다른 부위에 눈이 생기게 만들거나, 침팬지의 뇌에 전극을 꽂아 전기를 통하게 한 다음 얼마나 경련을 일으키는지 알아보는 과학자도 있었다. 전부 아빠 같은 사람들의 이야기였다.

책에는 이런 실험 중 일부가 지금은 금지되었다고 쓰여 있었다. 동물 권리 운동을 통해 오랫동안 싸워서 어렵게 얻어낸 결과였다. 영국에서는 침팬지나 고릴라를 대상으로 하는 실험이 금지되었다. 그 뒤로 화장품과 세제를 실험에 사용하는 빈도도 이전보다는 낮아졌지만 완전히 없어지지는 않았다. 영국에서만 해마다 수백만 건의 동물 실험이 이루어지고 있으며, 미국을 비롯한 여러 나라에서 그 이상으로 무자비한 실험이 계속 이루어지고 있었다. 스스로를 대변할 능력이 없는 수백만 마리의 동물들에게는 그들을 위해 맞서 싸워 줄 사람들이 필요하다고 했다.

사진은 하나같이 끔찍했다. 책을 덮을 즈음에는 메스꺼워서 속이 뒤틀리는 기분이었다. 이런 기분을 느껴야 하는 사람은 아빠였다. 주드 형처럼 냉정함을 잃지 않은 채 아빠가 이런 기분을 느끼게 만들고 싶었다.

주드 형의 말이 맞았다. 동물 실험은 고문이나 다름없었다. 그리고 아빠는 그 고문에 기꺼이 가담했다. 길은 침대에 누워서 두 눈을 꼭 감은 채 텔레비전 뉴스에서 보았던 주드 형의 모습을 머릿속에 떠올려 보았다. 주드 형을 꼭 다시 만나고 싶었다.

그때, 방문을 두드리는 소리가 나더니 길이 뭐라고 답하기도 전에 아빠가 불쑥 들어왔다.

"차 마실래?"

"치즈 샌드위치면 돼요."

"그건 점심때 먹었잖니?"

길은 그제야 아빠를 쳐다보았다. 검은 머리카락이 제멋대로 뻗쳐 있었고, 미간에는 주름이 잡혀 있었다. 아빠는 아주 평온해 보였다. 책에 나오는 사람들이 이렇듯 멀쩡하게 보여도 되는 걸까? 도저히 이해가 안 되었다.

"그러면 파스타로 할게요."

아빠는 고개를 끄덕이다가 갑자기 인상을 찌푸렸다.

"이걸 읽었니?"

아빠는 책을 집어 들고 책장을 빠르게 넘기며 훑어보았다.

"실제로는 이런 식으로 실험을 하지 않아. 이건 사람들을 자극하려고 과장되게 쓴 거야. 일종의 선동이지."

"아, 그래요?"

"딱 봐도 여러 종류의 동물 실험을 구별하지 않고 마구 나열해 두었잖니?"

그게 무슨 차이가 있나? 깊은 배경 지식이 없어서 그런지 아빠의 말이 전혀 이해가 가지 않았다.

"나중에 다시 얘기를 나눌 기회가 있을 거야."

"아빠가 동물 실험을 하신다는 걸 왜 미리 말씀해 주시지 않았어요?"

"그건……."

아빠는 바닥을 내려다보며 한동안 아무 말을 하지 않았다.

"안전 때문이지. 동료 중에는 공격을 받는 사람들이 더러 있단다. 갑자기 차바퀴에 구멍이 나거나, 브레이크가 고장 나거나, 우편함에서 폭죽이 터지기도 해. 이따금은 살해 위협까지 받아. 그렇기 때문에 내가 어떤 일을 하는지 아는 사람이 적을수록 더 안전하거든. 무엇보다 어려운 주제라서 네가 더 자라면 얘기해 주려고 했어."

"그때가 언제인데요?"

"아빠는 네가 이 일로 속상해하거나 두려워하지 않길 바랐어."

"진짜로 두려운 건 갑자기 어떤 사실을 알게 되는 거예요. 아빠가……."

"아빠가 뭐?"

'고문하는 사람이라는 걸 말이에요.'

길은 입을 열었지만 말이 새어 나오지는 않았다. 아빠 얼굴이 조금 일그러졌다. 이런 식의 토론을 할 때 언제나 보아 왔던 표정이었다. 하지만 이번에는 아빠 뒤에 또 다른 아빠가 얼핏 보이는 것만 같았다. 하얀 가운을 입고 손에 칼을 든 채 미친 사람처럼 웃어 대는…….

"길, 잘 들으렴. 나는 수많은 사람들의 건강을 위해서 연구를 하는 과학자란다. 쥐의 유전자에 작은 변화를 만든 다음 자세히 관찰하는 일을 하지. 재미로 동물을 해치는 게 아니야. 나도 가축의 공장식 사육을 반대하는 사람이야. 화장품이나 화학제품에 동물을 이용하는 것도 지지하지 않고. 어떤 종류의 무기 실험이든 동물을 쓰는 것을 반대한단다. 하지만 우리 실험실에서 하는 일은 달라. 아주 중요한 연구란 말이다."

"알았어요."

길은 속으로 반박해야 한다고 스스로를 다그쳤지만 결국 이렇게 대답하고 말았다.

"네가 이런 문제에 더 이상 얽히지 않았으면 좋겠어. 아빠는 지난 몇 년간 우리 연구소 밖에서 일어나는 시위를 많이 봐 와서 그게 얼마나 폭력적이고 끔찍한지 잘 알아. 네가 끼어들 만한 일이 아니야."

"사무실에 편하게 앉아서 창문을 통해 본 것만으로 그 사람들의 활동을 속속들이 알 수 있는 건 아니잖아요."

아빠는 오묘한 표정으로 길을 바라보았다. 아주 멀리 떨어진 곳에서 흘러나오는 음악 소리에 귀를 기울일 때처럼 멍한 표정이었다.

"막연한 관찰이 아니라 경험에서 우러난 얘기야."

"네, 어련하시겠어요?"

"네 엄마를 처음 만난 곳이 바로 시위 현장이란다. 우리는 함께 핵무기 폐기 운동을 했지. 게다가 핵무기가 보관되어 있는 군사 시설에 쳐들어가려는 엄청난 계획에 가담하기도 했어. 하지만 운 나쁘게도 기물 파손과 불법 침입이라는 죄목으로 체포되어 경찰차 뒷자리에 나란히 앉게 되었단다."

"설마요? 믿을 수 없어요."

"우린 그 일로 법정에 서야 했어. 둘 다 벌금형을 받았지. 뭐, 그때는 많은 사람들이 그랬단다. 벌금을 내지 않아서 감옥에 간 사람도 있었고. 네 엄마도 그랬거든."

"엄마가 감옥에 갔었다고요?"

아빠가 시위를 한 적이 있다는 사실보다 더 상상하기 어려운 이야기였다. 엄마가? 접시 하나를 깨뜨리고서도 겁에 질려 비명까진 질러 댔던 엄마가, 자신의 신념을 위해 감옥행까지 불사할 정도로 강인했다고?

"그래, 이 주일 정도 그 안에 있었지."

"아빠는요?"

"난 마지막 순간에 벌금을 냈어. 아주 중요한 연구직 면접을 봐야 했거든. 그때 감옥에 갔다면 기회를 완전히 놓쳤겠지."

"그럼, 엄마 혼자 감옥에 가도록 내버려 두신 거예요?"

"길, 우린 그 당시에 서로를 잘 모르는 사이였단다. 남자와 여자는 따로 수감을 했기 때문에 내가 감옥에 갔다 해도 같이 있지는 못했을 테지만. 어쨌든 그 후에 난 엄마를 만나러 갔어."

아빠는 창문 너머를 지그시 바라보았다.

"아빠도 체포된 적이 있으시면서, 저번에 제가 경찰차를 타고 집에 왔을 때 왜 그렇게까지 몰아세우셨어요?"

"그건 완전히 다른 이야기지. 나는 신념 때문에 체포되었던 거니까. 우리는 인류의 공존에 반하는 범죄를 막기 위해 시위를 했던 거야. 그런데 넌 공원에 쓰레기를 함부로 버려서 경찰에게 잡힌 거잖니?"

아빠가 따지듯이 말하자, 길도 흥분해서 소리쳤다.

"그러면 어째서 지금은 예전처럼 시위를 하지 않으시는 거죠? 신념이라면서요?"

"그때와는 상황이 바뀌었으니까. 그리고 어렸을 때 생각했던 것처럼 세상일이 간단하지만은 않다는 걸 알았으니까. 너도 언젠가는 알게 될 거야."

아빠는 더 이상 입씨름을 하고 싶지 않은지 작은 책을 말아 쥐고는 방에서 나가 버렸다.

길은 아빠의 뒷모습을 보며 식식거렸다. 아빠에게는 부당한 것에 당당히 맞서 싸울 신념이 있었다. 하지만 시간이 지나면서 서서히 빛이 바래기 시작했다. 그리고 더는 중요하지 않게 되었다. 그렇게 아빠는 차츰 '부모님' 같은 사람으로 바뀐 것이다. 어떤 일이 벌어져도 맞서려 하지 않는 사람들, 자식한테 강요한 것과는 정반대로 행동하는 사람들…….

길은 결코 그런 사람이 되지 않겠다고 다짐했다. 주드 형과 어깨를 맞대고 반드시 이루어 내리라. 세상이 바뀌길 기다리는 것은 시간 낭비였다. 길은 자기 손으로 세상을 바꾸겠다고 마음먹었다.

출입 금지 구역

주드 형을 어디에서 찾아야 할까? 주드 형이 사는 곳은 고사하고 전화번호도 알지 못했다. 그러고 보니, 성조차 몰랐다. 어쩌면 작은 책 뒷면에 동물 권리 보호 단체 연락처가 적혀 있을지도 몰랐다. 길은 벌떡 일어났다가 다시 힘없이 주저앉았다. 아까 아빠가 그 책을 가져가 버린 일이 생각났기 때문이다.

잠시 후, 길은 자리에서 일어나 집 안을 샅샅이 뒤지기 시작했다. 일단 거실과 부엌에는 없는 듯했다. 쓰레기통까지 뒤졌지만 깨진 접시 조각을 담은 비닐봉지뿐이었다. 아빠가 책을 침실로 가져간 게 아니라면 서재에 있을 터였다. 길은 잠시 멈칫했다. 아빠의 서재는 출입 금지 구역이었기 때문이다. 아빠가 어떤 일을 하는지 알게 되자, 서재에 못 들어가게 한 이유도 알 듯했다. 아빠의 일과 관련된 온갖 물건들이 거기에 있을 테지.

'우리 집인데 못 들어갈 이유가 없어.'

길은 서재를 향해 살금살금 걸어갔다. 문손잡이를 잡자 심장이 쿵쾅거렸다.

'바보같이 뭘 무서워하는 거야? 여긴 그냥 방일 뿐이라고.'

그러나 그곳은 길이 들어가선 안 되는 방이었다. 오랫동안 지켜 온 규칙을 깨는 일은 정말로 어려웠다. 하지만 용기를 내어 서재 문을 열었다. 문이 바윗덩이를 미는 것처럼 무겁게 느껴졌다.

서재에는 카펫이 깔려 있었다. 한쪽 벽은 전체가 책장이었다. 그 외에 서류 정리함과 안락의자, 그리고 커다란 책상이 있었다. 펜, 종이뭉치, 가족사진, 노트북, 공책 따위가 책상 위에 가지런히 놓여 있었다. 커다란 화석 물고기가 담긴 유리 상자도 있었다. 그리고 길이 애타게 찾던 그 책이 책상 한가운데에 놓여 있었다. 길은 공책 한 장을 뜯은 뒤 책 뒷면에 있는 전화번호를 적었다. 그리고 얼른 주머니 안에 쑤셔 넣었다.

아빠가 오기 전에 얼른 서재에서 나가야 했다. 그런데 그때 책상에 달린 서랍이 눈에 띄었다. 서랍은 잠겨 있었지만, 열쇠가 열쇠 구멍에 그대로 꽂혀 있었다. 열쇠는 딸깍 소리를 내며 부드럽게 돌아갔다.

첫 번째 서랍에는 클립과 가위, 종이, 명함, 프린터 카트리지, 열쇠 꾸러미 같은 것들이 들어 있었다. 그리고 은색 버튼이 달린 검정색 펜던트와 '핵폭탄을 반대하는 과학자들'이라고 적힌 배지가 있었다.

가운데 서랍에는 이메일을 출력한 것으로 보이는 종이 꾸러미가 쌓여 있었는데, 그 위에 길의 게임기와 MP3 플레이어가 가지런히 놓여 있었다. 길은 자기도 모르게 손을 뻗어 그것들을 집어 들었다가 다시 제자리에 놓아두었다.

이번에는 제일 아래쪽 서랍을 열었다. 거기에는 앨범이 들어 있었다. 길은 잠깐 동안 망설였다. 출입 금지 구역이었던 서재 안, 그것도 잠긴 서랍 안에 있는 앨범이라니……. 다른 앨범들은 모두 거실의 선반에 꽂혀 있었다. 거기에는 방학이나 학교 전시회, 스케이트 대회 등에서 찍은 가족사진은 물론이고, 친구들 사진까지 들어 있었다. 여느 집에서나 볼 수 있는, 행복하고 평범해 보이는 사진들 말이다. 그런데 이렇게 은밀히 숨겨 놓은 앨범에는 과연 무엇이 들어 있을까?

길은 숨을 크게 들이마시며 앨범을 펼쳤다. 기대와는 달리, 죽어 가는 동물 사진은 없었다. 무엇을 찍은 것인지 알아볼 수 있는 사진은 단 한 장도 없었다. 죄다 개구리 알처럼 생긴 것들을 찍은 사진들이었다. 앨범을 한 장씩 넘겨 보았지만 모두 비슷했다. 몇몇 사진에는 날짜와 이름이 적혀 있었다. 토마스, 이모젠, 안나, 데이비드 같은 이름들……. 날짜는 길이 태어나기 전이었고, 오래된 사진들은 가장자리가 누렇게 변색되어 있었다.

그때 위층에서 무언가 소리가 들렸다. 길은 소스라치게 놀라 앨범을 서랍에 도로 넣고 열쇠를 돌려 서랍을 잠갔다. 그런 다음에 서재에서 재빨리 빠져나왔다.

그러나 위층에서는 아무도 내려오지 않았다. 길은 한 번에 두 계단씩 뛰어올라 자기 방으로 들어갔다. 방 안에서 한동안 상황을 살피다가, 아무 일도 일어나지 않자 다시 거실로 내려갔다.

그리고 전화기 앞으로 살그머니 다가갔다. 긴장한 탓인지 자꾸만 손가락이 숫자를 잘못 눌렀다. 길은 세 번의 실패 끝에야 제대로 전화를 걸었다. 눈을 꼭 감은 채 귓가에서 울리는 발신음을 들었다. 이윽고 딸깍 하는 소리가 나더니 낯선 여자의 목소리가 들렸다.

"안녕하세요? 전화해 주셔서 감사합니다. 지금은 부재중이오니, 삐 소리가 나면 전화번호를 남겨 주세요. 확인 후 전화 드리겠습니다."

길은 전화번호를 잘못 누른 줄 알고 황급히 전화를 끊었다. 그러고 나서 다시 번호를 눌러 보았지만 전화기에서는 똑같은 말이 흘러나왔다. 이번에도 삐 소리가 나기 전에 전화를 끊어 버렸다. 그러고는 소파에 앉아서 꺼진 텔레비전 화면을 멍하니 쳐다보았다.

사진에서 본 개구리 알 모양은 아빠의 연구와 관련이 있는 게 틀림없었다. 아마도 세포 사진일 터였다. 아빠가 연구소에서 실험하고 있는 동물의 세포가 틀림없었다. 얼마나 중요하기에 앨범까지 만들어서 보관하는 걸까? 아빠는 진짜로 유전자를 조작해서 주드 형이 비난한 대로 괴물을 만들어 내려는 것일까?

게다가 사진마다 이름까지 있었다. 쥐, 개구리, 원숭이 같은 동물이 아니라 마치 사람의 이름 같았다. 순간, 길은 몸을 부르르 떨었다. 아빠가 실험실에서 머리가 둘에 눈이 네 개인 쥐를 만든 뒤 '이모젠'이라고 부르는 걸 상상하자 너무나 해괴한 느낌이 들었다. 그런 짓을 하고 집에 돌아와서는 토스트에 치즈를 얹어 간식을 만들어 주는 평범한 아빠인 척을 하다니. 생각할수록 역겨웠다.

그때 전화벨이 크게 울렸다. 길은 주드 형일 거라고 생각하며 잽싸게 전화기를 집어 들었다. 그런데 하도 급하게 받느라 전화기가 손에서 미끄러져 바닥에 떨어지고 말았다.

"여보세요?"

길이 전화기를 들어 올리며 말했다.

"귀청 떨어질 뻔했잖아. 전화기를 내동댕이라도 친 거야?"

아주 익숙한 목소리, 루이스였다.

"어, 너구나."

길은 실망감을 감추려고 하지도 않았다.

"저기, 지난주에 있었던 일, 사과하려고 전화했어."

길은 아무 대꾸도 하지 않았다.

"길?"

"어, 아직 안 끊었어."

길이 따분하다는 투로 말했다.

"그럼, 이제 괜찮은 거지? 우리, 다시 예전처럼 지낼 수 있는 거지?"

길은 루이스가 말하는 '예전'이 어땠는지 가물가물했다. 아주 까마득한 옛날 일 같았다. 아빠가 감추고 있던 끔찍한 비밀을 알기 전, 주드 형을 만나기 전, 아빠가 정한 규칙을 어기고 시내에 가기 전, 그게 바로 '예전'이었다. 또 주드 형이 준 작은 책을 읽기 전, 고통받는 동물들의 사진이 머릿속을 꽉 채우기 전이었다. 쌍안경을 거꾸로 들고 보는 것처럼, '예전'은 아주 멀리 떨어진 곳에 자그마하게 존재했다. 길은 아무리 노력해도 다시 그때로 돌아갈 수 없다는 걸 깨달았다.

"그래, 괜찮아. 네가 원한다면 얼마든지 예전처럼 지낼 수 있어."

길은 루이스와의 관계가 어떻게 되든 별로 신경 쓰이지 않았지만, 기분 나쁘지 않게 적당히 대꾸했다.

"좋아. 그럼, 내일 학교에서 보자."

루이스가 밝은 목소리로 대답했다.

길은 전화를 끊었다. 길에게는 내일의 계획이 따로 있었다. 아니, 아직은 없지만 뭔가를 계획하고 싶은 마음이 굴뚝같았다. 그래서 어두운 거실에 우두커니 앉아서 곰곰이 생각에 잠겼다. 아빠가 거실로 내려와 길을 발견하고 무얼 하고 있느냐고 물을 때까지.

거짓말

월요일 아침은 날씨가 무척 흐리고 안개가 많이 껴서 겨우 몇 미터 떨어져 있는 창밖의 사과나무조차 또렷이 보이지 않았다. 엄마는 안방에 틀어박힌 채 아침 식사도 하러 나오지 않았다. 길은 뭔가 잘못되어 가고 있다는 생각이 들었다. 아빠는 아무 말 없이 부엌을 누비면서 아침 식사를 준비했다. 길은 아빠의 주의를 끌지 않도록 조심했다.

"엄마는 좀 어떠세요?"

길은 집을 나서면서 아빠에게 물었다.

"아직 자."

아빠는 짧게 대답하고는 입을 꾹 다물었다.

짙은 안개 때문에 자동차가 기다시피 하면서 가까스로 학교에 닿았다. 길은 맞은편에서 오는 자동차의 전조등 불빛이 밝아졌다 어두워졌다 하는 것을 물끄러미 바라보았다. 아빠는 교문 앞에 길을 내려 주고 곧장 가 버렸다. 사방이 희뿌연 탓에 교실까지 가는 길이 두 배로 늘어난 것처럼 멀게 느껴졌다.

루이스는 뿌연 안개 속에서도 길을 단번에 찾아냈다.

"참 요상하네. 아까 교문에서 널 기다리는데 정말 한 치 앞도 안 보이는 거 있지? 눈이 멀면 이런 느낌일까?"

길은 아무 대꾸도 하지 않고 어깨를 으쓱했다. 루이스는 교실에 도착하고 나서도 계속 재잘거렸다.

"눈머는 거 진짜 무섭고 싫다, 그치? 안개 때문인지 눈이 시리고 머리가 아파. 그런데 안개 장님도 있을까? 설맹도 있으니까 뭐. 예전에 우리가 북극 탐험가가 되어 냉동고에 숨어서 놀 때 네가 한 말이잖아. 게다가……."

"그래, 기억 나."

"그때 정말로 끝내줬는데."

"어린애들이나 하는 유치한 놀이였어."

"넌 탐험가가 되고 싶어 했잖아."

"이젠 아냐. 됐지?"

"꿈이 바뀌었어? 왜 갑자기?"

"따분하니까."

"그렇구나. 그런데 있잖아. 내가 안개 때문에 눈이 아프다고 하면 체육 시간에 쉴 수 있을까?"

루이스와 마지막으로 얘기를 나누었던 게 일주일 전이던가? 일주일

만에 만나 고작 5분 동안 같이 있었을 뿐인데, 길은 루이스 때문에 미칠 지경이었다.

"루이스, 넌 언제나 쓸데없는 소리만 하고 있구나."

루이스는 당황한 표정을 짓더니 고개를 갸웃거리며 이렇게 되물었다.

"길, 넌 아직도 외출 금지야? 스케이트장에 또 안 왔더라."

"응."

"그러면 우리 집에 놀러 올 수도 없어?"

"그래, 못 가."

"대체 무슨 일이야?"

"아무것도 아니야."

"넌 있잖아. 지금 나랑 같이 있는 게 분명한데도 여기에 존재하는 것 같지가 않아."

루이스가 고개를 절레절레 흔들었다.

"아으, 넌 도대체가…… 그만 좀 해!"

길이 짜증 섞인 목소리로 툴툴거렸다. 그러면서도 머릿속으로는 루이스의 말이 맞는지도 모른다는 생각을 했다. 길은 지금 바다 한가운데에 떠 있는 섬에 홀로 떨어져 뭔가가 나타나길 기다리는 듯한 기분이었다.

"길, 너희 아빠가……."

몬터규 선생님이 교실에 들어오면서 루이스의 말이 끊겼다. 선생님이 출석을 반쯤 불렀을 때, 길에게 좋은 수가 떠올랐다. 길은 자기 이름이 불릴 때까지 잠자코 기다렸다.

"길 워커?"

"네, 선생님. 아, 잠시만요!"

"왜 그러니?"

"선생님께 허락을 받은 뒤에 곧바로 치과에 가야 해서요. 아빠가 주신 외출 신청서를 가져왔어요."

길은 가방을 뒤지는 척하며 잠시 미적거렸다. 길이 예상한 대로 선생님은 그새를 참지 못하고, 길에게 행정실에 외출 신청서를 낸 뒤 치과에 다녀오라고 말했다.

"치과에 간다고? 어떡하냐? 장난 아니겠다. 나라면 치과에 가느니 그냥 체육 수업에 들어가고 말 거야. 아빠가 데리러 오시니? 수학 시간에는 돌아올 수 있니? 과학 시간까지는 돌아왔으면 좋겠다. 치료하는 데 얼마나 걸릴 것 같아?"

길은 쉼 없이 재잘거리는 루이스를 겨우 떼어 놓고 서둘러 화장실에 갔다. 그러고는 화장실 칸막이 안에 들어가 문을 잠근 뒤 가짜 외출 신청서를 만들었다. 아빠 글씨와 얼추 비슷하게 쓰기는 했지만, 마무리를 어떻게 해야 할지 헷갈렸다. 아빠의 사인을 한 번도 본 적이 없었던 것이다. 할 수 없이 '매슈 워커 박사'라고 정직하게 썼다.

행정실 직원은 안경을 만지작거리며 외출 신청서를 미심쩍은 듯이 살펴보았다.

"치과 예약 시간이 10시네. 한 시간도 더 남았구나."

직원이 외출 신청서를 바라보며 말했다. 길은 속으로 9시 반이라고 적지 않은 것을 후회했다. 직원이 길을 바라보며 물었다.

"치과가 어디에 있는데?"
"브로건스힐에요."
"거기까지 어떻게 갈 거니?"
"걸어서요."
"달팽이처럼 느릿느릿 기어간다고 해도 이십 분이면 충분히 닿겠네."
"하지만 안개가 잔뜩 끼어서 길을 잃을까 봐 걱정이에요. 무엇보다 전 치과에 가기가 몹시 싫어요. 지금 안 가면 포기해 버릴지도 모른다고요. 그러면 아빠가 무척 화를 내실 거예요. 부탁드려요."
길의 목소리에는 절박함이 묻어 있었다. 학교에서 빠져나가지 못하면 계획하고 있는 일의 다음 단계로 넘어갈 수가 없었다.
"그래, 알았어."
직원이 한결 누그러진 목소리로 대답했다.
얼마 뒤, 교문이 삑 하는 소리를 내며 열렸다. 길은 안개를 헤치고 학교 밖으로 나섰다.
길은 거대한 투명 망토나 다름없는 안개가 무척 고마웠다. 안개 속에 몸을 숨길 수 있었기 때문에 학교로 다시 붙잡혀 갈까 봐 두려워 연방 뒤를 살필 필요가 없었다. 숨통도 덜 조이는 기분이었다.
길은 십 분쯤 걷고 나서야 전화를 걸어야 한다는 생각이 들었다. 공중전화 부스를 어디에서 찾아야 할지 알 수가 없었다. 한 치 앞도 보이지 않았다. 마치 안개에게 포위당한 느낌이 들었다.
그때 별안간 알록달록하게 장식한 상점이 눈앞에 나타났다. 길은 망설임 없이 문을 열고 안으로 들어갔다. 종소리가 나자 계산대 뒤에서 사람이 나타났다.

"아직 문 안 열었어요. 죄송합니다. 12시에 오세요."

그곳은 포장을 전문으로 하는 중국 음식점이었다.

"저기……, 전 음식을 사러 온 게 아니에요. 전화기를 좀 써야 하는데, 이 근처에 공중전화가 어디에 있는지 혹시 아세요?"

"급하면 우리 가게 전화기를 써도 돼."

점원이 계산대 끄트머리에 놓인 전화기를 가리켰다.

"아, 정말요? 감사합니다!"

길은 가방 안의 내용물을 다 끄집어내고서야 전화번호를 적은 쪽지를 찾아냈다.

"지금 학교에 있을 시각 아니니?"

"약속이 있어서 선생님께 허락을 받고 외출한 거예요. 약속 장소를 잊어버려서 전화를 걸어야 하고요."

점원은 고개를 끄덕이면서도 자리를 뜨지는 않았다.

길은 신중하게 번호를 눌러서 전화를 걸었다. 전날 밤처럼 발신음이 계속해서 울렸다. 한참을 기다리자 또다시 음성 안내 메시지가 이어졌다. 젠장, 아무도 없는 모양이군. 이제 어떻게 해야 하지?

그때였다.

"여보세요?"

웬 여자가 전화를 받았다. 길은 당황해서 아무 말도 하지 못했다.

"여보세요? 말씀하세요."

"여보세요. 안녕하세요? 혹시 주드 형과 통화할 수 있나요?"

길은 마른침을 꿀꺽 삼키며 말했다.

"누구? 주드라고? 그런 사람은 모르는데……."

여자 목소리가 서서히 작아지더니 이내 조용해졌다. 길은 조바심이 나서 재빠르게 말했다.

"주드 형이 저한테 이 전화번호가 적힌 책을 줬어요. 시내에 있는 동물 권리 보호 가판대에서요. 혹시 주드 형의 전화번호를 모르시나요?"

"넌 대체 누구지?"

여자가 미심쩍다는 듯이 말했다.

"전…… 주드 형 친구예요. 만난 지 얼마 되지는 않았지만요. 정말이에요. 좀 도와주세요. 주드 형이랑 할 얘기가 있어요."

"함부로 전화번호를 알려 줄 순 없어. 해코지를 하려는 걸 수도 있잖니?"

"전 나쁜 사람이 아니에요."

길은 여자가 전화를 끊을까 봐 초조해하며 급하게 말을 이었다.

"아니면 주드 형한테 메모를 좀 남겨 주실래요? 정말로 중요한 일이라서 그래요."

"알았어. 잠깐 기다리렴."

여자는 성가신 듯한 말투였다.

"이름이 뭐니?"

"길 워커예요."

"전화번호는?"

"잠시만요."

길은 전화기 주변을 샅샅이 훑었지만 어디에도 전화번호가 적혀 있지 않았다. 그러자 점원이 계산대 위에 테이프로 붙여 놓은 종잇조각을 가리켰다. 길이 그 전화번호를 불러 주자 여자는 곧바로 전화를 끊어 버렸다.

"저쪽에서 전화를 걸 거래요."

점원에게 말은 그렇게 했지만 실제로 전화가 올지는 알 수 없었다. 점원은 길을 미심쩍은 눈으로 쳐다보며 개점 준비를 하기 시작했다. 길은 교복까지 입은 자신을 강도 취급하는 점원이 못마땅해서 속으로 툴툴거렸다.

기다리는 시간이 점점 길어졌다. 주드 형이 아직 자고 있거나 휴대폰이 꺼져 있는지도 몰랐다. 그것도 아니면 뭔가 영웅적인 일을 하느라 바쁜 건지도 모르고. 혹시 길을 기억하지 못하는 건 아닐까?

아니다. 그럴 리가 없다. 주드 형은 길을 기억할 터였다. 시내에서 아빠와 한 판 한 게 바로 이틀 전의 일이었다. 하지만 주드 형이 길을 보고 싶어 하지 않으면? 방금 통화한 여자가 주드 형에게 메모를 전달하지 않으면 어떻게 한담?

길은 머리가 어지러웠다. 눈을 질끈 감자 상처 입은 동물들이 줄지어 지나가는 모습이 눈앞에 떠올랐다. 동물들은 고통스러워하면서 마지못해서 천천히 행진했다. 아빠는 동물들에게 좀 더 빨리 가라고 재촉하면서 '작고 하얀 방울'을 허공에 마구 흩뿌렸다.

아빠는 오른편에 그 하얀 방울을 한 줌 던지며 말했다.

"살아라."

그런 다음에는 왼편에 하얀 방울을 던졌다.

"죽어라."

길이 눈앞의 광경에 넋을 빼놓고 있을 때 전화벨이 크게 울렸다. 길은 얼른 전화를 받았다.

"여보세요. 길이에요. 혹시……."

"길! 네 목소리를 들으니 정말로 반갑구나!"

주드 형이었다. 주드 형의 활기찬 목소리를 들으니 그제야 안도감이 들었다.

"집이니?"

"아니에요. 지금 만날 수 있어요?"

"음, 토요일에 있었던 일과 관련이 있는 거니?"

"네."

"아이고, 나 때문에 기분이 상한 모양이구나."

주드 형은 걱정스러운 듯한 목소리로 덧붙였다.

"길, 정말로 미안하다. 이 빌어먹을 놈의 입을 다물고 있어야 했는데 말이야."

"아니에요. 기분 상하지 않았어요. 형, 지금 만날 수 있어요? 정리가 좀 필요해서요. 그러니까 제 머릿속 말이에요."

"지금 어디 있는데? 내가 있는 데로 올 수 있니? 혹시 학교 근처니?"

"네."

"15번 버스를 타고 쭉 오다가 체서피크 가에 있는 큰 마트를 지나자마자 내리면 돼. 내가 마중 나갈까?"

"주소만 알려 주세요. 지도를 보고 찾아갈게요."

주드 형은 주소와 전화번호를 천천히 불러 주었다.

"못 찾겠거든 전화해."

"전 휴대폰이 없는걸요."

"마트에 공중전화가 있어. 거기에서 전화해. 그럼 이따 보자."

길은 전화를 끊은 뒤, 점원에게 고맙다는 인사를 하고 가게에서 나왔다.

앨버트 가 30번지

버스가 털털거리면서 시내를 가로지르는 동안, 안개가 서서히 걷히기 시작했다. 체서피크 가에 있는 대형 마트에 도착할 때쯤에는 날이 완전히 개었다.

길은 버스에서 내려 주변을 두리번거렸다. 한 번도 와 본 적이 없는 낯선 곳이었다. 지도를 꺼내서 가야 할 길을 확인한 뒤 천천히 걷기 시작했다. 앨버트 가를 따라 곧장 가다가 왼쪽에서 두 번째 골목으로 접어든 다음, 문 앞에 담배꽁초가 수북이 쌓인 술집과 공중전화 부스만큼 작은 휴대폰 수리점을 지나쳤다. 그런 다음에 케밥 전문점과 귀금속 가게를 지났다.

이윽고 양옆으로 집들이 늘어선 짧은 길이 나타났다. 끄트머리에는 커다란 교회가 있었고, 작은 앞마당에 낡은 소파와 매트리스 따위가 널브러져 있는 집이 두어 채 있었다. 집집마다 문밖에 쓰레기를 너저분하게 버려 두었다. 길은 막다른 골목에 이르자 초조해졌다. 제대로 찾아온 게 맞는지 걱정이 되었다.

주드 형의 집은 앨버트 가 30번지였다. 길은 번지수를 찬찬히 헤아려 보았다. 16번지, 18번지, 20번지, 22번지. 이제 거의 다 왔다. 낮은 담 뒤에 30번지 팻말이 붙어 있었다. 주드 형네 집은 대문이 활짝 열려 있었다.

길은 그 집을 향해 성큼성큼 걸어갔다. 그러다 대문을 통과하기도 전에 멈춰 서고 말았다. 대문 앞에 누군가가 쓰러져 있었기 때문이다. 맙소사, 죽은 건가? 어떻게 해야 하지? 그때 그 사람이 끄응 하는 소리를 내면서 한쪽 팔을 움찔거렸다. 길은 밖으로 뛰쳐나온 뒤, 다시 골목을 거슬러 올라가 아까 그 마트로 뛰어 들어갔다. 그러고는 정신을 가다듬고 주드 형에게 전화를 걸었다.

"여보세요."

"주드 형! 저예요, 길이요."

"그래, 어디까지 왔니?"

"형네 집까지 갔는데요……."

길은 바짝 마른 목구멍으로 힘겹게 침을 삼켰다.

"대문 앞에…… 누가 쓰러져 있어요. 어, 어떤 아줌마가요."

"아, 샐리 아줌마가 또 말썽을 피운 모양이구나. 걱정 마. 내가 지금 나갈게."

길이 다시 그 집 앞으로 돌아갔을 때, 아까 그 아줌마는 주드 형의 무릎을 베고 있었다. 주드 형은 아줌마 손에서 맥주 캔을 빼낸 뒤 길가에 맥주를 모두 쏟아 버렸다. 황금색 액체가 길의 발 쪽으로 주르르 흘러왔다.

"어, 왔구나? 이 아줌만 금방 괜찮아질 거야."

주드 형이 길을 올려다보며 말했다.

"샐리 아줌마, 일어설 수 있겠어요?"

주드 형이 다정하게 말했다.

샐리 아줌마가 주드 형의 도움을 받아 가까스로 몸을 일으켰다. 하지만 중심을 잡기가 힘든지 잠시 휘청거렸다. 눈물범벅이 된 얼굴에 머리카락이 착 달라붙어 몹시 안쓰러워 보였다.

"내 머리에 뭐가 들어 있어. 그자들이 내 머리에 뭔가를 넣어 놨다고. 그게 머리 안에서 점점 커지고 있단 말이야. 그리고 자꾸만 나한테 이래라저래라 명령한다고. 머리가 아파 죽겠어."

샐리 아줌마는 이렇게 중얼거리고는 다시 눈물을 쏟았다.

"샐리 아줌마 머릿속엔 아무것도 없어요. 내 말을 믿어요. 그자들이 사람한테까지 그런 짓을 하는 건 아니에요. 동물한테만 그런다고요."

샐리 아줌마가 별안간 눈을 동그랗게 치뜨고 길을 뚫어져라 쳐다보았다. 길은 당장 이곳에서 달아나고 싶었다.

"착한 애가 여기에서 뭐하는 거니?"

샐리 아줌마가 이상하다는 듯이 물었다.

"내 친구예요. 나를 만나러 왔어요."

주드 형이 대답했다.

"조심해. 네 머리에는 아무것도 집어넣지 못하게 하라고. 사람들이 나한테 실험을 했어. 내 허락도 받지 않고 나를 개로 바꾸려고 했다고."

샐리 아줌마는 갑자기 길을 향해 짖기 시작했다. 길은 겁에 질려 한 발짝 물러났다. 그 모습을 보고 샐리 아줌마가 마구 웃어 댔다.

"샐리 아줌마, 그만해요. 겁먹잖아요. 그런데 약은 챙겨 먹었어요?"

주드 형이 단호한 말투로 물었다.

"모르겠어. 미안해."

"자, 안으로 들어가요."

주드 형이 샐리 아줌마를 현관 쪽으로 이끌었다. 길은 대문 밖에 우두커니 선 채 안으로 따라 들어가도 괜찮을지 고민했다.

"들어와. 잡아먹히진 않을 거야. 샐리 아줌마는 채식주의자거든."

주드 형이 말했다. 그 말이 뭐가 우스운지 두 사람은 배꼽이 빠져라 웃어 댔다. 길은 주드 형을 따라 어두운 집 안으로 들어갔다.

"내 방에 들어가 있어. 금방 갈게."

주드 형이 방문을 열어 주며 말했다.

주드 형의 방도 어둡긴 마찬가지였다. 그래도 뒤쪽으로 난 창을 통해 햇빛이 한 줄기 들어왔다. 방은 허름했지만 아주 잘 정돈되어 있었다. 그런데 이상하게도 이 방과 아빠의 서재가 살짝 겹쳐 보였다. 책상, 책장, 서류 보관함, 1인용 안락의자 같은 것들 때문일까?

책상 위에는 강아지를 안고 있는 사람의 사진이 있었다. 길은 사진을 자세히 들여다보았다. 강아지는 무척 귀여웠지만, 사진 속 사람은 눈만 뚫린 검정색 복면을 하고 있어서 얼굴이 전혀 안 보였다. 눈이 있어야 할 곳에 두 개의 그림자가 있었고, 입이 있어야 할 자리에는 구멍이 하나 뚫려 있었다. 마치 테러리스트 같은 차림을 한 채 총 대신 강아지를 안고 있었다.

한참이 지나도록 주드 형은 오지 않았다. 방에서는 퀴퀴한 담배 냄새와 눅눅한 땀 냄새가 났다. 주드 형이 그럴듯한 계획을 내놓지 못할 바에는 차라리 오지 않았으면 좋겠다는 생각이 들었다. 지금이라도 학교로 돌아가는 게 더 낫지 않을까? 길이 막 방을 나서려는 찰나, 주드 형이 왔다. 주드 형은 맥주 캔 두 개를 탁자 위에 내려놓으며 말했다.

"샐리 아줌마, 참 안됐어. 내가 너무 늦게 왔지? 미안해. 샐리 아줌마가 약 찾는 걸 도와주느라고. 사실 아줌마가 그 약을 먹는 게 좀 찝찝하긴 하지만. 동물 실험을 거쳐서 만들어진 약일 테니까. 어쨌든 아줌마 때문에 많이 놀랐지?"

"네, 조금요."

"샐리 아줌마는 널 해치지 않아. 오히려 자기 자신을 해치는 경우가 더 많지. 샐리 아줌마는 정신 분열증이야. 게다가 알코올 중독 증세까지 있어. 네가 이 세상에서 가장 미워하는 사람이라 해도 바라지 않을 것 같은 일들이 아줌마의 머릿속에서 일어나고 있거든."

길은 문득 엄마 생각이 났다. 엄마가 만약 미쳐 가고 있는 거라면, 결국엔 샐리 아줌마처럼 맥주 캔을 손에 쥔 채 앞마당에 쓰러져 있게 되는 걸까?

"여기 앉아."

주드 형이 안락의자를 툭 치며 말했다.

의자에 엉덩이를 대자 스프링이 삐걱거렸다. 녹색 벨벳 의자는 어찌나 낡았는지 군데군데 천이 덧대어 있고, 팔걸이에는 담뱃불에 탄 자국까지 있었다. 주드 형은 책상 앞의 낡은 사무용 의자에 앉았다. 이윽고 주머니에서 담뱃갑을 꺼내어 담배를 말기 시작했다. 길은 주드 형을 잠자코 지켜보았다. 불현듯 기분이 좋아졌다. 왜 달아나려 했던 걸까? 주드 형은 믿을 만해 보였다. 걱정할 것은 하나도 없었다. 길은 의자에 편히 기대며 물었다.

"아까 샐리 아줌마가 말한 거 있잖아요. 실험이요. 그거 진짜로 있었던 일은 아니죠?"

"샐리 아줌마가 병원에서 치료를 받긴 했지만 실제로 실험이 있었던 건 아니야. 아줌마는 누가 유전자를 조작해서 자기를 동물로 변신시키려 했다고 믿고 있어. 물론 사실이 아니지. 너도 유전자 조작이라는 말은 들어 본 적이 있지?"

"네."

주드 형은 잠시 동안 담배를 내려다보더니, 또렷하고 차분한 목소리로 다시 말을 이었다.

"우리 모르게 온갖 동식물들의 유전자가 조작되고 있어. 그게 나중에 어떤 영향을 미치게 될지 아무도 몰라. 이를테면 추위에도 잘 자라는 딸기를 만들기 위해 북극의 도다리에서 유전자를 뽑아 이식하는 식이지. 반은 과일이고 반은 물고기야. 이상하지? 하지만 네가 딸기를 먹을 땐 그런 사실을 결코 알 수가 없지. 그 딸기는 대형 마트에 먹음직스럽게 진열되어 있을 테니까. 그러니 샐리 아줌마의 말이 완전히 헛

소리는 아닐지도 몰라. 과학이야말로 정말 미쳐 돌아가고 있으니까. 과학자도 마찬가지고. 지식과 부를 위해서라면 원하는 걸 뭐든 할 수 있는 자유가 있다고 생각하는 사람들이지."

"그러니까 우리 아빠 같은 사람들 말이군요."

"그래, 너희 아빠 같은 사람들."

"전 아무것도 몰랐어요……."

길은 목이 메었다. 당황스럽게도 울음이 터질 것만 같았다. 눈물을 참아 보려고 숨을 깊게 들이마시려 했지만 뜻대로 되지 않았다. 조금만 움직여도 아기처럼 울어 버릴 것 같았다. 길은 주드 형에게 우는 모습을 보이고 싶지 않았다. 그래서 눈을 꼭 감은 채 주드 형이 하는 말에 귀를 기울였다.

"너희 아빠가 하시는 일이 뭔지 전혀 몰랐니?"

길은 고개를 끄덕였다.

"연구실에서 일한다는 얘기를 안 해 주셨구나. 동물에게 온갖 짓을 다 한다는 것을 말이야."

"네."

길은 겨우 입을 열었다.

"결국 너한테 예고도 없이 진실을 알려 준 사람이 바로 나란 뜻이구나. 그렇지?"

주드 형은 침울한 표정으로 담배를 만지작거렸다.

"너희 아버지를 다짜고짜 비난하기 전에 네 감정부터 헤아렸어야 했는데……. 정말로 미안하다. 충격을 많이 받았겠구나."

"형 잘못이 아니에요. 어떤 식으로 알게 되든 결국엔 충격을 받았을 테니까요."

주드 형은 담배를 피우기 시작했다. 길과 처음 만났을 때 나무 위에서 그랬던 것처럼.

"문제는요……."

길은 말을 잇지 못하고 머뭇거렸다. 마음이 어지러웠다. 주드 형은 담배를 재떨이에 비벼서 껐다.

"담배 피워도 돼요."

"아냐. 좀 있다가 피우면 돼. 계속 이야기해 봐."

"이제 뭘 해야 할지 잘 모르겠어요. 형이 준 책에 나오는 일들을 알게 된 이상, 나도 더 이상 가만히 있을 순 없어요. 형이 하는 일에 동참하고 싶어요. 일단 아빠께 잘못된 일을 하고 계시다고 말씀드릴게요. 하지만 아빠께 그런 말씀을 드리는 건…… 쉽지 않아요. 아빠는 언제나 모범 답안을 갖고 계시거든요. 어제는 내가 채식주의자가 되겠다고 했더니 아빠가 기다렸다는 듯이 막 몰아붙이셨어요."

"아빠가 뭐라고 하셨는데?"

"채식주의자가 되는 건 쓸데없는 짓이래요. 우유나 버터도 결국엔 고기와 관련이 있다고요. 채식을 제대로 하려면 동물성 제품까지 모조리 포기해야 한다고 말씀하셨어요."

"그건 아빠 말씀이 맞아. 참 똑똑도 하시구나."

"그럼 형도?"

"응."

길은 말문이 막혔다. 채식주의자가 된 지 스물네 시간도 안 되었는데 벌써부터 포기하고 싶었다. 엄격한 채식주의자가 되겠다는 의지는 어떻게 해야 가질 수 있는 걸까? 치즈와 버터, 달걀조차 먹을 수 없다면 대체 뭘 먹으란 말이지?

"고기를 포기하면 끝내주는 세상이 열려."

주드 형이 다정하게 말했다.

"육류 제품이 생산되는 과정을 보면 너희 아빠가 하는 일만큼이나 역겨운 부분이 많아. 어찌 됐든 한 번에 다 해내려 애쓰진 마."

"내가 할 수 있는 일이 뭐가 있을까요?"

"일단 아빠랑 말다툼하지 마. 시간 낭비인 데다 금방 지쳐 버릴 거야. 아빠를 설득할 수는 없을 테니까. 싸우고 뒤돌아서면 모든 게 다시 예전으로 돌아갈 거야. 너희 아빠는 동물 실험으로 큰 명성을 얻었어. 그걸 하루아침에 포기하지는 않을 거란 말이지. 너는 아빠와 싸우는 대신에 주변 사람들에게 동물 실험의 진실을 알리는 편이 더 나아. 전단지를 좀 줄게. 그것 말고도 동물 실험을 하는 회사에 항의 편지를 보내거나, 그 회사의 제품을 사용하지 않는 것도 하나의 방법이야."

"형이 하는 일들이에요?"

"그래, 물론 다른 일도 하고."

주드 형은 책상 위의 사진을 흘깃 쳐다보았다.

"저 사람, 형 맞죠? 무슨 사진이에요?"

"실험에 이용된 개를 풀어 주고 있는 거지."

"어디서요?"

“미안해. 그건 말해 줄 수가 없어.”

“나도 저런 일을 하고 싶다면요?”

주드 형은 고개를 가로저었다.

“길, 저건 몹시 위험한 일이야. 혹시라도 잡히면 곧장 감옥에 가게 돼. 그런 일에 너를 끌어들일 순 없어.”

“그러면 형은 우리 아빠의 연구실 문을 닫게 할 계획이에요?”

주드 형은 천천히 고개를 끄덕였다.

“어떻게요?”

“그것도 말해 줄 수 없어.”

“어쨌든 진짜로 할 거죠?”

“전략을 잘 세운다면……. 힘든 일이거든. 그 연구소는 버킹엄 궁전처럼 보안이 잘 되어 있을 테니까.”

조용히 말을 잇던 주드 형이 갑자기 씩 웃으며 덧붙였다.

“이제 보니 너, 반항아 기질이 있구나? 너와 이름이 똑같은 누군가처럼 말이야.”

“그 사람이 누군데요?”

“길 스콧 헤론이라는 사람……. 처음 네 이름을 들었을 때, 그 사람 이름을 따른 게 아닐까 생각했지.”

“전 그 사람이 누군지 몰라요.”

“혁명은 텔레비전으로 방송되지 않는다!”

주드 형은 누군가의 말투를 흉내 내고는 벌떡 일어서서 책장에서 CD 하나를 꺼내어 틀었다.

"들어 봐."

길은 오디오에서 나오는 소리에 귀를 기울였다. 랩이 흘러나왔는데 마치 한 편의 시 같았다. 낯선 이름들이 줄줄이 이어지다가 한 번씩 귀에 익은 사람의 이름이 섞여 나왔다. 길은 CD 케이스를 흘깃 보았다. 거기에는 기다란 수염에 곱슬머리를 한껏 부풀린 흑인이 마이크에 대고 고함을 지르는 사진이 끼워져 있었다.

형제여, 집에 머무를 수는 없다오.
전원을 연결하고 꽁무니를 뺄 수 없을 거요.
왜냐하면 혁명은 텔레비전으로 방송되는 게 아니니까.
혁명을 한다고 2kg쯤 더 날씬해 보이지 않을 거라오.
왜냐하면 혁명은 텔레비전으로 방송되는 게 아니니까, 형제여.
11시 뉴스에 하이라이트는 없을 거라고.

주드 형은 의자에 앉은 채 리듬에 맞춰 몸을 까딱거리다가 노래를 따라 부르기 시작했다.

혁명은 텔레비전으로 방송되는 게 아니라오.
텔레비전에 나오지 않아.
텔레비전에 나오지 않아. 텔레비전에 나오지 않아.
혁명에는 재방송이 없다오, 형제여.
혁명은 오로지 라이브뿐이라오.

길은 아빠가 서재 책상에 앉아서 길 스콧 헤론의 노래를 따라 부르는 모습을 상상해 보려 애썼다. 하지만 쉽지가 않았다. 아빠가 체포되어 감옥에 갈 뻔했단 얘기를 들었는데도.

"제 이름은 이 사람을 따라서 지은 것 같진 않아요."

주드 형이 음악을 끄자 길이 말했다.

"주드, 나 배고파."

그때 샐리 아줌마가 문밖에서 형을 불렀다.

"아, 깜빡했다. 맥주 캔을 가져가는 대신에 아침밥을 주겠다고 약속했는데."

"전 이만 가 볼게요. 학교로 돌아가야 해요. 치과에 간다고 했거든요."

"혼자 갈 수 있겠니?"

아직 오전 11시밖에 안 되었지만 길은 이미 지쳐 버렸다. 주드 형의 방은 안전해 보였지만, 그곳에 영원히 머무를 수는 없었다. 길은 다시 세상으로 나가서 모험을 해야 했다. 그리고 아빠를 마주하고서 무엇을 행동으로 옮길지 결정해야 했다.

"네, 혼자 갈 수 있어요."

"이 전단지 좀 가져갈래?"

주드 형은 책상 아래에 있는 상자에서 커다란 종이 뭉치를 꺼내며 덧붙였다.

"궁금한 게 있으면 언제든지 전화해. 그리고 네가 할 수 있는 일을 그냥 하면 돼."

구겨진 전단지

길은 생각보다 일찍 학교에 도착했다. 오전 수업이 끝나려면 아직 삼십 분이 더 남아 있었다. 어쩔 수 없이 과학실로 어슬렁어슬렁 걸어갔다.

아이들은 모둠별로 현미경을 둘러싸고 선 채 왁자지껄하게 떠들고 있었다. 아이들 속으로 몰래 숨어들 수 있는 좋은 기회였다. 그때 루이스가 저쪽에서 길을 발견하고 열렬하게 손을 흔들었다. 젠장, 루이스는 매번 무슨 수로 날 저렇게 금방 발견하는 거지? 자기도 모르는 사이에 루이스에게 텔레파시라도 쏘는 걸까? 엎친 데 덮친 격으로 루이스 옆에는 벤이 서 있었다. 길은 아이들의 시선을 한 몸에 받으며 과학실을 가로질러 루이스에게 걸어갔다.

"길, 이것 좀 도와줘. 아무리 해도 안 돼."

루이스가 벤을 떠밀어 현미경에서 떼어 놓으며 말했다.

"몬터규 선생님께 여쭤 봐. 난 수업 안 들었잖아. 너네가 뭘 하려는 건지 전혀 모르겠어."

"멍청아, 보면 모르냐? 현미경으로 세포를 보고 그림으로 그리는 거잖아. 근데 우린 세포가 어떻게 생겼는지 보지도 못했다고."

벤이 말했다.

"그래서? 내 알 바 아냐."

길이 어깨를 으쓱했다.

"넌 정말 쓸모가 없구나, 질?"

벤이 현미경을 거칠게 밀며 빈정거렸다.

"뭐라고 했어? 다시 말해 봐."

"질, 넌 도움이 하나도 안 된다고 했어. 왜? 무슨 문제 있냐?"

길은 벤의 얼굴을 노려보았다. 벤의 어벙해 보이는 미간을 한 대 치고 싶었다. 하지만 다시 생각해 보니 그럴 만한 가치가 없었다. 길은 대수롭지 않은 척하며 자리에서 일어났다.

루이스가 코를 킁킁거리며 말했다.

"어디에 갔다 왔어?"

"치과."

"너한테서 담배 냄새가 나. 게다가 치과에만 다녀왔다고 하기엔 너무 오래 걸렸잖아. 학교에서 몰래 빠져나가 담배를 피우고 온 거야?"

"질이 그랬을 리가 있냐? 그랬다간 아빠한테 혼쭐이 날 텐데."

벤이 조롱하듯이 말했다. 길은 벤이 꼴 보기 싫어서 몸을 틀어 버렸다.

“버스 정류장에서 담배 피우는 사람 옆에 서 있다 와서 그런 거야.”

“버스를 타고 갔다고?”

루이스가 말도 안 된다는 듯이 얼굴을 찌푸렸다.

“그래, 그게 뭐?”

“너, 외출 금지 상태라며? 너희 아빠가 너 혼자서는 학교도 못 가게 하는데, 치과에 혼자 버스 타고 가게 내버려 두셨단 말이야?”

“내 말을 못 믿겠다는 거야?”

“아니, 그런 건 아니고.”

“그럼 대체 뭐가 문제야?”

“치과에 가서 뭘 했는데?”

“충치 좀 때웠어.”

“보여 줘 봐.”

“치료 받으면서 질질 짰냐, 질?”

벤이 신이 나서 말했다.

길은 수업 종료를 알리는 종이 울리자 뒤도 안 돌아보고 과학실 밖으로 나갔다. 구내식당으로 가는 복도에서 루이스가 길을 간신히 따라잡았다.

“너, 화난 거야? 왜? 나 때문에?”

루이스가 숨을 헐떡거리며 물었다.

“어, 벤하고 또 어울려 다녔잖아.”

“일부러 그런 게 아니라 네가 없었잖아. 몬터규 선생님이 벤과 짝지어 주신 거라고. 나한텐 선택의 여지가 없었어. 난 정말 과학이 싫어.”

"나도 그래."

길은 주드 형이 준 작은 책과 가방 안에 있는 전단지 더미를 떠올리며 덧붙였다.

"전부 다 역겨워."

"하지만 넌 과학을 잘 하잖아."

루이스가 의아하다는 듯이 말했다.

"잘 한다고 꼭 좋아할 순 없잖아?"

마침내 둘은 구내식당에 다다랐다. 식당에는 학생들이 거의 없었다. 길은 평소와 같이 소시지와 감자튀김, 콩 요리가 준비되어 있는 곳으로 갔다. 집게로 소시지를 집어 들었다가 문득 고기를 먹지 않기로 결심한 일이 떠올랐다. 그렇다면 학교에서 점심으로 뭘 먹을 수 있지?

"뭐하는 거야?"

길이 소시지를 들고 망설이자 루이스가 물었다.

"보면 몰라? 생각 중이잖아!"

길은 신경질적으로 대답했다.

아빠가 길의 학교생활까지 속속들이 알 수는 없을 터였다. 길이 집에서는 채식주의자로 살고, 학교에서는 고기를 먹는다 해도 아빠가 알아차릴 수 없겠지. 수다쟁이 루이스가 아빠한테 일러바치지 않는 한은. 하지만 주드 형하고 약속한 건 어떡하지? 채식주의자가 되겠다고 말했는데. 스스로 뱉은 말을 지켜야 주드 형에게 믿음을 줄 수 있을 것이다.

길은 소시지를 루이스의 접시에 내려놓은 뒤 야채를 담았다.

"너, 좀 이상해."

둘은 탁자를 사이에 두고 마주 앉았다.

"왜 감자튀김이랑 콩만 먹어?"

"난 채식주의자거든."

"언제부터?"

"어제부터."

"이제부터 고기를 안 먹겠다고?"

루이스가 소시지를 포크로 찍어서 길의 코 밑에 갖다 대고 놀리듯이 살살 흔들었다.

"이것 봐. 고기야! 먹음직스런 고기!"

"동물을 죽여서 먹는 건 잘못된 일이야."

"왜?"

"잘못된 거니까, 이 바보야."

길은 지금까지 루이스와 입씨름을 할 때 제대로 된 답을 한 번도 내놓은 적이 없었다. 루이스와 진지하게 말싸움을 한 적도 없거니와, 무슨 말을 하든 대충 얼버무리며 서로 동의했기 때문이다.

"난 절대로 고기는 포기 못 해."

루이스가 소시지를 한입 베어 물며 말했다. 그러고는 길이 감자튀김을 먹는 걸 잠자코 바라보더니 불쑥 물었다.

"근데 너, 음식 씹어도 괜찮은 거야? 충치 때웠다며?"

"어?"

길은 그제야 치과에 다녀온 척했던 게 생각났다.

"아, 괜찮아."

길은 볼을 톡톡 두드렸다.

"우아, 잘됐네!"

루이스는 말은 이렇게 하면서도 믿지는 않는 눈치였다.

길은 점심을 먹고 난 뒤 루이스와 함께 운동장으로 나갔다. 잠시 후, 가방에서 주드 형이 준 전단지를 꺼내 루이스에게 보여 주었다. 루이스의 반응은 안 봐도 뻔했다.

"맙소사, 길! 이게 뭐야! 점심 먹은 거 토하게 하고 싶은 거야?"

루이스가 과장되게 소리를 질러 댔다.

전단지에는 원숭이 사진이 실려 있었다. 두개골의 윗부분이 잘려 나간 원숭이의 이마 위로 핏방울이 천천히 흘러내리고 있었다.

"이게 바로 내가 채식주의자가 되려는 이유야."

"역겨워."

루이스는 얼굴을 찌푸리면서도 사진을 찬찬히 들여다보았다.

"이거 진짜야?"

"당연하지."

"가끔씩 이목을 끌려고 이런 것들을 가짜로 꾸며 내는 사람들도 있잖아. 그러고 보니 사람들이 원숭이에게 이런 끔찍한 짓을 한다는 글을 어디선가 읽은 적이 있어. 원숭이의 뇌를 먹는다고 하던가? 그 사람들은 신선한 뇌를 좋아해서 원숭이를 산 채로 잡아 두개골 윗부분을 베어 낸대. 이 사진 속 원숭이처럼 말이야. 그런 다음에 숟가락을 들고, 삶은 달걀의 노른자를 퍼먹는 것처럼……. 그때까지 원숭이는 살아 있는 상태래. 정말로 끔찍하지 않니?"

“네가 방금 지어낸 이야기 아니야?”

“아니야! 진짜 있는 얘기라고.”

“그런 쓸데없는 이야긴 다 잊어버려. 이 원숭이는 동물 실험을 당하고 있는 거야.”

“대체 무슨 실험이기에 원숭이의 두개골을 잘라 낸 걸까?”

루이스가 흥미를 보이며 물었다.

“그냥 괴롭히려고 그런 거겠지.”

“과학자들은 이유 없이 이런 실험을 하지는 않아. 뭘 알아내려고 하는 거지.”

“그런 게 다 무슨 소용이야? 원숭이가 이렇듯 고통스러워하는데.”

“원숭이가 고통스러워하는지 안 하는지 네가 어떻게 알아?”

“루이스! 누가 네 두개골 윗부분을 잘라 내고서 뇌를 핀셋으로 쿡쿡 찔러 대면 어떨 것 같냐?”

“그거야 뇌의 어느 부분을 찌르는지에 따라 다르지. 텔레비전에서 봤는데, 뇌는 통증을 느끼는 부분이 있고, 그렇지 않은 부분이 있대.”

루이스가 진지하게 대꾸했다.

“동물들이 이렇게 마구잡이로 몸의 일부가 잘린 채 실험에 이용되는데도 넌 괜찮단 말이야?”

“난 잘 모르겠어. 아니, 내 말은, 정말로 중요한 걸 발견하기 위한 실험일 수도 있다는 뜻이야. 에이즈나 암 같은 위험한 병의 치료약을 개발하기 위해서라면 불가피할 수도 있잖아. 수백만 명의 목숨을 구하기 위해서라면? 찬성과 반대가 50 대 50인 문제 같아. 참 복잡하다, 그치?”

"아니. 하나도 안 복잡해. 아주 단순해. 어떤 경우에도 동물 실험을 해선 안 되는 거야."

길은 루이스가 자신의 의견에 동의해 주기를 바랐지만, 루이스는 끝내 아무 말도 하지 않았다.

"이 전단지를 애들한테 나눠 줄 건데 좀 도와줄래?"

"너, 대체 왜 이러는 거야? 이거 어디서 난 거야? 오늘 아침에 이거 받으러 갔던 거야?"

"그래, 치과에 전단지가 엄청나게 쌓여 있기에 좀 집어 왔지."

길은 전단지를 한 움큼 쥐어 건넸지만, 루이스는 고개를 흔들며 받지 않았다.

"그런 걸 나눠 줘도 되는지 모르겠어. 선생님께 허락도 안 받았잖아."

"왜 이래, 루이스. 별거 아니야. 기껏해야 방과 후에 남아서 벌 좀 받겠지."

"바보 같은 전단지를 나눠 준 걸로 벌을 받고 싶지는 않아."

"그래서 못 도와주겠다는 거야?"

"응."

"그냥 좀 해."

"너야말로 그만해."

루이스가 팔짱을 끼며 완강히 거부했다.

"대체 오늘 왜 그래?"

"또 내가 문제란 거야?"

루이스가 화를 내며 대들었다.

길은 더 이상 루이스와 실랑이를 벌이기 싫어서 운동장 건너편으로 가서 혼자 아이들에게 전단지를 나눠 주었다.

전단지는 금방 동이 났다. 사진을 흘깃 보고 도망가 버리는 여자애들도 있었고, 삼삼오오 모여서 원숭이가 불쌍하다고 소리를 지르는 여자애들도 있었다. 남자애들은 여자애들과 달리 지나치게 흥분을 했다. 전단지 속 원숭이를 진짜 생명체로 보지 않고, 컴퓨터 그래픽으로 만들어 낸 이미지로 여기는 듯했다. 하나같이 호기심으로 두 눈을 빛내면서 친구들을 끌어 모으기 바빴다. 길은 한숨을 내쉬었다. 어째서 그 사진을 진지하게 보는 아이가 한 명도 없는 거지?

그때 벤이 전단지를 흔들면서 길에게 다가왔다.

"이야, 이거 정말 끝내주는데! 토 나올 거 같아. 정말 멋졌어, 질."

아이들 대부분이 전단지를 대충 훑어보고는 그 자리에 다시 버렸다. 그 바람에 점심시간이 끝날 때쯤에 운동장이 온통 전단지로 뒤덮였다. 원숭이의 눈 수백 개가 처량하게 하늘을 올려다보고 있었다.

길은 한없이 우울해졌다. 처음부터 대실패였다. 주드 형에게 뭐라고 하지? 길은 어깨를 축 늘어뜨린 채 교실로 들어가려고 몸을 틀었다. 그런데 중앙 현관에서 몬터규 선생님이 전단지를 손에 들고 길을 기다리고 있었다.

"길, 잠깐만 따라와라."

선생님이 상담실 문을 열고는 앉으라는 뜻으로 의자를 가리켰다. 그러고는 전단지를 손끝으로 톡톡 치면서 말했다.

"길, 너의 신념은 존중해. 하지만 교내에서 이런 인쇄물을 나누어 주는 건 교칙에 위배된단다. 게다가 이런 동물 권리 보호 단체 중 일부는 아주 극단적이라서 학생들이 그런 활동을 하도록 내버려 두었다간 학교가 무척 곤란해져. 무슨 말인지 알겠니?"

선생님은 정말로 걱정된다는 듯이 말했다. 조금도 협박처럼 들리지 않았다.

"네, 선생님."

"부모님도 네가 이런 데 관심이 있다는 걸 아시니?"

"아마도요."

"아빠가 대학에서 유전 공학을 연구하고 계시지?"

"네."

"적어도 네가 아빠처럼 유전 공학을 공부하는 일은 없겠구나?"

길은 아빠와 똑같은 일을 하느니 차라리 남은 인생을 똥이나 치우며 사는 게 나을 거라고 생각했다. 물론 그 말을 입 밖으로 내진 않았지만.

"그건 잘 모르겠어요."

"그래, 알았다. 뭐, 다른 문제는 없고?"

"네, 아무 일 없어요."

길은 바닥을 내려다보며 대답했다.

"그렇구나. 더 할 얘기가 없으면 이제 그만 일어나도 좋다. 하지만 길, 네가 하려는 일은 조심하는 게 좋아. 그리고 이 전단지를 또 보는 일은 없었으면 좋겠다. 종례 시간 전까지 운동장에 널린 전단지를 다 치우렴."

길은 운동장에 버려진 전단지를 거의 다 주웠다. 멀쩡한 것은 별로 없었다. 전단지는 대개 찢어졌거나 구겨졌다. 그것도 아니면 발에 여러 번 밟혔거나.

사람들의 생각을 바꾸는 일은 생각보다 어려웠다. 한 사람이 동물의 권리를 다시 생각하도록 만들기 위해서는 얼마나 많은 전단지가 필요한 걸까? 루이스조차 이야기를 제대로 들으려 하지 않았다.

"선생님께 혼났구나, 그치?"

길이 종례 시간에 맞춰 교실에 들어오자 루이스가 작게 물었다.

길은 아무 대답도 하지 않았다. 루이스가 "내가 뭐랬어. 그럴 거라고 했잖아."라고 말할 게 뻔했으니까.

이중간첩

"이딴 걸 왜 자꾸 하는지 모르겠네."

아빠가 투덜거리면서 어깨를 신경질적으로 움직거렸다.

길은 아빠 차를 타고 학교에서 집으로 돌아가는 중이었다. 도로 공사 때문에 오도 가도 못 한 채 오래도록 차 안에 갇혀 있었다. 공사 차량들이 어찌나 느리게 움직이는지, 이런 식으로라면 공사가 영원히 끝나지 않을 것만 같았다.

길은 엉덩이를 아래로 쭉 빼서 눕다시피 하며 의자에 기댔다.

"똑바로 앉아라."

"따분해 죽겠어요. 집에 얼른 가고 싶다고요."

"나도 이렇게 도로에서 시간 낭비하는 건 정말이지 싫다."

"그럼, 여기서 내려 주세요. 집까지 걸어갈게요."

"안 돼. 그런 특권은 다음 주에나 가능한 거야. 그것도 네가 잘 해야 주어지는 거지만."

"아빤 일 초라도 빨리 연구실로 돌아가서 동물을 더 죽이고 싶으시죠?"

"제발 유치하게 굴지 마."

아빠가 차갑게 대꾸했다.

길은 문득 주드 형의 충고를 떠올렸다. 아빠랑 말다툼하는 건 시간 낭비일 뿐이라고 했던……. 하지만 입 다물고 가만히 있는 건 너무나 어려웠다. 차 안의 공기가 탁하고 더워서 뇌가 짜부라드는 것 같았다. 길은 갑갑해서 창문을 내렸다. 차가운 공기가 들어오면서 시끄러운 소리와 배기가스, 아스팔트 냄새가 함께 흘러 들어왔다.

"창문 닫으렴."

아빠가 말했다.

"덥단 말이에요."

아빠는 운전석 쪽에 있는 버튼을 눌러 창문을 올렸다. 그러자 길이 좌석 옆의 버튼을 꾹 눌렀다. 창문이 올라가다 멈추었다. 길은 하품하는 척하며 반쯤 열린 창문에 머리를 기댔다. 조금 불편했지만 상관없었다. 아빠의 뜻을 거스르는 게 중요했으니까.

차가 천천히 앞으로 나아가기 시작했다. 아빠는 아무 말도 하지 않았지만 차 안에는 팽팽한 긴장감이 흘렀다.

한참 뒤에야 집에 도착했다. 엄마가 현관 앞에서 근심 가득한 얼굴로 기다리고 있었다.

"무슨 일 있었니?"

길이 차에서 내리자마자 엄마가 물었다.

"끝내주는 일이 있었지."

아빠가 과장된 말투로 대답했다.

"내 생애 최고의 도로 공사 현장에 있었어. 이따 7시쯤 올게."

아빠는 그길로 차를 돌려 연구소로 가 버렸다.

"길, 오늘 학교는 어땠니?"

엄마가 길의 어깨에 손을 올리다가 얼굴을 찌푸렸다.

"담배 냄새가 나네? 설마 담배를 피운 건 아니지?"

"안 피웠어요."

길은 엄마의 얼굴을 똑바로 바라보며 대답했다. 진실을 말할 수 있어서 얼마나 다행인지 몰랐다.

"담배를 피우는 건 멍청한 일이잖아요."

엄마는 길의 말에 안심하는 듯했다.

"배고프지? 간식 챙겨 줄게."

길은 엄마를 따라 부엌으로 갔다. 엄마는 간식을 차리느라 동동거리면서도 뭔가 말하고 싶은 게 있는 눈치였다. 대체 무슨 얘기일까? 길은 엄마가 겁에 질려 소리를 질렀을 때, 자신이 한 행동을 찬찬히 되짚어 보았다. 엄마가 묻는 말에 굳이 거짓말을 하고 싶지는 않았다.

마침내 엄마가 입을 열었다.

"길, 어제 일은 정말로 미안해."

"아, 그거요."

"아빠가 많이 화나셨어. 널 불안하게 만들었다고 말이야."

"조금은요. 엄마가 어디 편찮으신 줄 알았어요."

엄마는 애써 환하게 웃어 보였다.

"난 아프지 않아. 그냥 걱정이 많은 것뿐이란다. 아빠 말로는 엄마가 아무것도 아닌 일을 지나치게 심각하게 받아들인대. 아빠 말이 맞아. 그래서 너한테 더 미안해."

길은 엄마의 말을 믿고 싶었지만 쉽지는 않았다. 엄마의 미소가 너무나 억지스러웠기 때문이다. 엄마는 길을 보호하기 위해 거짓말을 하고 있는지도 몰랐다. 길은 어떻게 반응해야 할지 곰곰이 생각하며 조심스럽게 물었다.

"엄마가 접시 하나 깬 것 때문에 그토록 혼란스러워하시는 게 이해가 안 가요. 외할머니 때문이에요?"

"응, 어느 정도는."

"외할머니가 걱정되셔서요?"

"정확히 말하면 걱정하는 게 아니야. 슬픈 거지."

길은 내친 김에 한 발짝 더 내딛어 보기로 했다.

"엄마, 외할머니는 어디가 안 좋으신 거예요? 한 번도 말씀해 주신 적이 없잖아요. 어째서 저한테 외할머니께 같이 가자고 하지 않으세요?"

"외할머니를 보고 나면 너만 속상할 테니까."

엄마는 길의 시선을 외면하며 덧붙였다.

"가 봤자 아무 소용 없어. 외할머니는 널 알아보지도 못하실 거야."

"엄마가 못 가게 하니까 외할머니가 제 얼굴을 잊어버리시는 거죠."

"그런 게 아니야. 외할머니는 가끔씩 나도 못 알아보시는걸."

"외할머니가 치매에 걸리신 거예요?"

"아니야, 치매는 아니야."

엄마의 목소리에 날이 서 있었다. 마치 그만하라는 경고 같았다. 오늘은 이만하면 할 만큼 했다는 생각이 들었다. 엄마를 끝까지 밀어붙이는 건 아무 의미가 없었다. 길은 얼른 화제를 바꾸었다.

"엄마, 제 이름을 왜 길이라고 지으셨어요?"

"아, 길버트 화이트라는 사람의 이름을 따라서 지은 거야. 아빠의 영웅이지."

엄마가 한결 밝아진 얼굴로 대답했다.

"길버트 화이트가 누군데요?"

"1700년대에 살았던 목사인데, 짬짬이 자연을 연구해서 《셀본의 박물지》라는 책을 썼단다. 자연 과학 분야의 고전이지. 최초이자 최고의 생물학자였어."

참, 멋지기도 하지. 뻔하기도 하고. 길은 자기 이름이 미국의 흑인 혁명가 대신에 따분한 영국 목사의 이름을 따라 지은 것이라고 진작 예상했어야 했다.

"게다가 길버트라는 단어에는 '빛나는 약속'이라는 뜻도 있단다. 길, 너는 우리의 빛나는 약속이었어. 지금도 마찬가지고."

길은 겸연쩍어서 대답 대신 샌드위치를 크게 한입 베어 물었다. 그러고는 엄마가 부엌을 정리하는 모습을 지켜보았다. 길은 문득, 엄마가 아빠의 직업을 알고 있는지 궁금했다. 그 얘기를 어떻게 꺼내면 좋을지 고민하고 있을 때, 엄마가 다른 이야기를 불쑥 꺼냈다.

"어렵다는 건 알지만 아빠와 심하게 다투지 않았으면 좋겠어."

"엄만 그게 다 제 탓이라고 생각하시는 거예요?"

"아니야. 나도 아빠가 네 속을 긁는 걸 알고 있어. 하지만 너도 사소한 일에 그렇게까지 화를 내지는 않았으면 좋겠구나. 휴대폰 문제 같은 거 말이야."

"저한텐 사소하지 않아요."

"길, 조금만 참아 봐. 부탁이야. 그러면 훨씬 나아질 거야."

"아빠 때문에 미치겠단 말이에요."

"오늘도 차에서 한 판 했지? 빤히 보인다고. 어째 점점 더 나빠지는 것 같구나."

"그럼 아빠한테 절 그만 괴롭히라고 말씀해 주세요. 아빠가 엄마 말씀은 잘 들으시잖아요. 제 말은 들으려고 하시지도 않지만."

"아니, 네 말도 들으셔."

"그렇다면 어제 일은 뭐예요? 아빤 채식주의자가 되겠다는 제 결심을 하찮게 여기고 깔아뭉갰다고요."

"네가 아빠를 화나게 하려고 일부러 그런다고 생각하시니까."

"엄마도 그렇게 생각하세요?"

"물론 아니야. 좀 놀라긴 했지만, 네 결정을 진심으로 존중해. 어떤 원칙을 가지고 사는 건 중요하니까."

길은 기회가 찾아왔다는 것을 알아챘다.

"그럼 다른 원칙은 어떻게 생각하세요? 예를 들면 동물의 권리 같은 거 말이에요."
"오, 맙소사."
엄마가 난감해하는 표정을 지었다.
"제발 부탁인데, 그것만은 아빠랑 엮지 마."
"엄마는 아빠가 무슨 일을 하는지 알고 계세요?"
"당연하지."
"그런데 왜 저한텐 말씀 안 해 주셨어요?"
"아빠 생각에는 그게……. 난 말이야……."
엄마는 불안한 듯이 말을 잇지 못했다.
"그러면 엄마는 동물한테 온갖 끔찍한 실험을 하는 게 옳다고 생각하세요?"
"끔찍하지 않아."
엄마가 다시 힘을 내며 말했다.
"길, 아빠는 좋은 사람이야. 진짜 훌륭한 사람이라고. 아빤 엄마에게 네가 시내에서 받은 책도 보여 줬고, 시위자들과 무슨 일이 있었는지도 말해 줬어. 아빠는 자신이 동물을 고문하고 있다고 비난받는 것에 아주 속상해하셨단다. 사람들의 건강을 위해 열심히 연구를 하는 것뿐인데 말이야. 물론 동물의 권리도 중요하지. 하지만 네 아빠 입장에서 그 문제를 바라봤으면 좋겠구나."
'싫어요. 정말 싫다고요!'
길은 속으로 이렇게 소리치고는 입을 꾹 다물었다.
며칠 뒤, 다 같이 모여 간식을 먹을 때였다. 길은 엄마가 특별히 만들어 준 콩버거를 기쁘게 먹으려고 애쓰고 있었다. 순간, 엄마가 조용한 목소리로 엄청난 말을 꺼내어 모두의 말문을 막히게 했다.

"여보, 여러 번 생각해 봤는데 말이에요. 길을 당신이 일하는 연구소에 한번 데려가 보는 게 어떨까요?"

길은 엄청난 충격에 눈만 끔벅였고, 아빠는 그만 폭발하고 말았다.

"당신 대체 무슨 소릴 하는 거요?"

"길이 동물 실험에 관한 책을 읽은 뒤로 줄곧 괴로워하고 있잖아요. 당신은 진실이 뭔지 알고 있잖아요. 사실 감출 것도 없고. 그러니 길을 연구소에 데려가서 마음을 잡을 수 있도록 도와주는 게 어때요?"

주드 형은 아빠의 연구소가 버킹엄 궁전처럼 들어가기가 어렵다고 말했다. 길은 숨이 막힐 지경이었다. 연구소에 들어가는 자유 입장권을 얻어 내기 직전이었다.

"지금 나한테 농담하는 거요?"

길은 콩버거를 한입 베어 물고는 퍼석하게 부스러지는 패티를 씹어 으깼다. 손이 떨리지 않도록 포크와 나이프를 꼭 쥐고서.

"여보, 길은 아직 애예요. 당신 아들이라고요. 동물의 권리에 대한 책을 한 권 읽었을 뿐이고요."

아빠는 말없이 길을 쳐다보았다. 길도 아빠의 눈길을 피하지 않았다. 최대한 눈을 동그랗게 뜨고 순진한 척하면서 마주 보았다. 그러면서도 아빠가 자신의 생각을 꿰뚫어 보면 어쩌지, 하는 걱정이 들었다. 아빠라면 자기가 월요일에 주드 형을 몰래 만난 사실도 금방 알아낼지 몰랐다.

"길, 넌 어떻게 생각하니?"

아빠가 물었다.

"제가 연구소에 들어갈 수 있나요?"

"방문 허락은 무척 까다롭단다. 하지만 윗사람들을 설득해 볼 수는 있을 것 같구나."

길은 아빠의 머릿속에서 톱니바퀴가 돌아가는 것을 알아챘다. 아빠는 자신에게 연구소를 보여 주면 모든 오해가 풀릴 거라고 생각하는 게 틀림없었다.

엄마는 만족스러운 듯 고개를 끄덕였다.

"아빠가 무슨 일을 하는지 직접 보면 생각을 정리하는 데 도움이 될 것 같아요. 진짜로요."

길의 말은 진심에서 우러난 것이었다. 물론 아빠가 생각하는 유의 진심은 아니었지만.

"길, 너는 과학에 관심이 많았잖니? 전에 공룡을 보러 갔을 때를 떠올려 봐. 어쩌면 이번 기회가 너에게 새로운 시작이 될지도 몰라."

엄마가 말했다.

"좋아. 그렇게까지 말이 안 되는 이야기는 아닌 것 같구나. 이번 주 토요일에 방문할 수 있도록 노력해 볼게."

아빠가 말했다.

길은 콩버거를 남김없이 다 먹은 뒤, 식탁에서 먼저 일어났다. 해야 할 숙제가 산더미라고 대충 둘러댔다. 그러고는 방으로 올라가 문을 닫고 침대에 엎드렸다. 온몸이 터질 듯한 흥분에 휩싸였다. 그것이 두려움인지, 아니면 기쁨인지조차 분간이 되지 않았다. 아마 둘 다일 것이다. 주드 형에게 아빠의 연구소에 들어갈 수 있게 되었다고 말하면 뭐라고 할까?

길은 이것이 큰 기회라고 생각했다. 바보 같은 전단지를 나누어 주는 것보다는 좀 더 인상적인 일을 할 기회 말이다. 하지만 뭘 해야 하지? 폭탄이라도 설치해야 하는 걸까? 그러나 건물을 날려 버리는 게 고통받고 있는 동물들에게 도움이 될 것 같지는 않았다. 이럴 때 주드 형이라면 무엇을 했을까?

어찌나 긴장이 되었던지 머리카락이 땀에 젖어 축축해졌다. 무슨 수를 쓰든 주드 형에게 이 일을 알려야 했다. 길은 주드 형이 자신을 칭찬하며 확신에 찬 목소리로 앞으로의 계획을 일러 주길 바랐다.

길은 벌떡 일어나 아래층으로 내려갔다. 거실로 향하다가 멈칫했다. 엄마가 거실 소파에 앉아 책을 읽고 있었다. 주드 형에게 몰래 전화를 걸 수가 없는 상황이었다.

"숙제는 다 해 가니? 얼굴이 발갛구나. 어디 아픈 건 아니고?"

엄마가 길을 쳐다보며 물었다.

"네, 괜찮아요."

길이 서성거리자 엄마가 책을 덮으며 물었다.

"왜 그러니?"

"전화 걸 데가 있어서요."

"그러렴."

엄마는 자리에서 일어날 생각이 없어 보였다. 길은 망설이다가 덧붙여 말했다.

"엄마, 개인적인 전화라서요."

엄마는 어리둥절해하다가, 문득 다 이해한다는 표정을 지으며 물었다.

"혹시 여자 친구한테 거는 거니?"

길은 하마터면 큰 소리로 웃을 뻔했다. 혼자서 저녁 내내 궁리했어도 이보다 더 나은 거짓말을 만들어 낼 수는 없었을 것이다. 길은 얼굴이 시뻘게진 채 어색하게 웃었다. 완벽했다. 이쯤 되면 엄마는 자기의 추측이 맞아떨어졌다고 생각할 것이다.

엄마가 소파에서 일어서면서 말을 이었다.

"내 휴대폰을 빌려줄게. 편한 데로 가서 전화하렴. 대신에 딱 이번 한 번뿐이야."

길은 엄마의 휴대폰을 받아 들고 집 밖으로 나갔다. 그러고는 집 뒤꼍의 구석에 있는 헛간에 들어갔다. 길은 삐걱거리는 보조 의자에 앉아서 주드 형에게 전화를 걸었다. 몸이 부르르 떨렸다. 추위 때문만은 아니었다.

길은 발신음을 들으면서 주위를 두리번거리다가 헛간 구석에서 낡은 생쥐 우리를 발견했다. 예전에 애완용 생쥐를 키울 때 썼던 것이었다. 그러고 보니 그 생쥐들 생각을 안 한 지도 꽤 오래된 듯했다. 마지막으로 키웠던 터보와 민키는 몇 달 전에 죽어서 사과나무 아래에 묻어 주었다. 길은 문득 아빠가 그 생쥐들을 어디에서 데려온 것인지 궁금해졌다. 혹시 연구실에서 가져왔던 걸까?

그때 주드 형이 전화를 받았다.

"여보세요."

"형, 저예요. 길이요."

"안녕, 길! 하고 있는 일은 잘 되어 가니? 전단지가 벌써 다 떨어진 거야?"

"아뇨. 저기, 형한테 할 말이 있어요."

"그래? 뭔데?"

"이번 주 토요일에 아빠의 연구소에 갈 것 같아요."

주드 형이 들릴 듯 말 듯 욕하는 소리가 들렸다. 형은 한동안 아무 말이 없었다.

"형, 무슨 말이라도 좀 해 보세요. 엄마 휴대폰으로 하는 거라서 길게 통화할 수는 없어요."

"젠장! 길, 뭐라고 말해야 할지 모르겠다. 진짜니? 농담 아니고? 너희 아빠가 정말로 그러시겠대?"

"아마도요. 게다가 아빠는 제가 월요일에 형을 만난 거나 지금 전화를 하고 있다는 것도 모르세요. 엄마는 제가 여자 친구한테 전화한다고 생각하시고요. 두 분 다 아무것도 몰라요. 그러니까 형, 토요일에 연구소에 가서 제가 뭘 하면 되는지 알려 주세요."

"맙소사……. 길, 그건 안 돼. 넌 아직 어린애라고."

길은 잠시 숨을 고르고는 이렇게 쏘아붙였다.

"전 어린애가 아니에요. 진짜로 이 일을 하고 싶다고요. 형이 연구소 안으로 들어가는 게 불가능하다고 했잖아요. 하지만 저한테 그 안에 들어가서 뭔가를 할 수 있는 기회가 생겼다고요. 어쩌면 이번이 마지막 기회일지도 몰라요. 내가 어린애라서 아무것도 못 할 거라고 단정

짓고 이대로 기회를 날릴 건가요?"

주드 형은 한동안 말이 없었다. 형이 다시 입을 열자 길이 그토록 듣고 싶어 했던 명쾌하며 짜릿한 목소리가 귓전을 두드렸다.

"그래, 길. 좋았어. 한번 해 보자."

주드 형의 계획을 듣는 건 뛰어난 카드 마술을 보는 것과 같았다.

"넌 스파이가 되는 거야."

주드 형이 말을 마치고는 빙긋 웃었다.

"스파이라고요?"

"그냥 스파이도 아니고 이중간첩이 되는 거지. 다들 한쪽 편이라고 여기지만 적을 위해서도 몰래 일하는 거야. 두더지처럼 가서는 안 될 곳으로 몰래 굴을 파고 들어가서는, 고개를 불쑥 내밀고 완전히 난장판을 만드는 거지. 자, 그럼 내일 아침에 만날까?"

주드 형이 다시 웃었다.

"네, 좋아요. 또 학교에서 빠져나올 수 있다면요."

"서두르는 게 좋아. 절호의 기회를 놓쳐 버리고 싶진 않겠지?"

길은 통화를 마친 뒤에도 잠시 동안 그대로 앉아 있었다. 최근 통화 내역에서 주드 형의 전화번호를 지웠다.

그리고 방으로 돌아와 잠자리에 들었지만 밤새도록 잠을 이루지 못하고 뒤척였다. 어둠 속에서 주드 형이 말한 계획을 하나씩 곱씹어 보았다. 한 번도 본 적 없는 아빠의 연구소도 상상했다. 높고 단단한 콘크리트 벽이 연구소를 빙 에워싸고, 감옥 문처럼 두꺼운 문이 달려 있을 것 같았다. 그리고 창문에는 창살이 달려 있을 것이다. 길은 작은 철창이 줄지어 늘어선 풍경을 떠올려 보았다. 희생양들은 그 우리 안에서 상처를 입고 겁에 질린 채 죽을 때만 기다리고 있겠지.

길은 기대감에 몸이 부르르 떨렸다. 주드 형이 자신을 자랑스럽게 여기도록 행동하리라 결심했다. 길은 영웅이 되고 싶었다.

따뜻한 말 한마디

“이제 벌칙을 끝내도 될 것 같구나. 다음 주부터는 혼자서 학교에 가도 좋아.”

목요일 아침 등굣길에 아빠가 불쑥 이렇게 말했다.

“네?”

“그동안 착실하게 잘 지내 줘서 고맙다. 엄마와 난 무척 기쁘게 생각하고 있어.”

“아.”

길은 마냥 기쁘기보다는 각별히 조심해야 한다는 생각이 먼저 들었다. 오늘 붙잡히면 모든 게 물거품이 되고 말 것이다. 가능한 한 사람들의 눈에 띄지 않도록 학교에서 슬쩍 빠져나가야 했다. 오늘은 올해 들어 처음으로 봄기운이 느껴질 정도로 날씨가 좋았다. 저번처럼 안개라도 끼면 좋으련만.

"그래, 아직도 연구실에 가 보고 싶니?"

아빠가 곁눈질로 길을 흘끔거리며 물었다.

길은 좋은 티를 내지 않으려고 애써 덤덤하게 대답했다.

"그럼요, 좋은 경험이 될 테니까요."

길은 엄마가 했던 말을 떠올렸다.

"제가 고민했던 문제를 아빠 입장에서 바라보는 건 저한테도 좋은 일일 거예요."

아빠는 길의 대답이 놀랍고도 기뻐서 눈이 휘둥그레지더니 아주 살짝 고개를 끄덕이기까지 했다. 아빠가 원하는 대답을 한 모양이었다.

길은 차에서 내린 뒤 학교로 향하는 수많은 인파를 가만히 쳐다보았다. 그 순간, 등교했다가 빠져나오는 것보다는 아예 지금 사라지는 편이 낫겠다는 생각이 들었다. 그래서 아빠 차가 멀어질 때까지 기다렸다가 학생들과 반대 방향으로 걸어가기 시작했다.

그런데 그때, 루이스가 기다렸다는 듯이 나타나서는 길을 향해 신나게 손을 흔들어 댔다.

"길, 안녕! 그런데 왜 반대쪽으로 걷고 있었어?"

"그냥 너랑 만나려고."

이런, 빌어먹을. 길은 속으로 투덜댔다. 왜 변명거리를 준비해 두지 않은 걸까? 아주 변변찮은 것이어도 루이스한테는 통했을 텐데.

"우아, 잘됐다! 여기서 오래 기다렸어? 뛰어오는 내내 늦은 건 아닌가 했어. 휴, 오늘 진짜 덥지 않니? 우리 엄마가 이맘때치곤 너무 덥다고 하시더라. 아, 잠깐만. 내가 아예 녹아 버리기 전에 이 스웨터부터 좀 벗어야겠어."

루이스는 여느 때처럼 입에서 나오는 대로 마구 지껄였다. 길은 마지못해 루이스와 함께 학교로 향했다. 지금 사라지려고 하면 루이스가 껌딱지처럼 찰싹 달라붙겠지? 그리고 어디로 가는지, 무슨 일을 하려고 하는지 캐내려고 쉴 새 없이 질문을 퍼부어 댈 게 뻔했다. 길은 어쩔 수 없이 점심시간에 빠져나가기로 마음먹었다.

오전 수업이 끝날 무렵, 길은 완전히 주눅이 들어 있었다. 아무리 생각해도 학교를 몰래 빠져나가기가 어려울 것 같았다. 그래도 포기할 수는 없었다.

"난 밖에 나가서 점심 먹을래."

"점심시간에는 외출이 금지되어 있잖아."

"그래서? 누가 알아챈다고 그래? 네가 선생님께 일러바치지만 않으면 괜찮을 거야."

"야, 안 일러바쳐."

루이스는 상처를 받은 것 같았다.

"그래. 안 그랬으면 좋겠다, 정말."

"그나저나 왜 나가서 먹겠다는 거야?"

"감자튀김이랑 콩에 질려 버렸어. 밖에 나가서 제대로 된 음식을 사 먹을 거야."

"와! 그럼 나랑 같이 갈래?"

"안 돼. 넌 겁이 많아서 학교에서 빠져나가지도 못할 거야. 그냥 구내식당의 쓰레기 같은 음식이나 맛있게 먹어."

길은 루이스가 같이 가겠다고 고집을 피울까 봐 걱정이 되었다. 다행히 루이스는 길을 원망하는 눈초리로 바라볼 뿐 더 이상 아무 말도 하지 않았다.

"그럼 이따 보자."

길은 루이스를 내버려 두고 교문 쪽으로 걸어갔다.

주드 형의 집은 생각했던 것보다 더 가까웠다. 안개 때문이었는지 사흘 전에는 세상의 반을 돌아서 간 것 같았는데. 하지만 환한 태양 아래에서는 그다지 멀게 느껴지지 않았다. 이번에는 지도 없이도 주드 형의 집을 쉽게 찾아갔다.

길은 초인종을 누른 뒤 따뜻한 햇살 아래에 서서 잠시 기다렸다. 주드 형은 문을 열어 주고는 한마디 말도 없이 길을 집 안으로 잡아끌었다. 마치 누군가 미행이라도 했을까 봐 두려운 것처럼.

"네가 마음을 바꾼 줄 알았어. 좀 더 일찍 올 거라고 생각했거든."

주드 형이 문을 꼭 닫고서 나직이 말했다.

"빠져나오기가 쉽지 않아서 점심시간까지 기다렸어요."

"그랬구나."

"이십 분 정도만 있다가 다시 학교로 돌아가야 해요."

주드 형은 긴장한 기색이 역력했다. 이 주 전, 나무 위에서 느긋하게 굴던 사람과 동일 인물이 맞는지 의심스러울 정도였다.

"네가 어떤 일에 가담하는 건지는 알고 있는 거지?"

주드 형이 조심스레 물었다.

"음, 그런 것 같아요."

"다시 말하지만, 네가 앞으로 할 일은 불법적인 거야. 네 또래의 아이들에게 법률이 어떻게 적용되는지는 잘 모르겠지만, 그 일을 내가 하다가 걸리면 감옥에 갈 수도 있어."

"형도 예전에 이런 일을 한 적이 있잖아요. 그땐 아무 문제도 일어나지 않았잖아요."

"그랬지. 하지만 난 네가 걱정돼. 아주 사소한 것 때문에 일이 잘못되는 수도 있으니까. 연구소 안에는 공항처럼 전신 스캐너가 있을 거야. 어쩌면 들어가기 전에 몸수색을 할지도 모르고."

"그래도 할 거예요."

길은 심장이 터질 듯이 쿵쾅거렸다. 주드 형에게도 그 소리가 들릴 것만 같았다.

"네가 이 일을 성공하면 우리에게 엄청난 도움이 될 거야."

주드 형이 아주 부드럽게 말했다.

"곧바로 본론으로 들어가는 게 어때요? 기다리다가 지쳐서 완전히 돌아 버리기 전에 말이죠."

주드 형은 피식 웃더니 청바지 주머니에서 작은 열쇠 뭉치를 꺼내 책상 서랍을 열었다. 서랍 안에는 천으로 꽁꽁 싼 무언가가 있었는데, 천을 풀어 보니 작고 네모난 물건이었다.

"이건 카메라란다."

하도 작아서 작동이나 할까 싶었다.

"단추가 달려 있네요."

길이 어리둥절해하며 말했다.

"그래서 단춧구멍 카메라라고 불러. 단추에 카메라 렌즈가 붙어 있어. 렌즈는 아주 작은 바늘구멍만 하지. 재킷이든 어디든 단추를 붙이면 돼."

"딱 맞는 단추가 달린 옷이 없으면 어떻게 해요?"

"지금 입고 있는 셔츠가 교복이니?"

"네."

"딱 좋네."

"하지만 주말에 외출할 때는 교복을 안 입어요."

"무슨 수를 쓰든 그걸 입어. 셔츠에 대 보렴. 한번 보자."

길이 셔츠에 단추를 대자 카메라의 감촉이 차갑게 느껴졌다. 가느다란 전선이 어깨 너머로 늘어뜨려졌다. 주드 형은 한 발짝 떨어져서 길을 유심히 살펴보았다.

"카메라를 숨기려면 속에 짙은 색 티셔츠를 입는 게 좋아. 그런 다음에 전선을 주머니에 있는 녹화기까지 늘어뜨리는 거지. 테이프로 전선을 몸에 고정시키면 옷 안에서 선이 꼬이거나 옷깃 밖으로 튀어나오는 걸 막을 수 있어."

주드 형은 단추를 길의 가슴뼈 쪽에 댄 다음, 카메라를 지그시 눌렀다. 주드 형이 손끝으로 꾹 눌러서 만든 아주 작은 공간 속에, 길이 태어나서 느낀 모든 것이 압축되는 것 같았다. 빅뱅이 일어나기 바로 전, 우주의 모든 물질이 포함된 보이지 않는 작은 입자같이 말이다. 시간은 아직 존재하지 않았고, 모든 것은 때를 기다리고 있었다. 마음이 먼지처럼 가벼워졌다.

"단추를 떼어 낸 뒤에 옷을 살짝 찢어서 구멍을 내는 게 어때? 그 구멍에 단추 카메라를 달면 될 것 같아."

"네, 좋아요."

주드 형은 길의 가슴팍에 달린 단추를 손가락으로 꾹 누른 채 말했다.

"카메라는 좀 더 높이 달도록 하자. 거기에 가면 가운 같은 걸 입을 수도 있으니까."

주드 형은 갑자기 몸을 홱 돌리더니 책상 쪽으로 걸어갔다. 그 바람에 길은 하마터면 넘어질 뻔했다. 주드 형의 손끝이 자신을 지탱해 주고 있기라도 했던 것처럼.

"이게 주머니에 들어가려나?"

주드 형은 휴대폰만 한 녹화기를 보여 주었다. 녹화기는 길의 바지 주머니에 쏙 들어갔다.

"그럼 이제 전선을 셔츠 속에 늘어뜨리고 예행연습을 해 볼까? 참, 찍고자 하는 대상에 너무 가까이 다가가면 안 돼. 그렇게 찍으면 뿌옇게 돼서 형체를 알아볼 수가 없거든."

주드 형은 길에게 카메라 작동법을 알려 주고는 자신을 찍어 보라고 말했다.

"지금 형의 사진을 찍었다가 나중에 일이 잘못돼서 카메라를 빼앗기면 어떡하죠?"

"찍고 나서 바로 지울 거야. 걱정하지 마."

길은 녹화 버튼을 누른 뒤 주드 형 쪽으로 카메라를 향하게 했다. 주드 형은 책상에 기대어 서서 느긋하게 웃고 있었다.

"뭐라고 말 좀 해 봐요."

"혁명은 텔레비전으로 방송되지 않는다. 물론 나는 그렇지 않길 바라지만 말이야."

주드 형이 킬킬거리며 말했다.

길이 정지 버튼을 누르자, 주드 형이 녹화기 뒷면의 LCD 화면을 뒤로 젖혀 재생하였다. 생각보다 화질이 무척 좋았다. 길이 주드 형의 머리를 잘리게 찍긴 했지만.

"카메라를 높이 들려고 이렇게 걷지만 마라."

주드 형은 가슴을 과장되게 내민 채 방 안을 걸어 다녔다.

"그랬다간 앞으로 고꾸라지고 말 테니까."

"닭이 걷는 것 같아요."

주드 형은 길의 얘길 듣고는 팔을 퍼덕거리며 닭 흉내를 냈다. 무릎을 거의 턱까지 들어 올리며 뽐내듯이 걷는 통에 길은 터져 나오는 웃음을 멈출 수가 없었다. 어찌나 웃어 댔는지 나중엔 얼굴이 당기고 배가 아플 지경이었다.

그때 방문을 두드리는 소리가 났다. 주드 형은 그 자리에 얼어붙은 듯 멈춰 섰다.

"누구세요?"

길은 녹화기를 얼른 주머니 속에 쑤셔 넣었다.

"나야."

문밖에서 떨리는 목소리가 들려왔다.

주드 형이 문을 살짝 열자, 샐리 아줌마의 얼굴이 보였다.

"나도 들어가고 싶어."

"지금은 바빠서 안 돼요. 조금 있다가 집으로 갈게요."

"지금 날 비웃고 있었지? 그렇지? 밖에서 다 들었어."

"아니에요, 그런 거. 우리가 아줌마를 왜 비웃겠어요? 내가 웃긴 짓을 해서 길이 웃은 거예요. 길 기억나죠? 월요일에 만났잖아요."

"아, 그때 그 착한 아이로구나."

샐리 아줌마는 문틈 사이로 길을 보고는 살짝 미소를 지었다.

"별일 없지?"

"네, 잘 지내요."

"금방 건너갈게요. 거의 끝나 가요."

주드 형이 달래듯이 말했다.

"알았어."

샐리 아줌마는 소리도 없이 사라졌다.

길은 셔츠에서 단추 카메라를 떼어 냈다. 그러고는 주드 형이 건넨 천에 카메라를 조심스레 감쌌다.

"카메라는 예민하기 때문에 조심해서 다뤄야 해. 기껏 고생해서 들고 갔는데 망가져서 작동하지 않으면 낭패잖니?"

길은 천에 싼 카메라를 책가방에 잘 챙겨 넣었다.

"자, 한 번만 더 확인해 보자."

주드 형은 주의 사항을 반복해서 말했다. 카메라 배터리는 네 시간쯤 쓸 수 있고, 연구소에 들어간 순간부터 나올 때까지 모든 걸 담으면 되었다. 또 집 전화나 엄마 휴대폰으로 주드 형에게 전화를 걸어선 안 된다고도 했다. 마지막으로 월요일 아침 일찍 카메라를 돌려주기로 했다. 이것이 계획의 전부였다.

"길, 넌 영웅이야."

주드 형이 길을 배웅하며 말했다.

"이런 일을 할 만큼 용기 있는 사람이 많지 않아. 정말 대단해."

'영웅이야. 대단해.' 길이 그동안 간절히 듣고 싶어 했던 말이다. 길은 햇볕이 내리쬐는 거리로 나왔다. 주드 형의 말이 햇볕보다 더 따뜻하게 느껴졌다.

길은 버스를 타고 학교로 돌아가는 동안 상상의 나래를 활짝 펼쳤다. 동물 실험 연구소의 어두운 심장부에서 무슨 일이 벌어지고 있는지 폭로하는 영상을 찍어 올 것이다. 그러면 주드 형은 온 세상 사람들이 다 볼 수 있도록 그 영상을 인터넷에 올리겠지. 아니면 텔레비전의 다큐멘터리 프로그램으로 만들 수도 있고. 그걸 보고 사람들이 격렬하게 항의를 하면 연구소도 결국 문을 닫게 되겠지.

길은 점심시간이 끝나 갈 무렵에야 학교 운동장으로 슬렁슬렁 들어섰다. 여전히 스파이가 된 기분에 푹 빠져 있는데, 루이스가 곁에 와서 찰싹 달라붙었다. 왠지 목소리에 가시가 돋친 듯했다.

"점심 잘 먹었어?"

"응, 나쁘지 않았어."

"뭘 먹었는데?"

길은 그냥 떠오르는 대로 대답했다.

"케밥 먹었는데 별로였어."

"케밥이라고? 그래, 채식주의자한테 참 딱 맞는 음식이구나."

"고기 케밥 말고, 이 바보야."

"다른 케밥도 있니?"

"음, 피망 케밥일걸. 치즈 같은 게 들어간 것도 있고……."

"참 나. 길, 그만둬. 정말로 질린다."

루이스가 말을 잘랐다.

"뭐가 질린다는 거야?"

"네가 계속 거짓말하는 데 질려 버렸다고. 난 바보가 아니야. 네가 무슨 일을 하고 다니는지는 몰라도, 더 이상 네 말을 곧이곧대로 믿지는 않는다고."

"거짓말하는 거 아니거든."

"그래, 퍽이나 그렇겠다. 이 피노키오야. 네 코가 자라는 게 다 보인다고."

"그래, 너 잘났다."

길은 더 이상 입씨름을 하고 싶지 않아서 몸을 홱 돌렸다. 하지만 루이스는 그만둘 생각이 없는 것 같았다.

"길, 난 너의 유일한 친구야. 아무도 너랑 같이 다니려 하지 않으니까. 그런데 넌 날 이용해 먹으려고만 했어. 그 말도 안 되는 전단지를 나눠 줄 때 도와주길 바랐던 것처럼 말이야. 그렇지 않으면 개똥같이 하찮게 취급하든가. 우리가 즐거운 마음으로 함께 뭔가를 했던 때가 언제인지 기억은 나니?"

"난 지난 이 주일 동안 외출 금지였잖아. 기억 안 나?"

"그건 대체 언제 풀리는데?"

"이번 주에 풀릴 거야, 아마도."

"그럼, 이번 주 토요일에 스케이트 타러 올 거야?"

"이번 주는 안 돼. 아빠가 일하는 연구소에 가기로 했어."

"거짓말쟁이."

"정말이야!"

"그런 건 여자애들이나 써먹는 핑계라고. 넌 구제 불능이야. 나한테 스케이트 타러 가기 싫다고 말할 배짱도 없어? 그런 말이라도 하면 다른 아이한테 같이 가자고 물어볼 수 있을 거 아냐."

루이스가 식식거리며 말했다.

"좋아. 다른 아이한테 물어봐. 나랑 상관없는 일이니까!"

길은 루이스를 노려보았다. 화가 나서 볼을 씰룩거리는 루이스의 얼굴이 자못 우스꽝스러워 보였다. 게다가 주먹으로 한 대 치고 싶은지 손가락을 움찔거렸다. 칠 테면 쳐 보라지. 루이스는 워낙 약골이라서 길이 한 방만 날려도 훽 날아가 버릴 터였다.

"이젠 정말 너란 녀석을 못 믿겠어. 너한테 어떤 문제가 생기든, 내가 도와줄 거라는 기대는 하지 마. 이걸로 끝이니까."

"대체 무슨 문제가 생긴다는 거야?"

"뭔지는 모르겠지만, 넌 지금 뭔가에 빠져 있는 게 맞잖아. 혹시 담배라도 피우는 거니?"

"왜, 너도 좀 줄까?"

"나 참, 그만둬."

루이스는 어깨를 으쓱하고는 저쪽으로 휙 걸어가 버렸다.

길은 루이스를 영원히 떼어 버린 건지도 모른다는 생각이 들었다. 어차피 성가시던 참이었다. 지금은 자신을 영웅이라고 생각하는 주드 형이 곁에 있으니, 루이스가 어쩌든 말든 전혀 신경이 쓰이지 않았다.

작전 개시

“이제 거의 다 왔다.”

차가 자연사박물관 옆을 막 지나고 있을 때 아빠가 말했다.

“사실 여기서부터는 차에서 내려 걸어가야 하는데……. 저기 모여 있는 사람들만 아니라면 말이다.”

아빠가 고갯짓으로 앞을 가리켰다. 그쪽으로 고개를 돌리자, 인도에 사람들이 잔뜩 모여 있는 게 보였다.

“뭐하는 사람들이에요?”

“동물 권리 보호론자들이지. 연구소 바로 앞에서 시위하는 게 금지돼 있어서 저렇게 맞은편 건물에 죽치고 있는 거란다. 시위를 하다가 경찰이랑 우리 연구소 직원이랑 몇 번 승강이를 벌였거든. 그래 봤자 우리가 할 수 있는 일은 별로 없단다. 난 저 사람들과 얽히고 싶지 않아서 차를 타고 지나다니는 거고."

길은 차창 너머로 아빠가 일하는 연구소 건물을 쳐다보았다. 아무 장식도 없는 감옥 같은 곳을 상상했는데, 실제로 보니 전혀 다른 모습이었다. 매끈하고 고급스런 노란색 돌벽, 강화 유리로 된 거대한 출입구, 입구로 이어진 두 개의 곡선형 계단……. 연구소가 아니라 호텔 같은 느낌이었다.

"차를 두고 연구소로 걸어가면 시위자들이 어떻게 해요?"

"고함을 지르기도 하고 달걀이나 토마토를 던지기도 하고."

그때 기다렸다는 듯이 차에 뭔가 부딪히는 소리가 들렸다. 길은 깜짝 놀라 몸을 움찔했다. 순간, 안전벨트가 세게 조여들면서 셔츠 속에 감춘 카메라가 피부에 닿는 게 느껴졌다.

"쯧쯧, 예상한 대로구나."

아빠는 조금도 당황하지 않고 계속 차를 몰았다.

길이 앉아 있는 보조석의 창문을 타고 노랗고 끈적한 달걀이 흘러내렸다. 시위대가 던진 것이었다. 길은 겁을 먹은 나머지, 꼼짝없이 앉아서 눈만 끔벅였다.

사실 아침까지만 해도 연구소에 들어가 단추 카메라로 이곳저곳을 찍을 생각에 잔뜩 흥분해 있었다. 전날 밤에 교복 셔츠가 세탁기에 들어가지 않도록 침대 옆 서랍에 잘 숨겨 두었다. 아침에 눈을 뜨자마자 꺼내어 단추를 하나 떼어 낸 뒤에 작은 구멍을 내고 단추 카메라를 달았다. 그 위에 품이 넉넉한 후드티를 찾아 입은 다음, 주머니가 제일 큰 바지를 골라 받쳐 입었다. 전선은 까만색 테이프로 피부에 단단히 붙였다. 바지 주머니 속에도 구멍을 뚫어서 카메라에서 나온 선이 티가 나지 않도록 만들었다. 그러고는 거울 앞에 서서 이런저런 자세를 잡아 보았다. 가슴을 내밀어 카메라가 도드라지는지를 확인했고, 온몸을 툭툭 치면서 선이 튀어나온 곳은 없는지 꼼꼼하게 살펴보았다. 그러는 동안에 엄마 아빠가 들어올까 봐 책상으로 방문까지 막아 놓았다. 하지만 아무도 들어오지 않았다.

길은 아빠를 따라 집에서 나와 차에 타면서 침착하게 행동한 자신을 내심 대견하게 여겼다. 그런데 연구소 앞에서 달걀 세례를 받자 온몸이 두려움으로 뻣뻣하게 굳어 버렸다. 심장이 입 밖으로 튀어나올 것처럼 세차게 뛰었다. 도대체 여긴 왜 온 걸까? 어떻게 빠져나가지?

"겁을 먹은 모양이구나."

아빠가 길을 흘긋 보며 안쓰러운 듯이 말했다.

"나도 이런 게 겁날 때가 있었는데, 지금은 불행히도 익숙해져 버렸어. 그래서 네가 저런 사람들과 연관되는 게 그토록 싫었던 모양이야."

아빠는 모퉁이를 돌아 높은 건물 사이에 있는 좁은 도로에 이르자 차의 속도를 줄였다. 차단 막대가 길을 가로막고 있었다. 아빠가 출입카드를 긁자 차단 막대가 자동으로 올라갔다. 차는 서서히 주차장 쪽으로 움직였다.

"자, 다 왔다."

잠시 후, 아빠가 차에서 내려 기지개를 켜며 말했다.

차 문을 열 때, 길의 손이 설핏 떨렸다. 반면에 아빠는 무척 느긋해 보였다. 아무 의심도 없는 모습이었다. 그걸 보자 자신이 맡은 임무를 무사히 끝낼 수 있을 것 같은 안도감이 들었다. 하지만 차에서 내려 아빠를 따라가다가, 커다란 셰퍼드의 목줄을 잡고 순찰하는 경비원과 맞닥뜨리자 가슴이 철렁 내려앉았다. 길은 가슴께에 손을 올렸다가 자신이 아직 후드티를 입고 있다는 것을 깨달았다. 이대로 녹화 버튼을 눌렀으면 시커먼 후드티 안만 녹화될 뻔했다.

"아빠, 잠깐만요. 후드티는 좀 벗어야겠어요. 더워서요."

"그럼 벗어서 차에 놔두렴."

아빠는 조수석 문을 다시 열어 주고는 휴지로 차창에 묻은 달걀을 닦아 내기 시작했다. 길이 후드티를 벗어 놓고 뒤를 돌아보자 아빠가 눈을 동그랗게 뜬 채 쳐다보고 있었다.

'이런, 맙소사. 선이 밖으로 나온 건가? 아빠가 카메라를 보고 만 거야. 다 들통 난 건가?'

길이 놀라서 뻣뻣하게 굳어 있을 때, 아빠가 활짝 웃으며 말했다.

"세상에! 길, 토요일의 복장치곤 꽤 말쑥해 보이는데."

"아, 네. 아빠가 일하시는 곳에 오는 거라 신경을 좀 썼어요."

길은 웅얼거리면서 교복 셔츠에 달린 가짜 단추를 만지작거렸다. 길은 그 단추가 계속해서 윙윙거리고 번쩍거리면서 메시지 같은 걸 표시할까 봐 조마조마했다. '여기요! 난 가짜 단추예요. 단추인 척하는 카메라 렌즈라고요! 날 좀 봐요!'라고 말이다. 길은 머릿속이 더 복잡해져서 일을 그르치기 전에 얼른 주머니에 손을 넣고 녹화 버튼을 눌렀다.

"정문으로 들어오지 못한 게 좀 아쉽구나. 아주 근사한 건물인데 말이야. 하지만 이쪽 출입구가 더 안전해. 강화된 보안 시스템을 피할 수도 있고."

아빠는 그 보안 시스템이 무엇인지까지는 말하지 않았다. 뒷문은 평범한 철제문으로, 열쇠가 두 개나 필요했다. 길이 아빠의 뒤를 따라 들어가자 문이 꽝 하고 닫혔다.

드디어 연구소 안에 들어왔다. 동물들은 어디에 있는 걸까? 길은 귀를 쫑긋 세워 보았다. 두꺼운 벽 사이로 흘러나오는 동물들의 고통에 찬 울음소리라도 들을 수 있을까 싶어서였다. 하지만 건물은 엄청나게 크고 넓어서 동물이 있는 곳을 찾기가 쉽지 않아 보였다. 어쩌면 지하에 있을지도 몰랐다.

아빠는 벽에 달린 키패드와 작은 불빛이 여러 개 달린 패널을 잠시 확인하고는 들어온 문을 다시 이중으로 잠갔다. 그런 다음 복도를 따라 조금 더 걸어가자 또다시 문이 나왔다. 아빠는 세 번째 열쇠로 문을 열고 안으로 들어간 다음 잊지 않고 문을 잠갔다.

그게 끝이 아니었다. 문이 또 나왔다. 아빠는 주머니에서 뭘 꺼내어 목에 걸었다. 아빠 서재의 서랍에서 본 펜던트였다. 아빠는 몸을 앞으로 기울여 문 옆에 있는 패드에 동글납작한 신분증을 갖다 댔다. 그러자 문이 윙 소리를 내며 자동으로 열렸다.

"문이 참 많네요."

길이 말했다.

"달걀을 마구 던지는 사람들을 막으려면 문이 많이 필요할 수밖에."

아빠가 대답했다.

복도 끝에는 위층으로 올라가는 계단이 있었다. 아빠는 한 번에 계단을 두 개씩 올라가면서 조용히 흥얼거렸다. 계단은 끝도 없이 이어졌다. 길은 숨을 헐떡이면서 아빠를 따라가는 내내 걱정이 되었다. 카메라가 제대로 작동하지 않으면 어쩌지? 렌즈 앞이 가려지면 어쩌지?

"이 건물에는 엘리베이터가 없나요?"

"난 절대로 엘리베이터를 타지 않는단다. 계단을 이용하는 게 운동도 되고 좋아."

아빠가 쾌활하게 대답했다.

"화장실은 어디에 있어요?"

아빠가 고갯짓으로 문 하나를 가리켰다. 길은 얼른 그쪽으로 걸어갔다. 화장실엔 보안 장치 같은 게 설치되어 있지 않았다. 혹시 안에 감시 카메라 같은 게 달려 있으려나?

길은 화장실 칸막이 안으로 들어가 옷매무새를 가다듬었다. 그런 다음에 밖으로 나와서 거울을 들여다보았다. 문제 될 건 없어 보였다. 길은 거울을 보면서 카메라를 잊어버리라고 자신에게 말하고 또 말했다.

'평소처럼 자연스럽게 행동해. 침착해, 침착하라고.'

아빠는 길이 화장실에서 나올 때까지 벽에 기대어 서 있었다. 길은 아빠의 느긋한 모습을 보자 더 겁이 났다. 아빠는 집에서보다 이곳에서 더 편안해 보였다. 집은 감옥 같은 곳이고, 이곳은 자유를 만끽하는 휴식처인 것처럼. 길은 문득 아빠가 어떤 사람인지 궁금해졌다. 아빠의 이런 모습을 본 적이 거의 없었기 때문이다. 아빠가 오며 가며 스쳐 지나가는 타인처럼 낯설게 느껴졌다.

"내가 지금 하고 있는 새 연구 과제부터 보여 주마."

아빠는 문을 두 개 더 지나서 희고 눈부신 빛이 가득한 방 안으로 들어섰다. 방 안에는 창이 없었지만 백열등이 은은한 빛을 뿜고 있었다. 동물은커녕 사람의 그림자 하나 보이지 않았다.

"여기가 바로 내가 쥐를 만들어 내는 곳이란다."

"아빠가 쥐를 만드신다고요?"

길은 깜짝 놀라서 카메라에 대한 걱정을 잠시 잊어버렸다.

아빠가 웃으며 말을 이었다.

"공상 과학 소설에나 나올 법한 방식으로 쥐를 만든다는 소리가 아니라 체외 수정 기술을 이용한단다. 그게 뭔지는 알지?"

"시험관에서 인공적으로 생명을 만들어 내는 거 말이죠?"

"그래, 맞아. 암컷 쥐에게서 난자를 채취하고 수컷 쥐에게서 정자를 채취한 다음, 현미경으로 관찰하면서 쥐의 배아를 만드는 거지."

아빠가 앞면 전체가 통유리로 된 밀실을 가리켰다.

"어째서 쥐를 인공적으로 만들어 내시는 거죠? 쥐가 자연스럽게 임신해서 새끼를 낳도록 놔두면 안 돼요?"

"보통은 그렇게 하지. 하지만 가끔 새로운 것을 시도해야 할 때가 있는데, 그때는 체외 수정을 통해 많은 변수들을 통제할 수밖에 없단다. 우리 연구에 도움이 되도록 특정 형질만 가진 쥐를 만들어 낸다는 얘기지. 여기 좀 봐."

아빠는 연구실을 가로지르더니 의자 등받이에 걸쳐 둔 하얀색 가운을 입었다. 그러고는 구석에 있는 세면대에서 손을 씻은 뒤 서랍에서 두꺼운 장갑을 한 켤레 꺼냈다. 그다음에는 커다란 은색 문 앞으로 가서 레버같이 생긴 핸들을 아래로 꾹 눌렀다. 문이 열리자 증기 같은 게 새어 나왔다.

"여기가 사용 전의 난자와 정자, 배아를 보관하는 냉동고야."

아빠는 그 안에서 샬레를 하나 꺼낸 뒤 얼른 문을 닫으며 말했다.

"우리는 저 안에서 난자 한 개를 피펫으로 고른 다음 거기에 정자 한 개를 가느다란 주사기로 주입한단다. 아주 어렵고 섬세한 작업이지. 시간도 엄청나게 걸리고. 난자와 정자는 워낙 작아서 말이야. 이 일이 성공하면 배아가 탄생하는 거야."

아빠는 샬레를 조심스럽게 감싸 쥐고서 길을 물끄러미 바라보았다.

"길, 생명이라는 게 얼마나 특별한지 아니? 아무것도 하지 않았는데도 스스로 커 나가는 걸 보면 얼마나 놀라운지 몰라."

"그런 생각은 한 번도 해 본 적이 없어요."

길은 평소처럼 이야기하려고 애쓰며 대답했다. 아빠는 운동장에서 진짜 끝내주는 벌레를 발견한 아이처럼 들떠 보였다. 오히려 길이 어른이 된 듯한 기분이 들 정도였다. 길은 아빠와 거리를 두고 선 채 되도록 움직이지 않으면서 아빠를 화면에 담으려 애썼다. 그래야 깨끗하고 흔들리지 않는 영상을 얻을 수 있을 테니까.

"정자와 난자가 결합하면 세포 하나가 된단다. 몇 시간이 지나면 세포가 분열하기 시작하지. 그런 식으로 분열해서 나중에는 세포가 여덟 개로 쪼개져 작은 덩어리를 이루지. 그걸 배아라고 해. 배아는 그때까지도 현미경으로 봐야 할 정도로 작아. 아주 작은 입자지. 하지만 그 세포 덩어리에는 말이다……."

아빠가 잠시 말을 멈추며 숨을 골랐다.

"거기엔 쥐를 만드는 데 필요한 모든 정보가 담겨 있어. 상상할 수 있니? 들판에 벽돌 여덟 개를 놓고 그게 집으로 서서히 변해 가는 걸 지켜보는 거……."

길은 아빠에게서 은은한 빛이 뿜어져 나오는 것 같은 생각이 들었다. 자연사박물관에 물고기 화석을 보러 갔을 때와 비슷했다. 길은 자신이 아빠처럼 뭔가에 푹 빠져서 잔뜩 흥분했을 때가 언제였는지 떠올려 보려 했지만 잘 기억이 나지 않았다. 아빠는 말을 멈추고 기대에 찬 눈빛으로 길을 바라보았다. 무슨 말이든 해야 했다.

"우, 우아!"

아빠는 길의 덤덤한 반응에 조금 실망한 것 같았다.

"길, 넌 아빠가 하는 일이 궁금하긴 한 거냐? 방문 허가를 받는 건 참 어려운 일이야. 얼마나 어렵게 얻은 기회인데, 최소한의 관심 정도는 보여야 할 게 아니냐?"

"죄송해요, 아빠. 저, 이런 데 관심이 많아요. 계속 설명해 주세요."

아빠는 얼굴을 살짝 찌푸렸다.

"넌 내가 이 일을 왜 하는 것 같니?"

"그게 무슨 말씀이세요?"

"네 말마따나 쥐가 자연스럽게 새끼를 낳도록 놔두는 게 훨씬 더 쉬운데, 아빠는 왜 이렇게 힘든 일을 굳이 하고 있는 걸까?"

"잘 모르겠어요."

"유전자 이식이라는 말 들어 본 적 있니?"

"아니요."

"어떤 생명에 유전자가 이식되었다는 건, 다른 생물의 유전자를 포함하고 있다는 뜻이란다. 그러니까 여기에서 만드는 쥐는……."

"아, 무슨 말씀인지 알겠어요. 물고기 유전자를 접합시킨 딸기를 만들어 냈다는 소리는 들어 본 적이 있어요."

"그래, 바로 그거야."

"하지만 그건 위험한 일 아닌가요?"

"아니, 전혀 위험하지 않아. 물고기 유전자 하나를 딸기에 넣는다고 해서, 딸기가 물고기로 변하는 건 아니란다. 반쪽짜리 물고기가 되는 것도 아니고. 음, 토스터와 자동차로 바꿔서 생각해 보자. 둘은 완전히 다른 물건이지만, 넓게 보면 똑같은 물질로 만들어지잖니? 자동차 부품을 떼어 내어 토스터를 고치는 데 쓴다면 어떨 것 같니? 전선이나 너트, 볼트 같은 걸 말이지. 그렇다고 토스터가 자동차로 변하는 건 아니잖아? 그냥 토스터일 뿐이지. 생물체도 마찬가지야. 생물들은 놀라울 정도로 유전자가 비슷해. 그래서 유전자를 서로 교환할 수 있는 거지."

그러나 길의 머릿속에는 눈이 두 개 붙은 커다란 딸기가 떠올랐다. 그 모습이 하도 충격적이어서 떨쳐 낼 수가 없었다. 아빠는 현미경으로 뭔가를 만지작거렸다. 길은 점점 조급해졌다. 아빠가 쓸데없는 일을 하는 것만 녹화하느라 소중한 배터리를 낭비하고 있다니.

"다 됐다. 이것 좀 보렴."

아빠가 현미경에서 한 발 옆으로 물러서더니 길에게 앞으로 오라고 손짓했다. 길은 현미경에 눈을 갖다 대고는 몇 번 깜빡였다. 그러자 개구리 알처럼 생긴 작은 방울이 모인 덩어리가 보였다. 아빠가 숨겨 둔 앨범 속 사진에서 본 것과 똑같았다. 방울이 얼마나 큰지는 알 수가 없었다.

"이게 뭐예요?"

"쥐의 배아란다. 이 쥐에게 유전병을 일으키는 인간의 유전자를 넣었지. 다음 단계는 이 배아를 암컷 쥐의 자궁에 주입한 뒤 자라길 기다리는 거란다."

"그런데 병이 날 거라면서요?"

"그렇지. 넌 그게 싫은 거로구나?"

"무슨 병이에요?"

"음, 뇌를 조금씩 조금씩 파괴하는, 아주 끔찍한 유전병이란다."

"뭐라고요?"

길은 흠칫 놀라며 현미경에서 떨어졌다. 자기도 모르게 속에서 반감이 훅 치밀었다.

"정말 끔찍해요. 그럼 아빠는 이 쥐가 자라면서 뇌가 산산이 부서질 때까지 가만히 놔두시는 거예요? 어떻게 일부러 그러실 수가 있어요? 쥐도 엄연히 생명체잖아요."

"그래도 사람에게 그런 일이 일어나는 것보다는 훨씬 낫잖니?"

"어떤 기준으로요?"

"여기서 만들어 낸 쥐는 자신이 아프다는 걸 모르니까. 쥐는 사람과 달라서 생각을 할 수가 없어. 그리고 연구소에서는 쥐가 고통받도록 내버려 두지 않아. 쥐가 행복을 느낄 수 있는 기본적인 일을 못 하게 될 경우에는 바로 그 불행을 멈춰 주지. 하지만 이 병을 앓는 사람은 뇌세포가 서서히 죽어 간다는 사실을 아는 채로 몇 년을 더 살아야 해. 그 사람들은 결국 혼자서는 아무것도 하지 못하게 된단다. 심지어 생각조차 할 수가 없어. 결국 삶이 무너지게 돼. 자신뿐만 아니라 온 가족의 삶이……. 그것이 유전병일 때는 자식들에게 이어질 확률이 매우 높거든."

아빠는 갑자기 조용해졌다. 조금 전까지의 열정이 모두 사그라진 듯했다. 길이 뒤로 물러나자 아빠가 다시 몸을 숙여 현미경을 들여다보았다. 아빠는 한참 동안 그러고 있었다. 길은 배터리 걱정에 조바심이 나서 초조하게 발을 굴렀다.

"미안하다. 잠깐 딴생각을 좀 했어. 다른 것도 보겠니?"

"아뇨. 실험용 동물을 좀 보고 싶어요. 그중에서도 아빠가 일부러 병균을 넣어 준 녀석들을요."

"그래, 알았어."

아빠는 진지한 눈빛으로 길의 얼굴을 들여다보았다.

"곰곰이 잘 생각해 보렴. 그게 내가 너에게 바라는 전부야. 내가 하는 일을 너무 성급하게 판단하고 거부하지는 않았으면 좋겠다."

길은 아빠를 따라서 동물들이 있는 곳으로 갔다. 모든 게 아주 깨끗하고 환했다. 그런데 이상하게도 지나오면서 창문을 본 기억이 전혀 없었다.

시시껄렁한 모험

길은 이 여정의 끝에서 무엇과 마주하게 될 것인지 생각하지 않으려고 애를 썼다. 하지만 마음 깊은 곳에서 피어오르는 비밀스러운 생각까지는 막지 못했다. 길은 아빠가 자신을 꾀어서 실험을 할지도 모른다는 생각이 들었다. 멍청한 생각이라는 걸 알면서도 도무지 떨쳐 버릴 수가 없었다.

마지막으로 자동문과 투명한 플라스틱 커튼이 쳐진 복도를 지났다. 잠시 뒤, 탈의실 같은 공간이 나왔다. 그곳은 티끌 하나 없이 깨끗했다.

"먼저 깨끗이 씻어야 해."

아빠가 길을 세면기 쪽으로 밀었다.

"왜요?"

"길, 여긴 동물원이 아니야. 동물들이 세균에 노출되지 않도록 주의

해야 해."

"그 동물들은 다 병이 있다면서요?"

"그만큼 면역력이 약하니까 더 세심하게 보호해 줘야지. 자, 이걸 입어라."

아빠는 길에게 아주 가벼운 작업복을 건넨 뒤 제대로 입도록 도와주었다.

"간지러워요."

길은 턱 부분을 여미기 위해 달린 찍찍이를 잡아당겼다. 그런데 이 일을 어쩌지? 작업복이 카메라 렌즈를 완전히 덮어 버렸다. 뭘 해 보기도 전에 이렇게 실패하는 걸까? 아빠는 길의 머리에 비닐 모자를 푹 눌러 씌우더니 귀가 다 덮이도록 아래로 잡아당겼다. 그러고는 치과 의사가 쓰는 것처럼 생긴 얇은 고무장갑 한 켤레를 건네주었다. 길은 재빨리 장갑을 끼고는 뒤로 돌아서서 아빠 몰래 작업복 앞부분의 찍찍이를 떼어 냈다. 길이 다시 돌아섰을 때는 아빠도 작업복과 비닐 모자, 장갑을 모두 착용하고 있었다. 그 모습이 마치 거대한 아기처럼 보여서 웃음이 터져 나왔다.

"날 보고 웃기 전에 네 모습부터 확인하는 게 어떠냐? 자, 이제 남아 있는 미생물을 씻어 내기 위한 샤워를 하면 된단다."

아빠가 칸막이를 세워 만든 좁고 네모난 방을 가리켰다.

"샤워라고요? 하지만 어떻게……."

길은 카메라를 숨겨 온 게 들통 날까 봐 망설였다. 그러나 막상 아빠가 가리킨 곳은 샤워장이라기보다는 우주로 가는 관문 같아 보였다.

아빠가 길을 다짜고짜 안에 밀어 넣고 버튼을 누르자 사방에서 바람이 분사되었다. 강풍이 이는 산꼭대기에 서 있는 느낌이었다. 길은 샤워가 끝난 뒤 잠시 동안 말을 잇지 못했다.

"공기 샤워란다. 난생처음이지?"

아빠가 빙그레 웃으며 말했다.

둘은 공기 샤워장 맞은편에 있는 다른 문을 통과한 뒤 플라스틱 커튼을 또 지나갔다

'드디어 왔구나. 바로 이곳이군.'

길은 눈을 질끈 감고 커튼을 통과했다.

"자, 여기가 고문받는 희생양들이 있는 곳이야."

아빠가 부드럽게 말했다.

길은 눈을 뜰 수가 없었다. 눈을 풀로 붙인 것만 같았다. 상처 입고 슬퍼하는 동물들의 이미지가 머릿속을 꽉 채웠다. 자신이 감당할 수 있는 일이 아니라는 생각이 들었다. 그냥 이대로 뒤돌아서 뛰쳐나가고만 싶었다.

"눈을 뜨렴. 보고 싶어 한 거잖니? 누가 보면 내가 널 괴롭히려는 줄 알겠다."

아빠가 길을 쿡 찌르며 말했다.

길은 한쪽 눈만 살짝 떴다. 눈꺼풀에 한 줄기 빛이 겨우 들어올 만큼만. 그곳에는 햇빛이 비치고 있었다. 건물에 들어온 이후로 처음 보는 자연광이었다. 얼핏 지푸라기 냄새도 났다. 길은 눈을 제대로 뜨고는 주위를 돌아보며 몸을 떨었다.

방 안에는 2층으로 된 토끼장이 가득 들어차 있었다. 높이는 2미터, 너비는 1미터 정도 되었다. 바닥에 짚이 깔린 평범하기 그지없는 토끼장들이 커다랗고 네모난 모래밭 주변에 늘어서 있었다. 토끼장마다 모래밭으로 이어지는 나무 사다리나 터널이 있었다.

흰 토끼가 사방에 흩어져 있었다. 재빨리 세어 보니 대략 서른 마리 정도 되는 것 같았다. 토끼들은 바닥에 깔린 지푸라기 위에서 기지개를 켜거나, 주변을 깡충깡충 뛰어다니거나, 부지런히 몸단장을 하거나, 모래에 구멍을 파고 있었다. 가끔 코를 킁킁거리다가 뒷다리로 바닥을 쿵 치기도 했다.

아무래도 이상했다. 동물원에서 동물을 손으로 직접 쓰다듬을 수 있는 체험장이 떠올랐다. 여기가 동물원보다 더 깨끗하고 조용하다는 것만 다를 뿐 분위기는 거의 비슷했다. 토끼장에 부착된 클립보드만이 이 토끼들이 애완용이 아니라는 사실을 알려 주었다.

아빠는 말없이 서 있었다. 길은 죽 늘어선 토끼장에 조금 더 가까이 다가갔다. 가슴팍에 달린 카메라를 떠올리며 너무 바싹 붙지 않도록 주의했다. 그러고는 토끼를 한 마리씩 살펴보며 천천히 돌아다녔다. 주드 형이 준 책에 나온 사진과 같은 모습을 한 토끼는 한 마리도 없었다. 겉으로 보기에 다치거나 끔찍한 상처가 나 있는 토끼도 없었다.

비현실적인 느낌이 사라지자, 길은 잠깐 동안 자신이 어디에 와 있고, 또 무엇을 하려고 했는지를 까맣게 잊어버렸다. 그러면서 문득 애완동물을 길러 본 지 꽤 오래되었다는 생각을 했다. 지금 보니 토끼도 애완용으로 키우기 좋을 것 같았다.

그때였다. 어떤 여자가 커튼을 젖히고 이동장을 든 채 불쑥 들어오는 바람에 길은 화들짝 놀랐다. 그 여자 역시 길을 보고 놀라다가 아빠를 보고는 이내 친근하게 인사를 건넸다.

"아, 안녕하세요, 매슈 박사님. 오늘도 나오시는지 몰랐네요."

아빠가 웃으며 고개를 살짝 숙였다. 여자는 토끼장 쪽으로 다가가 클립보드를 살펴보고는, 토끼를 우리에서 빼서 이동장에 넣은 다음 다시 커튼을 헤치고 나가 버렸다.

"토끼한테 뭘 하려는 거죠?"

"글쎄, 정확히는 몰라. 내가 맡은 연구가 아니어서. 이곳의 토끼들은 대부분 생식 장애 연구에 쓰인단다. 난임 같은 거 말이야."

"어디가 아픈 것 같지는 않은데요?"

"그래서 실망했니? 넌 뭘 기대한 거니? 피나 비명 소리 같은 거?"

길은 대답을 하지 않았다. 어느새 두려움은 눈 녹듯 사라져 버렸다. 그만큼 김이 빠지고 말았다. 주드 형이 토끼장에 얌전히 앉아 있는 평범한 토끼 무리에 관심을 보일 리 만무할 테니까. 길은 녹화기가 들어 있는 바지 주머니 쪽에 손을 댔다. 녹화 스위치를 꺼 버리고 싶었다. 아무것도 아닌 시시한 일 때문에 모험을 감행했다는 생각이 들었다.

"내가 담당하고 있는 실험용 쥐를 보겠니?"

아빠가 물었다.

길은 아빠를 따라 투명 플라스틱 커튼을 밀며 옆방으로 갔다. 서류 정리함이 빼곡히 들어찬 방 같아 보였다. 투명한 호박색 플라스틱 상자가 층층이 쌓여 있었다. 대충 헤아려 보니 상자가 오백 개는 넘어 보였고, 상자마다 작은 클립보드가 하나씩 붙어 있었다.

길은 죽 늘어선 상자 사이를 걸으며 안을 들여다보았다. 상자 안에는 쥐가 살고 있었다. 어떤 데는 한 마리가, 또 어떤 데는 두세 마리가 있었다. 그 말인즉슨 이 방에 천 마리도 넘는 쥐가 있다는 소리였다. 상자 바닥에는 톱밥과 잘게 자른 종이가 잔뜩 깔려 있었다. 그 외에 두루마리 휴지심과 운동용 쳇바퀴, 조그만 상자가 군데군데 있어서 쥐들이 놀기도 하고 쉬기도 했다. 쥐들은 평범하기 그지없어 보였다.

길은 상자 안을 유심히 들여다보면서 끔찍하게 기형인 쥐를 찾길 간절히 바랐다. 주드 형이 준 책에서 본 것처럼 암에 걸린 쥐 말이다. 그 쥐는 등에 달팽이집같이 커다란 종양을 달고 있었다.

"이 많은 쥐들은 다 어디에 이용되는 거예요?"

"상당수가 유전자 연구에 쓰인단다. 다들 조금씩 유전자가 변형되었거든. 쥐들을 관찰하고 연구해서 유전자가 어떻게 작동하는지 알아내는 거지. 아니면 유전자를 조작해서 우리가 치료약을 찾으려 하는 병에 걸리게 할 수도 있고."

"여기 쥐 중에서 생김새가 좀……."

길은 노골적으로 들리지 않게 물어보려고 애를 썼다.

"제 말은요, 전에 읽었던 책에는 실험으로……, 그러니까 머리가 둘 달린 쥐나 뭐 그런 거 말이에요."

"아, 그래. 그 유명한 머리 둘 달린 쥐 말이구나. 다리가 다섯 개인 개구리도 있지. 물론 날개가 셋 달린 닭도 빼놓을 수 없고 말이야. 길, 소위 말하는 '괴물'은 사람들이 배아의 발달 과정을 연구하던 중에 우연히 만들어진 거란다. 애석하게도 이곳엔 머리 둘 달린 쥐 같은 건 없단다. 털이 하나도 없는 쥐는 있지만 말이야."

길은 아빠가 열어 준 상자 안을 들여다보았다. 피부가 쭈글쭈글한 분홍빛 쥐 두 마리가 눈을 깜빡이며 길을 쳐다보았다. 눈가와 턱 주변에 가느다란 수염이 조금 있을 뿐, 몸에 털이 하나도 없었다.

"으엑."

그 쥐들은 몹시 혐오스러워 보였다. 길은 카메라 각도가 잘 맞는지 궁금해하면서 그 상자 앞에서 조금 더 시간을 끌었다.

"얘들은 왜 털이 없어요?"

"그렇게 태어났거든."

"왜요?"

"이 쥐들은 림프종에 걸렸어. 백혈병과 비슷한 병이지."

아빠가 클립보드를 들여다보며 대답했다.

"얘네가 암에 걸렸다는 거예요?"

"그래, 새 치료제를 찾기 위해서……."

"그러니까 누군가 일부러 이 쥐들이 암에 걸리도록 만든 거예요?"

길이 누드 쥐를 바라보며 물었다. 쥐들이 몸을 바르르 떨고 있었다. 그래서 그런지 무척 애처로워 보였다.

"불공평해요."

"그래. 하지만 이런 동물로 연구를 먼저 하지 않으면 사람의 림프종 치료 방법은 찾을 수가 없단다."

아빠가 상자를 닫고는 길이 뭐라 대답할 틈도 주지 않은 채 몸을 돌렸다.

“여기 쥐들은 내 담당이야.”

아빠가 맨 끝줄에 쌓여 있는 상자에 손을 얹으며 말했다.

‘워커 박사, 파텔 박사.’

클립보드마다 단정한 손글씨로 쓴 이름표가 붙어 있었다. 그 외에 날짜가 적혀 있었고, ‘유전자 IT-15, 관상동맥 조영술 확장’처럼 길이 알지 못하는 의학 용어가 길게 씌어 있었다.

이 쥐들이 평생 병을 앓도록 만든 사람이 아빠라니. 길은 소름이 쭉 끼쳤다. 이 쥐들은 결국 뇌가 곤죽이 되어 죽고 말겠지. 상자 안에서 쥐 두 마리가 바쁘게 돌아다니고 있었다. 이 쥐들은 앞으로 서서히, 그리고 끔찍하게 죽어 갈 것이다. 어쩌면 이미 고통스러워하고 있는지도 몰랐다.

“만져 볼래?”

“네, 좋아요.”

길은 상자 속으로 손가락을 넣고는 휴지심 밖으로 삐죽 튀어나온 꼬리를 잡고 쥐를 들어 올렸다. 쥐는 꿈틀거리며 허공으로 끌려 나왔다. 낙하산을 메고 뛰어내리는 것처럼 다리를 쫙 펼치고 있었다. 한쪽 뒷다리에는 인식표가 달려 있었다. 길이 조금 더 자세히 들여다보기 위해 쥐를 뒤집자 아빠가 날카롭게 외쳤다.

“하지 마!”

“왜요?”

길은 얼른 쥐를 상자에 내려놓았다. 쥐는 곧장 잘게 잘린 종이 무더기 속으로 도망치듯 숨었다.

"제가 뭘 잘못한 거예요?"

"쥐가 스트레스를 많이 받은 모양이다. 쥐가 얼마나 긴장을 했는지 온몸이 뻣뻣하게 굳었잖니?"

아빠는 정말로 화가 난 목소리였다.

"쥐가 스트레스를 받을 줄은 몰랐어요."

길이 풀 죽은 목소리로 웅얼거렸다.

"쥐가 보기에는 우리가 아주아주 거대한 포식자야. 네가 쥐의 꼬리를 잡아서 들어 올리면 그 쥐는 곧 먹힐 거라고 생각해. 쥐를 몇 년이나 키웠으면서 네가 그렇게까지 모를 거라곤 생각지 못했다."

"잊어버렸어요."

길이 변명하듯 말했다. 길은 터보와 민키의 꼬리를 잡고 들어 올렸을 때 허공에서 허우적거리며 몸을 똑바로 하려고 애쓰는 모습을 보고 키득거리며 즐거워했던 게 생각나서 가슴이 뜨끔했다.

아빠는 쥐가 들어 있는 상자 바닥에 손바닥을 내밀고 일이 분쯤 가만히 있었다. 그랬더니 쥐가 기어 나와서 아빠 손의 냄새를 맡고는 손바닥 위로 올라갔다.

"안녕, 작은 친구."

아빠가 말했다.

"그 쥐는 무슨 병에 걸린 거예요?"

길이 물었다.

"이 쥐는 대조군이라서 아픈 데가 없단다. 병든 쥐한테 하는 것과 똑같은 실험을 해 보는 정상적인 쥐야. 그래야 실험으로 얻은 결과를 제대로 비교해 볼 수가 있으니까."

"어떤 실험인데요?"

"한번 볼래?"

길은 카메라 생각이 다시 났다. 조금 초조하면서도 흥분이 되었다. 진짜로 생생한 실험 현장을 찍을 수 있는 기회였다. 대체 어떤 것일까?

아빠가 벽에 있는 수납장을 열어 조그만 플라스틱 용기를 하나 꺼내더니 대조군 쥐를 그 안에 조심스럽게 넣었다. 그런 다음 다른 상자의 쥐를 꺼내어 같이 넣었다.

"자, 한 마리는 아픈 쥐고, 다른 한 마리는 건강한 쥐야. 여기서 하는 표준 실험을 하나 보여 줄게."

길은 아빠를 따라서 더 큰 방으로 갔다. 방 한가운데에 작은 수영장이 있었다. 그곳에는 청록색 액체가 가득 차 있었다.

"이건 기억력 실험이란다."

아빠는 작업대에 쥐가 든 용기를 내려놓은 다음 쥐 한 마리를 들어 올렸다. 쥐는 아빠 손바닥에 쭈그리고 앉아 있었다. 아빠는 손가락으로 쥐의 머리를 쓰다듬었다.

"건강한 쥐에게 무슨 일이 벌어지는지 잘 보렴."

아빠는 쥐를 물에 내려놓았다. 쥐는 헤엄을 치기 시작했다. 작은 코를 수면 위로 내밀고 물 밑으로는 열심히 다리를 휘저었다. 그렇게 몇 분이 지나자, 쥐는 수심이 얕은 곳을 찾았는지 헤엄을 멈추고 앉아서 얼굴을 씻었다.

"이 쥐들은 이 테스트를 수십 번도 더 받았단다. 네가 본 것처럼 이 쥐들은 물속에 작은 발판이 있다는 것을 알아. 건강한 쥐는 그 발판을 아주 빨리 찾아내지."

아빠는 손을 우묵하게 해서 쥐를 들어 올린 뒤 수건으로 몸을 닦아 주었다.

"자, 이제 다른 녀석을 보자."

이번에는 아빠가 병에 걸린 쥐를 물에 풀어놓았다. 그 쥐 역시 부지런히 헤엄을 치기 시작했다. 헤엄을 치면서 돌기도 하고 앞뒤로 움직이기도 했지만 얕은 곳을 찾지는 못했다.

"이 쥐는 발판을 못 찾는단다. 발판이 어디에 있는지 전에는 알았지만 지금은 잊어버렸지. 병 때문에 기억을 관장하는 뇌 부위가 망가졌기 때문이야."

"그럼 이대로 익사하게 내버려 두는 거예요?"

길이 물었다. 쥐는 아직도 헤엄을 치고 있었다. 그 쥐가 힘들어 하는지 아닌지 알 수가 없었다. 쥐가 얼마나 오랫동안 헤엄칠 수 있을까? 길은 쥐가 스스로를 포기하기 전에 구해 주고 싶었다.

"그러면 아무 소용이 없잖니? 쥐가 살아 있어야 몸에서 일어나는 변화를 구체적으로 알 수 있지. 그래야 우리도 병의 치료법을 알아낼 수 있는 거고 말이야."

아빠는 쥐를 조심스럽게 잡아 물에서 건져 주었다.

"그러니까 이게, 그 실험인 거예요? 이 일을 하루 종일 하시는 거예요?"

"그래, 대체로 이와 비슷한 거지."

"그냥 좀 뭐랄까……."

"따분하다고? 별거 없다고?"

아빠가 웃으며 말했다.

"네, 그런 것 같아요."

"맞아. 그렇지."

"음, 혹시 쥐한테 칼을 대거나 그런 적은 없으세요?"

"쥐가 죽었을 때만 그러지."

"그럼, 쥐를 죽인다는 거예요?"

"꼭 필요할 때만."

"어떻게요?"

"그게 말이다."

아빠는 병에 걸린 쥐를 손에 받쳐 들고 계속 쓰다듬으며 말을 이었다.

"뇌 조직을 분석할 때는 쥐에게 독극물을 주입한단다. 아픈 개나 고양이를 안락사시킬 때처럼 말이야. 그거 말고도 다른……."

아빠가 말을 멈췄다.

"다른 거 뭐요?"

"음, 다른 방법도 쓰지. 어떤 방법을 쓰든 쥐한테 고통을 주지 않으려고 최선을 다한단다."

길은 아빠 손에 있는 쥐를 바라보았다. 이 쥐의 머릿속에선 무슨 일이 벌어지고 있을까? 쥐는 정말로 자신이 아프다는 걸 모를까?

두 사람은 잠시 동안 침묵을 지켰다.

"길, 연구소에 직접 와 보니 어떤 생각이 드니?"

"모르겠어요."

길은 머릿속이 좀 전에 봤던 청록색 수영장처럼 끈적한 액체로 가득 찬 것만 같았다.

"수백 마리 쥐의 생명이 수천 명의 삶을 파괴하는 질병의 치료법을 찾는 데 도움이 될 수도 있다는 걸 이제는 이해하겠니?"

"뭐가 그렇게 어려운지 이해가 안 가요."

길은 여기에 오지 말걸, 하는 후회가 밀려들었다. 당장 집으로 가고 싶었다.

"제 말은요, 치료법을 찾는 것 말이에요. 유전자에 이상이 생겼을 때 다른 걸로 대체하거나, 그 유전자를 도려내는 걸로 치료할 수는 없는 거예요?"

아빠는 힘없이 고개를 저었다.

"그건 배아 상태일 때만 가능하단다. 그때는 생명체가 하나의 세포일 때니까. 일단 동물이 다 자라면 그런 건 불가능해. 어림잡아도 인간의 몸에는 세포가 100조 개는 되는데, 그 세포 하나하나에 있는 유전자에 다 이상이 생기는 거니까 말이야. 해바라기가 있는 들판을 생각해 보렴. 1제곱미터의 땅마다 해바라기가 열 그루 정도 있다고 생각해 봐. 그걸 미국 전역으로 확대하면 해바라기는 몇 그루가 되겠니? 100조 개라는 건 그 정도로 어마어마한 규모란다. 세포마다 유전자 하나씩을 찾아 제거하는 건 그 해바라기 한 송이에서 꽃가루를 하나씩 모으는 것과 같은 일이야. 게다가 치료제가 먹히려면 몸에 있는 모든 세포에서 이상 반응이 없어야 해. 그러니 말처럼 쉬운 일이 아니지."

길은 아빠의 말을 다 이해하지는 못했다.

"또 보고 싶은 게 있니?"

아빠가 물었다.

"어, 원숭이는 어디에 있어요?"

"원숭이는 없어. 여기선 유전학 연구에 원숭이를 쓰지 않거든."

"아."

"뭐 좀 마실래?"

길이 고개를 끄덕이자 아빠가 사무실로 가자며 앞장서 걸었다.

아빠는 다시 쥐들이 있는 방으로 들어가 쥐를 상자에 조심스럽게 넣었다. 그런 다음 토끼가 있는 방을 거쳐 공기 샤워를 했던 탈의실로 가서 작업복을 벗고 복도로 나왔다. 길은 아빠를 따라서 복도를 이쪽저쪽으로 돌다가 마침내 '매슈 워커 박사'라는 이름표가 붙은 방 앞에 도착했다. 길은 주머니에 손을 넣어서 카메라를 껐다.

아빠를 따라 들어간 사무실에는 밖을 내다볼 수 있는 제대로 된 창이 있었다. 길은 사무실을 빠르게 가로질러 선팅된 유리를 통해 밖을 내다보았다. 창문이 거의 없는 건물에서 창이 있는 방을 쓰는 아빠가 중요한 사람이란 생각이 들었다.

하지만 창밖 풍경은 그저 그랬다. 크림색 돌로 지어진 건물이 좀 더 있고, 박물관을 지나 연구소로 이어진 도로와 정원이 보이는 게 다였다. 길은 동물 권리 보호론자들을 볼 수 있을까 싶어서 유리창 가까이로 다가가다가 창문 바로 아래에 놓인 커다란 금속 상자에 무릎을 부닞히고 말았다.

"이게 뭐예요?"

"비상 사다리란다. 보안상의 이유로 이 층엔 비상구가 없거든. 그래서 창문 옆에 화재 대피용 비상 사다리를 놓아둔 거야. 불이 나서 피해야 할 경우를 대비해서 말이야."

아빠가 씩 웃으며 덧붙였다.

"여기에서 비상 사다리를 타고 저 아래까지 내려가는 걸 보면, 네 방에서 온실 지붕을 통해 마당으로 내려오는 건 따분하게 느껴질걸."

길이 의자에 앉자 아빠가 냉장고에서 콜라 캔 하나를 꺼내 주었다. 평소에 아빠는 콜라를 썩 좋아하지 않았다. 그러니까 이 콜라는 길의 방문이 끝나면 보상으로 주기 위해 아빠가 일부러 준비해 둔 것이 분명했다. 아빠가 조용히 서류를 뒤적거리는 동안, 길은 콜라를 마시면서 사무실을 둘러보았다. 책상 위에 커다란 사진이 놓여 있었다. 실제 크기보다 몇천 배는 더 크게 확대해 놓은 게 분명한, 동그란 방울이 뭉쳐 있는 사진이었다. 길은 이제 그게 뭔지 확실히 알았다.

"저건 아빠가 실험하시는 쥐 거예요?"

길이 배아 사진을 가리키며 물었다.

"그건 쥐가 아니라 사람 거야."

"어떻게 알아요?"

"음, 겉으로는 똑같아 보이지만 조금씩 차이가 있거든."

길은 콜라를 다 마신 뒤, 아빠와 같이 건물에서 나와 주차장으로 갔다. 미처 닦이지 않은 달걀이 유리에 풀처럼 말라붙어 있었다. 경비원은 여전히 개를 앞장세워서 순찰을 하고 있었다. 차를 타고 큰길로 나오면서 보니, 동물 권리 보호론자들이 아직도 그 자리에 있었다.

집에 도착하자 엄마가 기대에 찬 얼굴로 미소를 띠면서 문을 열어주었다. 길은 엄마와 아빠가 눈길을 주고받는 것을 알아챘다. 게다가 아빠는 일이 잘 풀렸다는 듯이 고개를 끄덕이기까지 했다.

"자, 둘 다 기나긴 오전을 보냈겠네. 점심 먹을 준비가 되었겠어."

엄마가 말했다.

"올라가서 옷 좀 갈아입고 올게요."

길은 이렇게 말하며 방으로 뛰어 올라갔다.

방 안에 들어가자마자 문을 잠그고는 얼른 옷 속의 카메라 장비를 떼어서 책가방에 넣었다. 테이프가 피부에 딱 달라붙어서 떼어 내는 게 약간 힘들었지만 전혀 상관없었다. 길은 건진 게 하나도 없는 스파이 노릇에 완전히 질려 버렸다.

녹화된 영상이 따분하기 그지없어서 차라리 메모리 카드를 싹 지워 버리는 게 나을 듯싶었다. 연구소에는 피도, 고통도, 고문도 없었다. 누드 쥐를 제외하고는 역겨운 게 하나도 눈에 띄지 않았다. 그러니 카메라가 제대로 작동했는지 확인할 필요조차 없었다. 주드 형이 몹시 실망하겠지. 따지고 보면 누구의 잘못도 아니었지만, 길은 괜스레 주드 형에게 큰 실망을 안긴 것 같은 죄책감이 들었다.

블랙홀

그동안 길이 받았던 벌은 밤새 한마디 말도 없이 끝나 있었다. 일요일 아침, 길은 게임기와 MP3 플레이어가 침대 머리맡에 놓여 있는 걸 발견했다. 약간의 용돈과 커다란 초콜릿 바도 함께.

월요일 아침이 되자, 아빠는 길이 자리에서 일어나기도 전에 먼저 집을 나섰다. 길 혼자 학교에 가도 되는 게 확실했다. 그 말은 등교했다가 어렵게 빠져나올 것 없이, 단추 카메라를 들고 주드 형의 집으로 곧장 갈 수 있다는 뜻이었다. 기뻐해야 마땅한 일이었지만, 주드 형이 영상을 보고 뭐라고 할지 몰라 길은 불안하기만 했다.

길이 찾아갔을 때, 주드 형은 환한 웃음으로 맞아 주었다.

"세상에! 네가 정말 해냈구나!"

주드 형은 앞장서서 방으로 걸어가는 내내 기뻐서 함성을 질러 댔다.

"이런, 세상에!"

주드 형은 흥분을 감추지 못한 채 문을 꼭 닫았다.

"걱정이 돼서 미치는 줄 알았어. 주말 내내 네 생각만 했다고. 내 평생 가장 긴 이틀이었다."

주드 형은 말을 멈추고 길을 쳐다보다가 갑자기 심각한 얼굴로 물었다.

"그런데 무슨 일 있었니? 표정이 영 안 좋구나. 카메라가 제대로 작동하지 않은 거야?"

"아뇨, 카메라는 제대로 작동했을 거예요. 그치만……."

"그러면 왜 그러니?"

"별로 건진 게 없어요. 보면 몹시 실망할 거예요."

"그래? 일단 한번 보자."

주드 형은 안심하는 얼굴로 말했다.

주드 형은 단추 카메라를 책상에 있는 노트북에 연결하고는 안락의자를 끌어와 길에게 앉으라고 했다. 그런 뒤 흔들거리는 사무용 의자에 앉아 무릎에 커다란 종이를 올려놓고는 길에게 카메라 녹화기를 건넸다.

"좋아, 보자고. 앞으로 돌려 줄래?"

노트북 화면에 카메라로 촬영한 장면이 깜빡거리며 나왔다. 가장 먼저 주차장의 모습이 흐릿하게 보이더니 곧이어 아빠가 연구실 뒷문을 여는 장면이 나왔다. 문이 카메라를 막아서 화면이 잠시 어두워졌지만, 건물 안으로 들어가고 난 뒤부터는 다시 잘 보였다. 길은 자신이 촬영해 온 장면을 뚫어지게 쳐다보았다. 아빠가 목에 걸고 있던 펜던트로 문을 열었고, 어딘지 모를 복도와 계단이 줄기차게 이어졌다. 걸으면서 찍은 화면이 어찌나 많이 흔들리던지 어지럽게 느껴질 정도였다.

주드 형이 키득거렸다.

"믿을 수 없군. 고작 저게 다라니. 오히려 우스운걸."

길은 무슨 말인지 물으려 하다가 주드 형이 다시 키득거리는 바람에 그만 입을 다물었다. 화면에 화장실 내부가 나왔다. 화장실 칸막이에서 나온 길이 단추 카메라를 만지작거리는 모습이 거울에 비쳤다.

"초조했나 봐, 응?"

주드 형이 길을 흘긋 보며 웃었다.

화면에는 아빠가 길에게 쥐의 배아를 보여 주는 모습이 나왔다. 거기에서 찍은 영상은 제법 그럴듯해 보여서 그나마 안심이 되었다. 길은 아빠가 다시 연설하는 모습을 지켜보았다. 생명과 유전자, 그리고 스스로 집을 짓는 벽돌에 관한 얘기를 하는 아빠의 눈이 반짝 빛났다.

길은 자기가 찍은 영상을 보고 있노라니 마치 꿈을 꾸는 듯한 느낌이 들었다. 토요일에 직접 눈으로 보았을 때와는 많이 달라 보였다.

"망할 놈의 프랑켄슈타인 같으니라고."

주드 형이 중얼거렸다.

카메라는 이제 배아가 있는 방을 벗어나는 아빠를 따라갔다.

"이 부분은 진짜 따분해요. 계단과 복도밖에 안 나와요."

길은 이렇게 말하며 빨리 감기를 했다.

"우아! 앞으로 돌려서 아까 그 방으로 다시 가 봐."

주드 형이 말했다.

길은 되감기를 하며 화면 대신 주드 형을 바라보았다. 주드 형은 화면을 보면서 종이에 뭔가를 빠르게 갈겨썼다. 이미 메모를 몇 장이나 한 듯했다.

"이건 아주 좋은 정보야."

화면에 동물들이 있는 방 입구가 나오자 주드 형이 말했다.

"여기가 동물들이 있는 곳이구나? 잠깐 정지해 봐."

"뭘 적는 거예요?"

"응, 계획을 짜 보는 거야."

"어떤 계획이요?"

주드 형은 고개를 아주 천천히 돌려 길을 바라보았다.

"길, 넌 내가 이 영상을 왜 원했다고 생각하니?"

"음, 연구소에서 무슨 일이 일어나는지 알아내려고요. 건질 만한 게 있으면 인터넷에 영상을 올리려고 그러는 걸 수도 있고요. 아빠 같은 사람들에게 압박을 가해 연구소 문을 닫게 하려는 거 아니에요?"

길은 자신이 혹시라도 뭔가 중요한 것을 빠뜨린 건 아닌지 의구심을 느끼면서 대답했다. 주드 형이 길의 얘기에 아무 반응을 보이지 않았던 것이다.

"길, 우린 연구소에 들어가서 동물들을 풀어 줄 거야. 그 빌어먹을 과학자들에게 이런 짓을 하면 안 된다는 걸 똑똑히 보여 줄 셈이라고. 네가 훌륭한 일을 해 주었어. 우린 연구소에 뒷문이 있다는 걸 몰랐는데, 네 덕분에 알게 되었잖아. 고작 자물쇠 몇 개와 도난 경보기만 달려 있다니……. 보안이 이토록 허술할 줄은 꿈에도 몰랐거든. 이제 거기까지

가는 길을 알게 되었으니 모든 일이 일사천리로 진행될 거야. 네가 정말 대단한 일을 했어."

길은 갑자기 멍해졌다.

"하지만 형은 그 동물들을 아직 보지도 않았잖아요."

"보나 마나야."

주드 형은 어깨를 으쓱하며 말했다.

"경비원과 경비견은 어떻게 따돌리려고요?"

"식은 죽 먹기야. 경비원보다 우리 편이 더 많이 갈 거고, 경비견은 먹음직스러운 고기 한 덩어리면 충분하거든."

"고기요? 형은 채식주의자라면서 고기를 이용한다고요?"

"대의를 위해선 가끔 타협해야 할 때가 있는 거란다."

"자물쇠와 도난 경보기는 어떻게 통과할 건데요?"

길은 이 모든 일이 지나치게 빨리 진행되고 있다는 생각이 들었다.

"네가 우릴 좀 도와주면 쉬울 것 같아."

"제가요?"

길은 짐짓 시선을 피했다.

"너희 아빠가 사무실 열쇠를 어디에 보관하는지 아니?"

길은 아빠가 열쇠를 서재에 있는 책상 서랍 속에 보관한다는 사실을 알고 있었다.

"네, 아마도요. 하지만……."

길은 말을 멈추고 마른침을 삼켰다. 겁이 나서였다. 주드 형은 길이 아빠의 열쇠를 훔쳐 오길 바랄 것이다. 어째서 이런 일이 벌어지리라는 것을 미리 예상하지 못했을까? 길은 연구소 내부를 카메라로 찍어 오는 게 최종 목표인 줄 알았는데, 그것은 큰 계획을 위한 첫걸음에 불과할 뿐이었다.

"너에게 무리한 요구라는 거 알아."

주드 형은 어르듯이 말했다. 길은 표정을 감추려 애를 썼다. 주드 형이 자신의 마음을 꿰뚫어 보는 것만 같았다.

"아니에요. 괜찮아요."

"네가 겁나서 못 하겠다고 해도 난 다 이해해. 다른 방법을 찾으면 되니까 걱정하지 마."

"겁나는 거 아니에요. 그냥 좀 혼란스러운 것뿐이에요."

길은 정신을 바싹 차려야 한다고 스스로를 다그쳤다. 영웅이 되고 싶었다. 주드 형이 자신을 겁쟁이 꼬마로 여기게 되는 것만은 막고 싶었다.

"길, 열쇠가 어디에 있는지만 말해 주면 우리가 가서 가져올게."

"우리 집에 쳐들어온다고요?"

"쥐도 새도 모르게 할 거야. 아무 문제도 일어나지 않게……. 내 생각엔 너희 아빠가 열쇠를 서재에 두었을 것 같아. 앞뜰 쪽으로 작은 창이 나 있는, 그러니까 1층에 있는 서재 말이야."

"우리 집을 알아요? 내가 어디에 사는지 아냐고요?"

길은 당황한 나머지 쏘아붙이듯이 말했다. 주드 형은 미소를 짓고 있었지만, 입만 웃을 뿐 눈빛은 몹시 차가웠다.

"그래, 너희 집과 관련해서 세워 둔 계획이 있거든. 아직 실행하지는 않았지만 말이야."

길은 주드 형의 말에 소름이 쭉 끼쳤다. 엄청난 공포가 온몸을 휘감았다. 문득 아빠가 했던 말도 떠올랐다.

"집에 폭탄이 떨어지지 않길 바라자꾸나. 상당히 위험한 친구야."

그런데 지금 주드 형이 자신에게 집을 알고 있다고 말하는 것 아닌가. 어쩌면 주드 형은 길의 집 밖에서 구조를 살펴보고 이미 계획을 세웠을지도 몰랐다. 길이 쥐를 묻었던 사과나무 아래에 왔다 갔을 수도 있었다. 길이 자기 방 창문 너머로 누군지 모른 채로 주드 형을 얼핏 본 적이 있을지도……. 아무도 없다고 생각했는데, 갑자기 누군가 자기 어깨에 손을 짚은 듯한 느낌이었다.

하지만 길은 아빠 말이 틀렸을지도 모른다고 생각했다. 당혹감을 잠재우려고 애를 썼다. 주드 형이 그렇게 위험한 사람일 리가 없었다. 주드 형은 친구로서 그저 길을 시험해 보고 있는지도 몰랐다. 생각해 보면 그리 큰일도 아니었다. 길은 시험을 무사히 통과해 주드 형에게 믿음을 얻고 싶었다.

"알았어요. 내가 형한테 그……."

길은 '열쇠'라는 말을 입 밖으로 꺼내진 않았다. 말하는 순간 토할 것만 같아서였다. 주드 형은 길의 말뜻을 이해한 듯이 고개를 끄덕이며 물었다.

"정말이니?"

"그럼요."

"열쇠를 잠깐만 빌려서 복사하고 바로 돌려줄게. 그러는 게 너한테도 좋을 거고."

"네, 그러는 게 좋겠어요."

"길, 동물들이 너에게 무척 고마워할 거다. 말을 할 줄 안다면 감사 인사도 했을 거야."

주드 형은 이렇게 말하고는 노트북 화면을 보며 고개를 까딱했다. 화면에는 커튼 사이를 통과하려다 멈춰 서 있는 아빠 모습이 비치고 있었다.

"영상을 마저 틀어 보렴."

주드 형은 돌처럼 굳은 얼굴로 영상을 보았다. 무슨 생각을 하고 있는지 알 수가 없었다. 길은 주드 형의 마음을 추측하는 것은 포기하고 카메라에 찍힌 동물들을 바라보았다. 우리 안에는 토끼가, 상자 안에는 쥐가 있었다. 이번에는 아빠에게로 시선을 돌렸다. 아빠가 손가락으로 다정하게 쥐의 머리를 쓰다듬고 있었다.

이제 화면은 동물들이 있는 방과 공기 샤워장을 거쳐 아빠 사무실 앞을 비추었다. 그리고 '매슈 워커 박사'라는 명패에 잠깐 머물더니 이내 잿빛으로 바뀌었다.

"다 끝난 거니?"

주드 형이 말했다. 주드 형은 양손으로 얼굴을 문지르면서 긴 한숨을 내쉬었다.

"젠장, 화가 나서 참을 수가 없어. 네가 이걸 어떻게 견뎌 냈는지 모르겠다."

"생각만큼 나쁘진 않았어요."

길은 지나치게 흥분한 주드 형의 모습에 조금 놀랐다. 그리고 곧 자신의 대답을 후회했다. 주드 형이 분노에 찬 눈길로 쏘아보았기 때문이다.

"나쁘진 않았다고? 어떻게 저걸 보고 그런 생각을 할 수 있지?"

"그냥 토끼랑 쥐잖아요. 원숭이나 강아지 같은 건 없었어요."

길이 변명하듯이 어눌하게 말했다.

"쥐가 원숭이보다 고통을 덜 느낄 거라는 얘기니? 사람보다 고통을 덜 느낄 거라고? 무슨 근거로 그런 말을 하니?"

길은 불안해서 입을 달싹거리기만 했다.

"진짜 동물 실험을 본 적은 있니? 그 사람들이 토끼한테 무슨 짓을 하는지 아니? 그 불쌍한 녀석들은 우리 안에 갇혀서 자유를 몽땅 빼앗긴 채 온갖 실험 도구들에 찔리면서 병들어 가고 있어. 너희 아빠 같은 사람들은 녀석들을 충분히 이용했다 싶으면 가차없이 죽여 버린다고. 나는 그런 게 역겨워. 너희 아빠가 쥐를 어떻게 죽이는지 말 안 해 줬지? 내가 말해 줄게. 그 사람들은 쥐를 꽉 붙들고 여기에 연필을 꽂아 넣어."

주드 형은 뒤통수를 세게 치면서 말을 이었다.

"그런 다음에 쥐꼬리를 잡아당기지. 목이 부러질 때까지 말이야. 그런데도 넌 나쁘지 않다고 생각하는 거니? 피를 보지 못했다고 해서 고통스러운 일이 벌어지지는 않는다고 생각하는 거야?"

"나, 나는 그저……."

길은 뭔가 그럴듯한 대답을 하려고 애를 썼다.

"물론 나도 그 누드 쥐가 그닥 좋아 보이진 않았어요. 하지만 아빠 말로는 쥐들은 자기가 아프다는 걸 모른다고 했어요."

"아, 그렇구나!"

주드 형의 두 눈에 분노가 이글거렸다. 꼭 아빠한테 혼나고 있는 듯한 기분이었다.

"이제야 알겠다. 너희 아빠가 너한테 쓰레기 같은 생각을 주입한 모양이구나. 인간만이 감정과 감각을 느낀다는 생각 말이야."

주드 형의 목소리는 한층 더 격앙되었다.

"그런데 너희 아빠가 그걸 어떻게 알지? 과학자들은 사람과 동물들이 수많은 유전자를 공유한다고 항상 떠들어 대지. 사람과 쥐의 유전자가 그렇게 똑같은데, 어째서 쥐가 사람처럼 감정이나 감각을 느끼지 않는다고 단언할 수가 있니?"

"나는 잘 몰라요. 정말로 모르겠어요."

길은 당황한 나머지 머릿속이 텅 비어 버렸다.

"아, 미안하다."

주드 형이 목소리를 누그러뜨리며 말했다.

"미안해. 널 나무랄 생각은 아니었어. 하지만 나는 내가 병에 걸려 죽어 간다 해도 동물의 목숨으로 생명을 연장하지는 않을 거야. 다른 생명을 희생하면서까지 살고 싶지는 않으니까. 우린 그 동물들을 탈출시켜야 해."

길은 주드 형을 올려다보았다. 형의 얼굴에서 빛이 나는 것 같아 눈을 뗄 수가 없었다. 그러다가 문득, 어딘가에 빨려 들어가는 듯한 기분을 느꼈다. 마치 한번 빠지면 절대로 돌아올 수 없는 블랙홀 같은…….
주드 형은 블랙홀 같은 사람이었다. 길을 자신의 중심으로 끊임없이 잡아당겼고, 길은 큰 곡선을 그리며 주드 형 쪽으로 빨려 들어가고 있었다.

두 사람은 영상을 되돌려 처음부터 다시 보았다. 하지만 동물이 나오는 장면은 보지 않았다. 주드 형은 영상을 보며 계획을 꼼꼼히 확인한 다음에 삭제를 했다. 혹시라도 일이 잘못되었을 때 길이 연루될 위험을 줄이기 위해서라고 했다.

"잘 생각해 보고 준비가 되면 전화해."

길이 방을 나서려고 자리에서 일어나자, 주드 형이 구식 휴대폰을 건넸다.

"이걸로 전화해. 배터리가 가득 차 있을 거야. 주말까지 기다릴게."

주드 형은 길의 가방에 일회용 비닐장갑을 넣어 주었다.

점심시간이 거의 끝나 갔지만 길은 차마 학교로 돌아가지 못했다. 버스 안에서 샌드위치로 허기를 달랜 뒤 도서관으로 향했다. 사서는 길을 보고 의아한 표정을 지었지만 딱히 뭐라고 하지는 않았다. 길은 컴퓨터가 놓인 곳으로 가서 게임을 했다. 그다음에는 그림책 코너로 가서 《꼬마 돼지 위블리》와 《우체부 팻 아저씨》를 읽었다. 그러다가 학교가 끝날 시각에 맞추어 집으로 돌아왔다.

"길, 학교는 즐거웠니?"

엄마가 현관문을 열어 주며 물었다.

"피곤해요."

길은 퉁명스럽게 대답하고는 곧장 방으로 들어가서 침대에 풀썩 드러누웠다.

그 후 며칠 동안은 그야말로 멍하게 흘려보냈다. 그동안 길은 자기 몸이 알아서 척척 움직이고 있다는 느낌을 받았다. 자동 조종 장치로 움직이는 비행기 같았다. 아침에 일어나면 침대에서 나와 옷을 입고, 아침을 먹고, 엄마 아빠와 짧은 대화를 나누고는 학교로 갔다. 연이은 수업을 듣고, 문제를 풀고, 숙제를 제출했다. 하지만 길은 그곳에 존재하지 않았다. 그저 한쪽에 조용히 웅크리고 앉아서 주드 형이 원하는 일의 무게에 짓눌린 채 신음하고 있었다.

옳은 일이란 뭘까? 어렸을 때만 해도 옳고 그름을 나누는 것은 무척 쉬웠다. 친구와 장난감을 나눠 써라, 다른 사람의 물건을 빼앗지 마라, 친구를 때리지 마라, "고맙습니다."라고 말해라……. 하지만 길은 이제 어린애가 아니었다. 옳고 그름이 확실하게 가려지지 않는 곳에 뚝 떨어진 것 같았다. 누구도 길에게 이래라저래라 하지 않았다. 아니, 주드 형과 아빠는 완전히 다른 것을 요구하며, 서로 자기가 옳다고 주장하고 있었다. 어떻게 둘 다 옳을 수가 있을까?

아빠의 열쇠를 몰래 훔치는 것은 분명 잘못된 일이다. 하지만 그것이 무고한 동물들을 고통에서 탈출시키는 데 도움이 된다면? 더 큰 범죄를 막기 위한 일일 때는 허용될 수도 있지 않나? 아빠도 핵무기를 막기 위해 법을 어긴 적이 있다지 않은가? 하지만 아빠의 쥐가 정말로 고통을 받고 있긴 한 걸까? 그 쥐들이 사람들이 앓는 병의 치료제를 찾는

데 도움이 된다면 고통을 받아도 되는 걸까?

길은 우주 공간에서 안전망 없이 공중제비라도 하는 것 같은 기분이었다. 벌써 몇 시간째 멍하니 방 안에 앉아 있었다. 자신이 '그 일'을 하지 않으면, 주드 형이 직접 해결하려 들지도 몰랐다.

"길, 토요일에 엄마 아빠가 외출할 일이 생겼어."

목요일 저녁에 식사를 하던 중에 아빠가 말했다.

"어디 가시는데요?"

길은 건성으로 물었다.

"엄마랑 둘이서 점심을 먹고 올 생각이야. 괜찮겠니?"

"그럼요."

"넌 토요일 아침에 루이스랑 스케이트 타러 갈 거지?"

"당연하죠. 한참을 못 갔잖아요."

"스케이트를 타고 난 뒤에 루이스네 집에서 놀고 있을래? 아무래도 우린 오후 늦게나 돌아올 수 있을 것 같아서 말이야."

"네, 내일 학교에서 루이스랑 얘기해 볼게요."

길은 이제 스스로 결정을 내릴 필요가 없어졌음을 느꼈다. 이리저리 표류하다가 대신 결정을 내려 줄 무언가에 부딪힌 셈이었다. 당연히 루이스와 얘기를 나누지 않을 생각이었다. 지난주 내내 서로를 본척만척하고 지냈다. 구내식장에서 종종 루이스를 보기는 했다. 루이스는 혼자 있을 때도 있었고, 벤과 함께 있을 때도 있었다. 어쩌다 길과 눈이 마주치면 고개를 홱 돌려 버리곤 했다.

토요일 아침이 되자, 길은 스케이트장으로 향했다. 엄마 아빠가 데려다 준다는 걸 굳이 마다하지 않았다. 집에서 나오기 전에 방의 창문을 티 안 나게 살짝 열어 놓았다. 스케이트장에 도착하자 아빠는 입장료를 내 주고 군것질거리 살 돈을 손에 쥐어 주었다.

"재미있게 보내렴. 4시까지는 집에 돌아갈게."

아빠는 링크장에 있는 누군가를 향해 반갑게 손을 흔들어 주고는 양손의 엄지를 척 들어 올리기까지 했다. 보나 마나 루이스겠지. 아빠가 차로 돌아가자 길은 그 자리에 우두커니 서서 링크장을 훑어보았다. 역시 루이스가 그 안에 있었다. 루이스는 수십 명의 사람들이 스케이트를 타는 링크장 한가운데에서 얼음 동상처럼 굳어 있었다. 길이 마치 좀비라도 되는 듯이 뜨악한 표정으로 쳐다보면서.

길은 루이스를 쏘아보면서 아빠 차가 스케이트장을 벗어날 때까지 시간을 벌었다. 충분히 기다렸다는 생각이 들었을 때 몸을 돌려 스케이트장을 벗어났다.

서랍 속의 열쇠 꾸러미

길은 천천히 집으로 걸어갔다. 어깨에 둘러멘 스케이트화가 계속해서 등에 부딪혔다. 그때까지만 해도 길은 아무 계획이 없었다. 그러다 문득, 방 창문이 아직도 열려 있을지 모른다는 생각이 들었다. 아빠가 나가면서 닫지 않았으면 말이다. 그렇다면 온실 지붕 위로 기어 올라가서 창문을 통해 집 안으로 들어갈 수 있을 것이다. 아빠랑 화재 대피 훈련을 하면서 기어 내려오는 연습을 해 보았으니 크게 어렵지는 않을 듯했다. 일단 집 안으로 들어간 다음에는…….

길은 잠시 생각을 멈추었다. 가끔은 집을 독차지해 보는 것도 괜찮지 않을까? 길은 머릿속을 비우기 위해 발걸음을 세기 시작했다. 집에 갈 때까지 몇 걸음이나 더 세어야 할까?

거의 사천 걸음을 걷고서야 집 앞에 도착했다. 창문이 아직도 열려 있을까? 길은 창문을 올려다보았다. 정원에서 나는 온갖 소리에 가만히 귀를 기울이면서. 나뭇잎이 바스락거리는 소리, 새가 지저귀는 소리, 옆집 연못에서 물고기가 물 위로 뛰어올랐다가 물에 퐁당 빠지는 소리가 들렸다.

'창문이 열려 있다면, 이건 운명인 거야.'

길은 일이 흘러가는 대로 나아갈 생각이었다. 잔디 위에 스케이트화를 던져 놓고 울타리에 정원용 탁자를 기대 놓았다. 그래야 온실 지붕 가장자리로 기어 올라갈 수 있었다. 길은 온실 지붕의 나무틀을 살금살금 밟으며 천천히 나아가 마침내 방의 창문 앞에 도착했다. 아주 작게 열린 문틈으로 손을 넣어 창문을 확 잡아당겼다. 창문이 빽빽했다. 잠겨 있는 건가? 길은 가슴이 쿵 내려앉았다. 아빠는 문단속을 철저하게 하는 사람이었다. 힘을 더 주어 밀자, 갑자기 창문이 휙 열렸다. 길은 창문 사이로 머리부터 들이밀면서 방바닥에 꼴사납게 처박혔다.

길은 잠시 그대로 누워 있다가 조심스럽게 일어나 앉았다. 더 이상 생각하고 자시고 할 게 없었다. 그냥 해 버리는 거야! 길은 지문을 남기지 않기 위해 주드 형이 챙겨 준 일회용 비닐장갑을 손에 꼈다. 얇은 투명 비닐장갑을 끼자 마치 수술 준비를 하는 기분이 들었다.

길은 계단을 내려가며 서재가 잠겨 있을지도 모른다는 생각을 했다. 그러나 서재 문은 잠겨 있지 않았다. 문은 지난번보다 훨씬 더 무겁고 빽빽하게 느껴졌다. 그래도 서랍은 잠겨 있지 않을까? 예상대로 서랍은 잠겨 있었다. 게다가 열쇠도 꽂혀 있지 않았다. 길은 열쇠를 찾아야 할지, 말아야 할지 조금 망설였다. 이것도 운명이라고 생각해야 할까,

아니면 스스로 결정을 내려야 할까? 서재를 조금만 뒤진 다음에 포기해도 늦지 않을 듯했다. 그러면 주드 형한테 전화해서 실패했다고 말해야지. 그런 다음에…….

길은 아빠의 책상 위에 놓인 액자를 들어 올렸다. 그때 액자 뒤쪽 어딘가에서 작은 열쇠가 흘러나오더니 책상 위에 툭 떨어졌다. 그렇게 열심히 뒤지지도 않았는데 열쇠가 발견된 셈이었다. 이건 정말 운명인 걸까?

길은 첫 번째 서랍을 열었다. 상자 안에 담긴 아빠의 열쇠 꾸러미와 펜던트를 물끄러미 바라보다가 상자를 꺼내 들었다. 열쇠는 서랍에 그대로 꽂아 두었다. 그길로 비척거리며 부엌으로 가서 주드 형이 준 낡은 휴대폰으로 전화를 걸었다. 서재에서 전화를 하면 아빠가 들을지도 모른다는 두려움 때문이었다.

"여보세요?"

"형, 길이에요. 형이 원하는 걸 손에 넣었어요."

"이야! 넌 영웅이야, 길! 난 네가 해낼 줄 알았어!"

주드 형은 길의 얘기를 듣자마자 소리를 마구 질러 댔다. 길은 칭찬을 들었는데도 딱히 기분이 좋지는 않았다.

주드 형은 만약의 사태를 대비해 도서관에서 만나자고 했다. 일단 길이 아빠의 열쇠 꾸러미 상자를 가방에 넣고서 열람실에 앉아 있으면, 주드 형이 뒤따라 들어와서 자리에 잠시 앉았다가 길의 가방을 들고 나가기로 했다. 그런 다음 길은 집으로 돌아가서 주드 형이 열쇠를 복사하고 전화를 할 때까지 기다렸다가, 전화가 오면 도서관에 가서 똑같은 과정을 거쳐 가방을 돌려받는다는 계획이었다.

“한 시간 정도면 충분할 거야. 너희 아빠가 집에 일찍 들어오시지 않는 한 문제 될 건 하나도 없어.”

주드 형은 이렇게 말하며 큰 소리로 웃었다. 대체 뭐가 재미있어서 그렇게 웃는 건지 길은 이해할 수가 없었다.

잠시 후, 길은 가방을 메고 집을 나섰다. 현관문을 닫으려는 순간, 열쇠가 없다는 사실을 깨달으며 난감한 기분이 되었다. 온실 지붕 위로 또다시 기어 올라가긴 싫었다. 한 가지 남은 방법은 현관문을 잠그지 않고 도서관에 다녀오는 것뿐이었다. 도둑들이 늦잠에 빠져 활동을 하지 않기를 바라는 수밖에 없었다.

도서관은 걸어서 금방이었다. 하지만 막상 도착할 때가 되자 양 무릎이 덜덜 떨렸다.

‘긴장할 필요 없어. 그냥 평범한 날이라고 생각하는 거야.’

그러나 도서관 문을 열자마자 도망치고 싶은 마음이 굴뚝같이 치솟았다. 도서관은 사람들로 붐볐다. 앉을 자리가 없어 보였다. 한참을 두리번거리고 나서야 구석에 비어 있는 자리를 몇 개 발견했다. 길은 책장에서 책을 한 권 꺼낸 뒤 자리에 앉아 가방을 바닥에 내려놓았다. 그리고 책을 읽는 척했다. 얼마나 지났을까? 이상한 기분이 들어서 옆을 살피니 그새 가방이 사라져 버렸다. 주드 형이 가까이 왔는데도 전혀 눈치채지 못한 사실을 떠올리자 목덜미에 소름이 쫙 돋았다.

길은 그대로 집에 돌아와 거실에서 주드 형의 전화를 기다렸다. 시간이 멈추기라도 한 듯이 아주 천천히 흘러갔다. 한낮이 다 되었지만 아무것도 먹고 싶지 않았다. 텔레비전도 보기 싫었다.

길은 일이 잘못될 가능성을 하나하나 점검해 보았다. 일단 엄마 아빠가 집에 일찍 돌아올 가능성이 있었다. 또 아빠의 열쇠가 복사가 안 되는 특수 열쇠라서 주드 형이 이대로 열쇠를 들고 사라져 버릴지도 몰랐다. 그러다가 엄마와 아빠가 집에 돌아오는 길에 사고가 날지도 모른다는 데까지 생각이 미쳤다. 길은 엄마처럼 지나친 걱정에 사로잡히게 되자 정신을 바짝 차려야 한다고 스스로를 다잡았다.

마침내 주머니 속의 휴대폰이 울렸다.

"여보세요? 길, 나야. 다 끝났어. 열쇠를 돌려줄게."

"네, 혹시 복사가 안 되는 열쇠면 어쩌나 걱정했어요."

주드 형이 나지막이 웃었다.

"복사가 불가능한 열쇠조차 복사할 수 있는 세상이잖니? 제대로 할 줄 아는 사람을 알기만 하면 돼. 그런데 물어보고 싶은 게 하나 있어. 왠지 너는 알고 있을 것 같아서."

"뭔데요?"

"상자 속에 쪽지가 하나 있는데 무슨 암호 같아서 말이야. 도난 방지 장치에 쓰이는 것 같아. 종이에는 날짜랑 시간이 적혀 있어. 그리고 시그마라고 쓰여 있구나. 이게 무슨 의미인지 알겠니?"

"시그마는 그리스 문자의 열여덟 번째 글자예요. 수학 기호이기도 하고요. 엑셀 프로그램의 스프레드 시트 같은 데서도 볼 수 있고요."

"아, 그래? 난 수학은 늘 젬병이었지. 시그마가 어떻게 생겼니?"

주드 형이 물었다.

Σ를 어떻게 설명한담? 길은 허공에다가 손가락을 지그재그 모양으로 왔다 갔다 하며 말했다.

"설명하기 어려워요. 숫자 3같이 생겼어요. 좌우가 바뀐 3이요. 아니면 알파벳 Z 위에 줄이 하나 더 있다고 해야 하나?"

길은 탁자 위에 놓여 있는 전화기를 흘긋 보다가 좋은 생각이 떠올랐다. 숫자판에 정렬된 숫자로 시그마의 모양을 설명하면 될 듯했다. 시그마 모양으로 숫자를 누르려면 어떻게 해야 하지?

"전화기의 숫자판으로 설명할게요. 시그마 모양으로 각 꼭짓점을 숫자에 대응해 본다면, 어……, 3-1-5-7-9가 될 거예요. 아니면 2-1-5-7-8일 수도 있고요. 가운데 부분을 늘인다면 3-1-6-7-9가 될 수도 있어요."

주드 형은 전화기의 숫자를 휘갈겨 쓰고 있는지 잠시 동안 아무 대답이 없었다.

"훌륭해. 도움이 되었어. 경보기를 해체할 수도 있지만, 암호를 알면 일이 훨씬 수월하거든. 그럼, 조금 뒤에 도서관에서 보자."

"네, 알았어요. 저기, 형?"

"응?"

"계획은 언제 실행할 생각이에요?"

"조만간. 일단 열쇠 꾸러미를 너한테 돌려줘야지."

"네, 그런 다음에는 뭘 할 건데요?"

길은 주드 형이 자기에게 무슨 말이라도 해 주길 바랐다. 하지만 전화가 끊겼다는 신호음만 울릴 뿐이었다. 길은 전화기를 든 채 멍하니 생각에 잠겼다. '길, 우리와 함께하자.' 뭐 그런 말이라도 듣길 기대했던 걸까?

이번에는 주드 형이 도서관에 들어오는 걸 보았다. 주드 형은 청바지 위에 말쑥한 검정색 점퍼를 걸치고 있었다. 머리를 단정하게 빗어 뒤로 묶은 채 길의 책가방을 어깨에 메고 있었다. 어쩐지 위장이라도 한 듯한 차림새였다. 길은 주위를 둘러보는 척하며 주드 형과 눈을 맞춰 보려고 애썼지만 실패했다. 주드 형에게 무시를 당한 듯해서 속이 좀 쓰렸다.

길은 아빠의 상자를 책상 서랍에 넣기 전에, 주드 형이 말한 쪽지를 찾아보았다. 거기에는 '3월 20일 낮 12시~4월 3일 낮 12시'라는 글자와 시그마가 적혀 있었다. 아빠 글씨였다. 시그마에는 밑줄이 두 개나 그어져 있었다. 시그마 모양의 암호가 사용 가능한 날짜를 메모해 놓은 것 같았다. 4월 3일은 바로 내일이었다. 아무래도 내일 낮 12시에 암호가 바뀔 거라는 뜻인 듯했다. 주드 형은 오늘 밤에 연구소를 습격하려는 걸까?

길은 주드 형이 쪽지를 남겼을지도 모른다는 생각을 하며 책가방을 샅샅이 뒤져 보았다. 하지만 아무것도 나오지 않았다.

길은 엄마 아빠가 집으로 돌아올 시각이 다 될 때까지 거실에 앉아 간식을 먹으면서 텔레비전을 보았다. 그러면서 속으로는 아빠의 열쇠를 훔친 게 아니라 잠깐 빌렸던 것뿐이라고 되뇌었다. 연구실을 찍어 온 영상은 이제 존재하지 않았다. 자신과 주드 형의 머릿속에만 있을 뿐.

주드 형이 계획한 일은, 말 그대로 주드 형의 소관이었다. 아무 일도 없었다는 듯이 모든 게 제자리에 있었다. 그러면 아무 일도 없었던 게 되는 것 아닐까? 길은 오늘 하루 스케이트장에 간 뒤부터 집으로 돌아오기 전까지의 일을 그럴듯하게 꾸며 내어 잘 다듬었다.

길은 3시 30분쯤 집 밖으로 나서며 현관문을 잠갔다. 엄마와 아빠가 집에 돌아왔을 때 길이 현관문 앞에 웅크리고 앉아서 기다리고 있는 게 더 그럴싸해 보일 것 같아서였다.

진실의 벽

"애고, 불쌍한 것. 이게 대체 무슨 일이니?"

엄마가 길의 어깨에 손을 올리며 애처로운 듯이 말했다.

"루이스가 저더러 스케이트는 젬병이래요. 그러면서 계속 비웃고 밀치고 그랬어요. 너무 화가 나서 뛰쳐나올 수밖에 없었어요."

"루이스답지 않구나."

엄마가 고개를 설레설레 흔들며 말을 이었다.

"대체 무슨 일이라니? 루이스가 그렇게 나쁜 애는 아닌데 말이야."

길은 불쌍한 표정을 지으며 고개를 푹 숙였다. 지금까지는 계획대로 잘 되어 갔다. 하지만 아직 아빠라는 장애물을 넘어서지는 못했다. 아빠는 탐탁지 않은 표정을 지으며 말했다.

"그래서 혼자 집에 온 거냐? 스케이트장에서부터 집까지?"

"네, 정말이에요."

"그동안 뭘 하고 있었니? 집 안에 들어가지도 못했을 텐데."

"도서관에 잠깐 갔어요."

아빠 얼굴에 짜증이 어렸다.

"넌 몇 시간이나 거리를 헤매고 다녔다는 거구나. 정말 이해가 안 돼. 루이스하고는 얼른 화해해라."

길은 아빠의 잔소리를 듣기는 했지만 그나마 최악의 상황은 아니어서 다행이라고 생각했다. 그때 아빠가 이렇게 덧붙였다.

"루이스한테 전화해서 왜 그랬는지 물어봐야겠다. 그 애의 무분별한 행동이 널 얼마나 위험하게 만드는지 알게 해야지."

"안 돼요, 아빠! 제가 전화할게요."

길은 기겁해서 소리를 지르며 집 안으로 달려 들어갔다. 곧장 전화기 앞으로 다가가서 전화번호를 누르는 척했다. 심장이 쿵쾅거렸다. 그러고는 전화가 연결된 척하며 일방적으로 말을 내뱉었다. 아빠가 들을 수 있게 큰 소리로.

"아, 안녕. 루이스, 나야, 길. 어, 그래……. 알아. 응, 방금 집에 왔어. 응, 짱이네. 그래, 나도 같은 생각이야. 넘어가자. 좋아. 이따가 봐."

길은 전화기를 내려놓고 엄마 아빠에게 가서 말했다.

"루이스가 미안하다고 하면서 이번 일은 그냥 넘어가 달래요."

"그래, 잘했어."

엄마가 아빠를 쳐다보며 대답했다. 아빠는 그저 고개만 끄덕였다.

상황이 대충 정리가 된 후, 길은 루이스를 만나러 간다고 둘러대며 집을 나설 채비를 했다. 그때 또다시 전화벨이 울렸다. 루이스가 전화할 리도 없고, 주드 형일 리도 없는데 이상하게도 신경이 쓰였다. 그래도 별일 아니려니 하고 집 밖으로 나섰다.

길은 어디로 가야 할지도 모른 채 무턱대고 나온 것이어서 주변을 배회하다가 도서관 쪽으로 발길을 옮겼다. 도서관 근처에 다다랐을 때 문득 현명한 생각이 아니었다는 것을 깨달았다. 도서관을 보는 순간, 속이 울렁거렸던 것이다. 주드 형의 환영이 도서관 곳곳에 도사리고 있었다. 길은 열람실에 앉아서 책에 집중하려 하면 할수록 점점 불안감에 휩싸였다.

주드 형은 이제 연구소를 침입하는 데 필요한 모든 것을 갖추었다. 길은 나중에 아빠에게 연구소에 침입자가 들어와 문제가 생겼다는 얘기를 듣더라도 아는 척하면 안 되었다. 가짜로라도 놀라거나 걱정하는 척을 해야겠지.

길은 한 시간쯤 지난 뒤에 집으로 돌아갔다. 지금쯤이면 아빠도 화를 가라앉혔을 거라는 생각에서였다. 그런데 현관문을 열어 주는 엄마의 얼굴이 하얗게 질려 있었다. 곧바로 뒤돌아서 집 밖으로 나가고 싶어졌다.

"길, 아빠가 서재에서 좀 보자고 하시는구나."

길은 차츰 겁이 나기 시작했다. 아빠가 서재에서 보자고 할 때는 언제나 나쁜 소식이 기다리고 있었다. 밖에 나가 있는 동안 대체 무슨 일이 있었던 걸까?

"네가 이 일을 직접 정리하는 게 나을 것 같구나."

엄마가 나지막한 목소리로 덧붙였다.

서재까지 가는 길이 너무나 멀게 느껴졌다. 문이 굳게 닫혀 있어서 노크를 하고 기다려야 했다.

"들어와."

길은 문을 열고 서재 안으로 들어갔다. 아빠는 책상 의자에 앉아 있었다.

"길이구나! 좋아. 돌아왔구나. 즐거운 시간을 보냈길 바란다."

아빠는 비아냥거리며 말했다.

"네, 잘 다녀왔……."

길은 말을 멈출 수밖에 없었다. 아빠의 안락의자에 누군가 웅크리고 앉아 있었기 때문이다. 길은 고개를 돌려 누군지 확인하는 순간, 심장이 쿵 하고 내려앉았다.

루이스였다. 루이스가 입술을 굳게 다문 채 매서운 눈길로 길을 쳐다보고 있었다. 길은 루이스의 눈길을 피하고 말았다.

"이제는 네가 오늘 오후에 어디에 있었는지 솔직하게 말할 차례 같구나."

아빠가 말했다.

"도서관에 있었어요."

길은 될 수 있는 한 차분하게 이야기하려고 노력했다.

"도서관이라고? 알겠다. 아까도 그렇게 말했지? 내가 깜빡했구나."

길이 대꾸하지 않자 아빠가 빈정거리며 말을 이었다.

"글쎄, 아까 무슨 일이 있었는지 아니? 네가 집에서 나가자마자 바로 루이스한테 전화가 왔단다. 네가 집에 있는지 궁금하다더구나. 놀랍지 않니? 우린 네가 루이스를 만나러 나간 줄 알았거든. 어쨌든 나는 잘됐다 싶어서 네 얘기를 들먹이며 루이스를 다그쳤단다. 미안하게도 말이야. 그러자 루이스가 진실을 말해 줬단다. 그리고 우리 집에 직접 찾아와서 지난 몇 주일 동안 네가 어떻게 행동했는지 알려 주겠다고 했지. 네가 루이스를 어떻게 대했는지는 물론이고, 아무 말도 없이 몰래 학교에서 빠져나간 일까지 말이야. 지난주 월요일에는 아예 학교에 가지 않았다면서? 이게 다 사실이냐?"

"아빠는 제 말은 듣지도 않고 루이스 말만 믿는 거네요."

길은 아빠처럼 비꼬듯이 말하려고 했지만 쉽지가 않았다.

"그래, 미안하지만 난 루이스를 믿는다. 그리고 이젠 네가 진실을 이야기해 줬으면 좋겠고."

"루이스, 이 비열한 자식."

길이 거칠게 소리쳤지만 루이스는 눈 하나 깜짝이지 않았다.

"그래, 길. 넌 나를 싫어하지. 나도 알고 있어."

루이스는 침착하게 말하고는 자리에서 일어섰다.

"그럼, 이제 가도 될까요?"

루이스가 아빠에게 물었다.

"물론이지. 고맙다, 루이스. 넌 아주 용감한 일을 한 거야."

아빠가 어찌나 따뜻한 미소를 지으며 말하는지, 길은 화가 훅 치밀어서 할 수만 있다면 루이스를 서재 문에다 메다꽂고 싶었다. 루이스는 문 쪽으로 가다가 길의 팔에 살짝 부딪힐 뻔했다. 곧이어 문이 닫혔고, 이제 서재에는 길과 아빠 단둘이 남게 되었다.

특별한 아이

"앉아."

아빠가 안락의자를 가리키며 말했다.

길은 의자에 앉았다. 루이스의 온기가 아직 남아 있었다. 그 따스함 때문에 갑자기 나른하고 피곤해졌다. 이제 뭘 해야 하지? 길은 마치 급류에 휩쓸려 가면서 익사하기만을 기다리는 신세가 된 듯했다. 싸우고 소리치고 반항해야 하지만 얼마나 버틸 수 있을지 알 수가 없었다.

"네가 입을 열 때까지 기다리마."

서재 안은 정적에 휩싸였다. 아빠의 시계 소리만 요란하게 울렸다.

"길, 말을 안 하고 버티는 이유를 모르겠구나."

이대로 계속 입을 다물고 있으면 어떻게 될까? 아빠가 또 벌을 주겠지. 이번엔 더 길게. 그래서 뭐가 어떻단 말인가?

‘아빠는 날 조종할 수 없어요. 아빠에겐 그럴 만한 힘이 없다고요. 멈추기에는 이젠 너무 늦어 버렸어요.’

그때 아빠가 책상에서 종이 한 장을 집어서 길에게 내밀었다. 주드 형이 준 전단지였다.

“루이스가 그러던데, 네가 이걸 학교에서 같이 나눠 주자고 했다면서? 정말이니?”

길은 어깨를 으쓱할 뿐 아무 대꾸도 하지 않았다.

“이런 게 수백 장이 있다고 하던데. 대체 어디에서 난 거냐?”

길은 또 어깨를 으쓱했다.

“네가 무슨 일을 꾸미고 다니는지 알아야겠다. 학교까지 무단결석한 채 어디에 갔는지 어서 말해 봐.”

“아빠는 아실 필요 없어요.”

“그게 무슨 말버릇이냐? 나는 네 아빠야. 네가 무슨 일을 하고 다니는지 알 권리가 충분히 있어. 넌…… 이제 겨우 열다섯 살이야. 네가 위험에 빠지지 않도록 보호하는 게 내 의무야. 알겠니?”

“네, 잘 알겠어요. 아빤 정말 아무것도 모르신다는 걸 말이죠.”

길은 이 상황이 점점 재미있어졌다. 주드 형처럼 자기도 조곤조곤 말하며 아빠를 화나게 만들고 있었다. 아빠는 달리기라도 하는 것처럼 숨을 가쁘게 몰아쉬었다.

“길, 나는 우리가 어느 정도는 서로를 이해하게 되었다고 생각했다. 그래서 너를 연구소에 데려가는 엄청난 위험까지 감수했어. 널 어른으로 대우하면서 다 보여 주고 설명해 줬지. 너는 그 모든 걸 침착하게 받아들이는 것 같았고 말이야. 그런데 이걸 발견했다고! 이걸 말이야!"

아빠가 길에게 전단지를 집어던졌다.

"넌 계속 거짓말을 했어. 어젠 루이스와 스케이트장에서 만날 약속을 한 것처럼 거짓말을 했고, 방금은 루이스를 보러 간다고 거짓말을 했지. 그동안 얼마나 많은 거짓말을 한 건지 모르겠구나."

"아빠는 연구소 문제로 저와 대립하는 걸 참을 수 없으신 거예요. 제가 아빠 의견에 동의하지 않는 게 싫으신 거라고요. 아빤 항상 자기만 옳다고 생각하시니까요."

"이 문제에 관한 한 내가 옳아."

아빠는 전단지를 구겨서 벽에 던져 버렸다. 구겨진 전단지가 벽에 부딪혔다가 책상 밑으로 떨어졌다.

"네, 그러시겠죠."

길은 아빠가 분노로 무너지는 모습을 비웃고 싶었지만 간신히 충동을 억눌렀다.

"길, 너는 아무것도 모르잖니? 우리 연구소 같은 곳에서 동물 실험을 통해 개발한 기술이 없었으면 넌 이 세상에 존재하지도 않았어."

아빠는 갑자기 말을 멈추고는 손으로 두 눈을 가렸다.

"계속 말씀해 보세요."

길은 아빠의 화가 순식간에 녹아 없어졌다는 것을 느꼈다. 물이 모래 속으로 스며들 듯이. 아빠는 싸울 힘조차 없는 것 같았다. 길은 아빠가 스스로 포기했는데도 승리의 기쁨이 느껴지지 않았다. 뭔가 단단히 잘못된 것 같은데, 그게 무엇인지 갈피를 잡을 수가 없었다.

"대체 그게 무슨 소리예요? 제가 존재하지도 못했을 거라고요?"

"미안하다. 내가 허튼소리를 했어."

아빠는 의자를 틀어서 길의 눈길을 피했다.

"아무것도 아니야. 못 들은 걸로 하렴."

길은 아빠를 한동안 바라보았다. 길의 머릿속에서 기억의 퍼즐 조각들이 하나씩 떨어지기 시작했다. 마치 한번 쓰러지기 시작하면 계속해서 넘어지는 도미노 같았다.

지난 일요일에 엄마가 점심을 먹고 나서 완전히 이성을 잃었을 때였다. '엄만 괜찮아. 네가 걱정할 건 하나도 없어.' 부모님께 외할머니의 안부를 물을 때도 마찬가지였다. '걱정하지 마. 네가 걱정할 건 하나도 없어.' 엄마와 아빠에게 자식을 한 명만 낳은 게 정말 이기적이라고 몰아붙였을 때 아빠는 엄마의 말을 중간에서 끊었다. '그런 얘기는 그만 하자.' 아빠가 하는 일이 정확히 무엇인지 알게 되었을 때 길의 머릿속에서는 지진이라도 일어난 것만 같았다. '너한테 다 얘기하려고 했어. 네가 좀 더 크면.' 길의 머릿속은 부모님이 말해 주지 않았거나, 반만 말해 주었거나, 대놓고 물으면 중요하지 않다는 듯이 슬쩍 넘어간 대답들로 가득 찼다. 그리고 지금 아빠는 '아무것도 아니야.'라고 말했다.

하지만 아무것도 아닐 리가 없었다. 그럼 대체 뭐지? 길은 심호흡을 하며 입을 열었다.

"알겠어요, 아빠. 아빤 제가 거짓말을 했다고 꾸짖으셨죠? 제가 아빠를 속이고 있다고 하셨고요. 하지만 엄마 아빠는 더 많은 걸 저한테 숨기고 계시잖아요. 제가 멍청해서 모른다고 생각하면서요. 심지어 저한테 아빠의 직업조차 제대로 알려 주지 않으셨어요. 외할머니가 무슨 병에 걸리셨는지도요. 엄마가 전혀 괜찮지 않은데도 괜찮은 척하려고도 하셨죠. 저한테 말씀하시지 않은 게 대체 얼마나 많이 있는 거죠? 아빠는 저한테 숨기시는 게 이렇게나 많은데, 어째서 전 아빠에게 거짓말을 하면 안 된다는 거예요?"

길은 목이 막혀 말을 계속할 수가 없었다. 아빠는 아무 반응도 하지 않았다. 그저 조용히 창문 너머로 밖을 내다보고 있을 뿐이었다. 한참 만에 아빠가 입을 열었다.

"그래, 네 말이 맞다. 우리가 너에게 하지 않은 말이 있지. 지금이 그 말을 할 때인 것 같구나."

아빠 목소리에는 피곤이 진득하게 배어 있었고, 얼굴에는 말로 표현할 수 없는 슬픔이 가득했다. 길은 겁이 더럭 났다. 차라리 아무 말도 하지 말라고 하고 싶었지만, 이제는 너무 늦어 버렸다.

"길, 네가 어떻게 태어났는지 얘기해 줄게. 사실 엄마와 나는 아이를 가질 생각이 없었단다. 그러다가 어느 순간 우리가 아이를 간절하게 원한다는 사실을 깨닫게 되었지. 하지만 문제가 있었어."

"제가 혹시 입양아인가요?"

"아니, 넌 입양아가 아니야. 우리의 생물학적인 아이이지. 사실…… 넌 연구실에서 태어났단다."

"제가 시험관 아이였단 말씀이세요?"

"그래."

"하지만 아이를 가질 수 없어서 그러신 거잖아요. 많은 사람들이 불임 때문에 시험관 시술을 받는다고 들었어요."

"네 경우는 그것과는 좀 달라. 우리는 널 아주 신경 써서 만들었어. 네가 세포 여덟 개로만 이루어져 있을 때 아주 정밀하게 검사를 했단다. 착상 전 유전 진단이라는 건데, 세포 하나를 떼어 유전자를 분석한 뒤 네가 이상이 없다는 것을 확인하는 과정이란다."

"무슨 이상이 없다는 거예요?"

아빠는 고개를 숙여 양손을 내려다보며 말을 이었다.

"가능성 말이다. 그러니까 네 엄마한테…… 유전병이 있을 가능성이 있었어. 그것도 심각한 불치병이 말이야. 만약에 그 병이 유전되었다면 손쓸 새도 없이 빨리 죽을 수도 있어."

"암이에요?"

길은 자기 목소리가 아주 먼 데서 나는 것처럼 아득하게 들렸다.

아빠는 서글픈 듯이 살짝 웃었다.

"아니, 암은 아니야. 엄마는 차라리 암이었으면 하고 바라는 것 같지만 말이야. 요즘에는 암도 조기에 발견하면 치료해서 살 확률이 높으니까. 엄마의 유전병은 그보다 훨씬 심각해. 시름시름 앓다가 십오 년 정도 지나서 몸과 머리를 마음대로 하지 못하게 되는 병이야. 그런 다음에 죽게 되지."

"치료약이 없나요?"

"아직은 없어. 간단한 처치법이 있긴 하지만 아직까지 치료약은 개발되지 않았단다."

"외할머니도 그 병을 앓고 계시는 거죠?"

"그래."

"그래서 제가 외할머니께 가는 걸 막으셨던 거군요. 대답하기 곤란한 질문을 던져 댈 테니까요."

"우린 너를 그 모든 일에서 보호하고 싶었어."

아빠는 여전히 길의 눈을 피한 채로 말을 이었다.

"우린 몹시 어려운 결정을 내렸어. 네 외할머니가 편찮으시기 시작한 건, 우리가 아이를 가질 생각을 막 하고 있을 때였단다. 외할머니가 병의 진단을 받고 나서, 엄마에게도 그 병이 있을 수 있다는 사실을 알게 되었지. 그래서 우린 아이를 갖겠다는 생각을 버렸단다. 그 병을 다음 세대로 물려줄지도 모르는 위험을 감수할 수는 없었으니까. 우린 아이를 포기하는 대신에 다른 일에 몰두했어. 외국에서 휴가를 보내거나 여행을 많이 다니는 일 같은 거 말이야."

"지구를 망치면서요?"

길은 화를 내고 싶었지만 마음먹은 대로 되지 않았다. 허공에 붕 뜬 느낌과 끝 모를 바닥으로 무겁게 가라앉는 느낌이 동시에 들었다.

"그래, 그랬겠구나. 하지만 그렇게 몇 년을 즐겁게 지냈는데도 여전히 아이 생각이 간절했어. 그래서 네 외할머니를 조금씩 파괴해 가는 그 병을 절대로 앓지 않을 아이를 시험관 시술을 통해 얻기로 했지."

길은 아빠의 사무실에 있던, 배아를 커다랗게 확대해 놓은 사진이 불현듯 떠올랐다. 어째서 그 사진이 거기에 있는지 이제야 알 것 같았다. 길이 물었다.

"아빠 사무실에 있는 그 사진, 저 맞죠?"

"그래, 바로 너야. 네가 딱 이틀 된 세포 덩어리였을 때의 사진이지. 네가 태어났을 때부터 지금까지 그 사진은 죽 거기에 있었어. 네가 얼마나 기적 같은 존재인지를 매일매일 일깨워 주면서 말이야."

길은 아빠의 말이 자신과 전혀 관계없는 이야기처럼 들렸다. 배아 사진이 머릿속을 둥둥 떠다녔다. 마치 자신이 외계인이라는 소리라도 들은 것 같았다.

'그게 나라니. 그 방울들이 나라는 사람을 만들었어.'

아빠가 책상의 제일 아래쪽 서랍을 열어 앨범을 꺼냈다.

"엄마한테는 무척 힘든 시간이었단다. 엄마는 이삼 년 동안 수없이 많은 시도를 했어. 유전병이 없는 아이를 얻기 위해……."

아빠가 앨범을 펼쳤다. 길은 아빠의 연구와 관련된 사진이라고만 생각했던 사진을 다시 눈여겨보았다. 토마스, 이모젠, 안나, 데이비드. 그것은 쥐나 토끼 같은 동물들의 이름이 아니었다. 그들은 길의 형이자 누나였다. 길이 가질 수 없었던 형제들이자 엄마 아빠에겐 가질 수 없었던 자식이었다.

"사진 속 배아들은 어떻게 되었어요?"

"이젠 존재하지 않아. 너를 갖기 전 체외 수정에 네 번 실패했단다. 배아 여덟 개가 엄마 배 속에 들어간 지 얼마 되지 않아 유산되었지. 엄마가 일일이 이름을 지어 주었단다. 엄마에게는 모두가 진짜 아이들이었던 거야. 너한테도 쌍둥이 여동생이 있었지만, 자궁 안에서 죽고 말았단다. 그때가 임신 12주째였어. 하마터면 너도 죽을 뻔했지. 그리고 나머지는…… 네가 태어나자마자 다 보내 주었단다. 너 하나로 충분하다고 생각했거든."

"그들을 죽게 놔뒀단 말씀이세요?"

"아직 사람이라고 할 수 있는 단계가 아니었어. 그냥 세포 단계였으니까."

"그대로 놔두면 사람이 되는 거잖아요? 그들도 나랑 똑같이 될 수 있었던 거잖아요."

"너랑 똑같진 않아. 길, 넌 특별해."

길은 눈을 감고 가만히 아빠의 숨소리를 들으면서 앨범에 있는 사진을 생각했다. 어째서 나였을까? 토마스도 아니고 이모젠도 아니고, 어째서 자신인지……. 똑같은 생명으로 태어났는데 어째서 그 이상 성장할 수 없었던 걸까?

갑자기 영화 〈타이타닉〉의 마지막 장면이 떠올랐다. 수백 명의 사람들이 어두운 바다에 둥둥 떠다니다가 얼어 죽는 장면이……. 길은 그 가운데서 유일하게 구출된 사람이었다. 무작위로 선별된 생존자. 하지만 다른 이들은 모두 죽었다. 그렇다면 엄마는 어떻게 되는 걸까?

"앞으로 엄마한테 무슨 일이 일어나는 거예요?"

길이 겨우 입을 열었다.

"알 수 없단다."

"엄마한테 그…… 유전병이 있는 거예요?"

"길, 우리는 아무것도 몰라. 검사하지 않기로 했으니까. 우리가 한 일이라고는, 우리 아이가 그 병에 걸릴 염려가 없도록 애쓴 것뿐이야."

"엄마가 그 병에 걸렸는지 안 걸렸는지 얼마든지 알아낼 수 있잖아요."

"그래."

"그럼, 왜 확인해 보시지 않는 거예요?"

"엄마가 원치 않으니까."

"어째서요? 저라면 알고 싶을 것 같은데요!"

"그래?"

아빠 목소리는 부드러우면서도 단호했다.

"절대 피할 수 없는 데다 치료약도 없는 병에 걸렸다는 얘길 굳이 듣고 싶다고? 엄마에겐 사형 선고나 마찬가지야. 무슨 일이 일어나는지 차분히 지켜보는 게 더 낫다고 생각했어. 하지만 나이를 먹어 갈수록 점점 더 힘겨워지는구나. 우린 아무것도 예상할 수가 없단다. 엄마는 이제 외할머니가 그 병의 징후를 처음 보이기 시작했던 나이와 비슷한 나이가 되었어. 엄마는 그 병의 증상이라고 생각되는 일이 생길 때마다 겁에 질린단다. 작은 일에서부터 문제가 생기기 시작하니까 말이야. 예를 들면……."

"접시를 떨어뜨리는 것 같은 일 말이죠."

"그래, 맞아. 그 병의 초기 증상은 평소에 하던 일이 서툴러지고 건망증 같은 게 생기는 거란다. 엄마는 뭘 떨어뜨리거나 잊어버릴 때마다 혹시 그 병에 걸린 건 아닌지 의심한단다."

"엄마가 그 병에 걸렸는지 안 걸렸는지 어떻게 알 수 있어요? 검사하는 방법이 있나요?"

"응, 아주 간단해. 세포 샘플을 채취해서 유전자를 분리한 다음, 검사해 보고 싶은 유전자만 복사하는 기술을 이용하면 되거든. 그러니까 유전자 IT-15, 그 병은 이 유전자에 결함이 있을 때 생기는……."

"IT-15라고요? 아빠 연구소에 있는 실험용 쥐에 붙은 라벨에서 봤어요."

"오, 기억하고 있구나. 이제 내가 거기에서 뭘 하고 있는지 이해할 수 있겠지?"

길은 천둥이 치기 전에 번개가 번쩍거리는 것처럼, 미처 느끼기도 전에 엄청난 충격이 닥칠 것을 예감했다. 사방에서 폭탄이 터지는 것처럼 발아래가 뒤틀렸다. 가까스로 버텨 왔던 정신이 무차별적으로 무너지기 시작했다. 아빠에 대한 생각, 엄마에 대한 생각, 주드 형에 대한 생각, 자기 자신에 대한 생각…… 이 모든 것이 달라지고, 쓰러지고, 마구 뒤섞이고 있었다.

아빠는 엄마를 죽게 할 수도 있는 병을 치료할 약을 개발하기 위해 연구하고 있었다. 실험용 쥐들은 엄마의 생명을 살리기 위해 거기에 존재했다.

"길, 괜찮니?"

길은 아빠의 물음에 아무 대답도 하지 않았다. 그저 뻣뻣하게 굳은 채로 앉아서 머릿속에서 계속되는 폭발음을 듣고 있었다. 잠시 후, 한 가지 생각만이 잔해 위에 선명하게 떠올랐다. 주드 형을 어떻게 막을 것인가?

"주드 형한테 말해야 해."

길은 속으로 중얼거렸다고 생각했는데, 아빠가 그 말을 듣고 눈썹을 찡그리는 것을 보았다.

"주드 형? 주드 형이 누구니?"

"아무도 아니에요."

"아무도 아니라니, 무슨 소리야? 혹시 네가 경찰에게 체포될 뻔하게 만들었던 그 끔찍한 놈을 말하는 거니?"

"아니에요."

길은 아빠의 말에 집중할 수가 없었다. 방 안에 먼지와 연기만이 자욱한 것 같았다.

"나한테 숨기는 게 있구나? 그게 뭐냐? 도대체 무슨 짓을 하고 다니는 거냐!"

"뭘 숨긴다고요? 하! 아빠가 지금 저한테 할 수 있는 얘기인가요? 세상에……."

길은 속에서 치솟는 분노로 온몸을 떨며 이를 악물었다.

"젠장! 아빠는 이 일을 저한테 계속 숨기셨잖아요. 그런데 절 거짓말쟁이라고 부르시는 거예요? 아빠야말로 진짜 이기적인 거짓말쟁이예요. 전 아빠가 미워요!"

"길, 그만하자. 우리가 널 보호하려고 얼마나 애썼는지 너는 모를 거야."

"네, 전 몰라요!"

길은 의자에서 벌떡 일어서며 거칠게 숨을 내쉬었다.

"정말로 고마워 죽겠네요. 그런데 그거 아세요? 지금 이 순간만큼은 아빠가 죽어 버렸으면 좋겠어요!"

"그만두지 못하겠니?"

아빠가 책상에서 벌떡 일어나며 소리쳤다.

"아빠가 미워요. 정말로 밉다고요!"

길은 아빠에게 돌진했다. 아빠는 깜짝 놀라서 비틀거리다가 책상 옆 의자를 밀쳤다. 의자가 굴러가는 바람에 아빠는 책상 모서리에 어깨를 찧으며 넘어졌다. 길은 의자를 걷어차고는 서재에서 뛰어나왔다. 분노와 충격으로 눈물범벅이 된 채.

엄마가 부엌에서 나와 길에게 다가왔다.

"길, 대체 무슨 일이야?"

엄마가 길의 팔을 잡으며 물었다.

길은 몸을 비틀어 팔을 빼고는 계단을 뛰어 올라갔다. 엄마가 뒤에서 길을 소리쳐 불렀다. 길은 뒤도 돌아보지 않고 흐느끼면서 방으로 뛰어들어 문을 세게 닫고는 책상을 끌어다 문을 막았다. 그러고는 손에 잡히는 것을 닥치는 대로 집어던졌다. 엄마가 밖에서 문을 두드리며 길을 불러 댔다.

"길, 무슨 일이니? 엄마랑 얘기 좀 하자꾸나, 응?"

길은 침대 발치에 풀썩 쓰러졌다. 얼굴을 무릎에 파묻고 손을 옆으로 힘없이 떨군 채 웅크리고 앉았다.

"길, 제발. 내가 도와줄게."

엄마의 목소리가 아득하게 들려왔다. 이젠 길을 도와줄 사람은 아무도 없었다.

존재의 이유

길의 머릿속에서 휘몰아치던 폭풍이 잦아들 때쯤 아래층에서 무슨 소리가 들렸다. 엄마와 아빠가 큰 소리로 말다툼을 하고 있었다. 길은 겨우 일어나 문 앞으로 기어갔다. 책상을 옆으로 조금 밀고 문을 빼꼼히 열자 소리가 또렷하게 들렸다.

"여보, 가끔은 정말이지 당신을 믿을 수가 없어요."

길은 엄마가 이렇게 화를 내는 걸 본 적이 없었다.

"그 일에 대해서 약속했잖아요."

"무슨 일이 있었는지 말했잖소. 길에게 얘기할 생각이 아니었다고. 나도 모르게 튀어나온 거요."

"정말로 무책임한 말이네요."

"당신은 그 일이 나에게도 몹시 힘든 일이라는 걸 잊은 모양이군…….”

“어떻게 그렇게 얘기할 수가 있죠?”

“미안해. 하지만…….”

“길이 조금 더 클 때까지 기다려야 한다고 말한 건 당신이잖아요. 난 몇 년 전에 다 말해 주고 싶었다고요.”

“여보, 문제를 거기까지 끌고 가지는 말자고. 이 문제를 해결하는 데 도움이 안 돼.”

“당신이 먼저 말을 꺼낸 거잖아요! 당신이 말이야! 이제 와서 부정하려고 하지 말라고요!”

“그래, 내가 길한테 심하게 굴었어. 그러지 말았어야 했는데.”

“지금 길의 속이 어떻겠어요. 전혀 짐작도 못 했던 것들이 한꺼번에 다 까발려졌다고요. 자기 방에 틀어박혀서 울고만 있어요. 날 보려고도 하지 않아요.”

“곧 괜찮아질 거야.”

“어떻게 그런 말을 할 수 있죠? 길이 학교를 빼먹고 우리한테 거짓말을 해 왔다는 건, 이 일이 있기 전부터 뭔가 심하게 우울했다는 얘기라고요. 당신도 잘 알고 있잖아요.”

“길은 우울한 게 아니라 그저 날 화나게 하려는 것뿐이라고. 길이 무슨 일을 벌이고 다니는지는 오직 신만이 아실 거야. 아니면 주드라는 작자가…….”

“지금 그게 문제가 아니에요. 우린 길이 절망의 나락으로 떨어지는 것만은 막아야 해요.”

"아니, 길을 끌어내서 우리 말을 들어야 한다는 걸 보여 줄 때야."

"퍽이나 도움이 되겠네요. 당신이 평소처럼 자기 뜻대로만 행동하면 말이에요."

"뭐라고 했소?"

"당신은 길의 생각이나 행동까지 당신 마음대로 정하고 싶어 하잖아요. 뭐, 축하해요. 길이 당신을 싫어하게 만든 거 말이에요. 지금은 나도 당신이 참 별로네요."

"맙소사, 이런 말이나 들으려고 여기에 있는 게 아니야!"

"좋아요. 그럼, 여기서 나가요! 하지만 돌아왔을 때도 마찬가지일 거예요. 누군가 해결해야만 한다고요."

현관문이 어찌나 세게 닫히는지 온 집이 흔들리는 것 같았다. 길은 방문을 닫고 다시 책상을 밀어 문을 막았다. 길은 침착하게 생각했다. 어쩌면 아빠가 다시는 돌아오지 않을지도 모른다. 부모님이 이렇게까지 심하게 싸우는 것은 처음 보았다.

길은 머릿속을 비우려고 책상 위를 살펴보았다. 화가 나서 던진 물건에 맞아 움푹 파인 곳이 보였다. 길은 푹 파인 곳을 손가락으로 문질렀다. 계속 문지르면 표면이 부드럽게 되어 푹 들어간 곳이 티가 덜 날 것 같았지만 별 차이가 없었다. 푹 파인 곳은 꺼끌꺼끌하고 깊어서 더 이상 원래대로 돌이킬 수가 없었다.

엄마가 다시 계단을 올라와 방문 밖에 멈춰 서는 소리가 들렸다. 하지만 문을 억지로 열려고 하지는 않았다.

"길, 먹을 것 좀 갖다 줄까?"

마치 아무 일도 없었던 것처럼 너무도 일상적인 질문이었다. 길은 뭐라고 대답해야 좋을지 몰랐다. 지금 배가 고프긴 한가?

"길?"

"괜찮아요. 배 안 고파요."

마침내 길이 쉰 목소리로 대답했다.

"길, 정말로 미안해. 이런 식으로 그 일을 알게 하고 싶지는 않았는데."

"아니에요."

길은 책상에 움푹 팬 곳이 괜히 신경 쓰여서 그 속에다 새끼손가락 끝을 밀어 넣어 보았다.

"엄마랑 얘기 좀 할 수 있을까?"

"나중에요. 지금은 혼자 있고 싶어요."

"그래, 알았다."

엄마가 계단을 조용히 내려가는 소리가 들렸다. 지금 당장은 엄마와 아무 얘기도 하고 싶지 않았다. 혼자 생각을 좀 정리해야 했다. 길은 침대에 웅크리고 누워 있다가 자기도 모르는 새 잠이 들었다.

길은 혼란스러운 꿈을 꾸었다. 사람들이 소리를 지르면서 어두운 복도를 서둘러 뛰어갔다. 불빛이 번쩍이고, 경보음이 울리고, 문이 벌컥 열렸다. 플라스틱 커튼 조각이 떨어지는 불꽃에 타 버리고, 그 너머에서 우리에 갇힌 동물들이 겁에 질려서 어쩔 줄 몰라 했다. 냉장 보관실의 커다란 은색 문 뒤에 뭔가 있었다. 그게 뭔지는 정확히 보이지 않았지만 길을 노리고 있는 게 분명했다. 어쩌면 길의 목을 부러뜨리려는 건지도 몰랐다. 엄마 목소리가 아주 멀리서 들려왔다. 문을 맹렬하게 두드렸지만 엄마는 안으로 들어오지 못했다.

길은 소스라치게 놀라면서 꿈에서 깨어났다. 주드 형에게 이 사실을 말해야 한다는 생각이 머릿속을 꽉 채웠다. 그런데 뭐라고 말하지? 주드 형한테 연구소를 습격하지 말아 달라고 사정해야 할까?

길은 그 어느 때보다도 연구소 습격이 성공적으로 이루어질 바랐다. 연구소를 박살 내는 게 곧 아빠에게 복수하는 길이 될 테니까. 아빠의 그 잘난 척과 올곧음에 대한 복수이자, 아빠가 숨겨 왔던 비밀에 대한 복수, 그리고 길에게 거짓말한 것과 진실을 말해 주지 않은 것에 대한 복수 말이다. 아빠는 철저하게 파괴되어야 마땅한 사람이니까.

하지만 아빠의 실험용 쥐들은……. 거기에 생각이 미치자 불현듯이 엄마가 떠올랐다. 거대한 양팔 저울의 한쪽에는 엄마가 앉아 있었고, 다른 쪽에는 실험용 쥐들이 있었다. 실험용 쥐들이 무리지어 올라앉아 있다가 한 마리씩 아래로 떨어지고 있는 모습이 눈앞에 그려졌다. 그런데도 엄마 생각이 머리를 떠나지 않았다. 엄마가 외할머니와 똑같은 병에 걸린 거면 어떡하지? 엄마를 구하기 위해서는 대체 얼마나 많은 쥐가 희생되어야 할까? 백 마리? 천 마리? 백만 마리? 엄마의 생명은 그렇게 많은 쥐를 희생시킬 만큼 가치가 있는 것일까? 생명의 무게를 다른 생명과 비교하고 가늠하는 게 가당키나 한 일일까?

정답은 어디에도 없었다. 연구소가 습격을 당하면 아빠의 연구는 실패할 것이고, 엄마가 병에 걸렸을 때 도울 수 있다는 희망이 깡그리 사라지게 된다. 길이 습격을 막는다면 아빠 편에 서게 될 것이다. 그 어느 때보다도, 그리고 그 누구보다도 아빠가 싫은데도 말이다. 도움을 청할 만한 사람이 없을까? 문득 루이스가 떠올랐다. 하지만 루이스를 이 일에 끼워 넣는 것은 옳지 않았다. 이 일은 길 혼자 저지른 것인 데다 너무나 위험했기 때문이다.

길은 날이 저물어 밤이 될 때까지 꼼짝도 하지 않았다. 자신의 숨소리밖에 들리지 않았다. 마치 지구 위에서 유영하고 있는 우주 비행사가 된 듯한 기분이었다. 이따금 침대 아래에 숨겨 둔 낡은 휴대폰을 떠올리며 주드 형에게 전화를 할지 말지 고민했다. 하지만 딱히 뭐라고 말해야 할지가 떠오르지 않았다.

어쨌든 길은 이 일을 스스로 해결해야 했다. 행동에 나선다면 오늘 밤이어야만 했다. 내일은 너무 늦을 테니까. 하지만 겁이 났다. 밖은 이미 깜깜했고, 자신과 가족에 대해 지금껏 믿어 왔던 모든 것이 산산조각이 나 있었다.

연구소 대습격

자정이 좀 지난 시각이었다. 길은 엄마 아빠가 잠이 든 사이에 행동을 개시하기로 했다. 책가방 속에 필요한 장비를 챙겨 넣는 데는 십 분도 채 걸리지 않았다. 엄마 아빠가 혹시 자다가 방에 와 볼까 봐 방문을 막은 책상은 그대로 두고 창문으로 빠져나갔다. 차가운 밤바람을 미처 생각하지 못했던 터라 추위에 온몸이 떨렸다. 옷을 하나 더 껴입고 나올걸, 하고 후회가 되었지만 돌아가지는 않았다.

길은 집 옆에 세워 둔 낡은 자전거를 끌고 대문 밖으로 나갔다. 그러고는 집을 둘러보며 불이 켜진 데가 있는지, 누가 자신을 지켜보고 있지는 않은지 확인했다. 집 안은 완전히 깜깜했다. 길은 후드티의 모자를 덮어쓰고 고개를 푹 숙인 채 뒷골목으로 재빨리 나갔다.

길은 가로등 불빛에 의지한 채 빠르게 자전거를 몰았다. 손이 점점 차가워져서 자전거 핸들에 붙어 버릴 것 같았다. 길이 끼고 있는 얇은 비닐장갑은 추위를 막기엔 역부족이었다. 시간이 얼마나 지났을까? 추워서 몸이 달달 떨리는데도 땀이 삐질삐질 났다. 주변을 둘러보아도 눈에 익은 게 하나도 없었다. 그래도 길은 자신이 어디로 가고 있는지 확실히 알고 있었다. 마지막 모퉁이를 돌자 마침내 연구소 건물이 보였다. 길은 전기 충격을 받기라도 한 듯이 가슴속이 찌르르해졌다.

연구소는 가로등에서 나오는 불빛 위로 솟아 있어서 훨씬 더 거대해 보였다. 낮에 봤을 땐 따뜻해 보였던 노란색 돌벽이 딱딱한 회색빛으로 바뀌어 있었다. 출입구의 선팅된 유리문은 까만 거울 같았고, 계단은 어둠 속에 묻혀 있었다. 인도 위에 시위자들은 없지만 경비원들은 수시로 건물을 순찰하고 있을 터였다.

길은 모퉁이로 다시 돌아와 자전거를 뒷골목에 숨겼다. 그런 다음에 연구소 건너편에 있는 덤불로 뛰어가 건물을 관찰하기 시작했다. 그때 제복을 입은 경비원이 아빠와 같이 차를 타고 지나갔던 좁은 길에서 불쑥 나왔다. 주차장으로 향하는 길이었다. 커다란 경비견이 경비원을 거의 끌고 가다시피 했다. 경비원은 연구소 앞을 지나서 모퉁이를 돌아 자그마한 정원 같아 보이는 곳으로 사라졌다.

길은 아빠의 사무실에서 창밖을 내려다보았던 게 떠올랐다. 아빠의 사무실이 어디쯤인지 살피려고 건물 옆면을 훑어보았지만 높이 올라갈수록 더 깜깜해서 아무것도 보이지 않았다. 곧이어 다른 경비원이 개를 끌고 정원에서 걸어 나와 주차장 쪽으로 난 길을 따라 연구소 앞을 지나갔다.

길은 이 상황이 비현실적으로 느껴졌다. 꿈에서 깨어나면 자기 방 침대에 누워 있을 것만 같았다. 눈꺼풀이 무거워 자꾸만 눈이 감겼다. 그때 경비견이 건물 모퉁이를 돌아 불쑥 나타났다. 길은 깜짝 놀라 잠이 싹 달아났다. 경비원이 모퉁이를 돌아 정원으로 향하자마자 바로 뛰어나가야 했다. 건물을 반대 방향으로 순찰하고 있는 다른 경비원이 나타나기 전에.

길은 달릴 준비를 했다. 추위 때문에 무릎이 뻣뻣해지면서 허벅지가 끊어질 것처럼 아팠다. 경비원이 연구소 앞을 천천히 지나가는 걸 보고 나서 길이 앞으로 나아가려고 몸을 움직이는 순간, 뒤에서 누가 잡아당기는 힘이 느껴졌다. 소리를 지르려다가 보니, 가방끈이 덤불 가지에 걸려 있었다. 길은 소리 죽여 욕을 내뱉으며 가방끈을 잡아 뺐다. 그 사이에 경비원은 사라지고 없었다.

길은 덤불에서 나와 죽을힘을 다해 주차장으로 향하는 길을 따라 뛰었다. 다리도 아프고, 폐도 아프고, 가방 안에 있는 무거운 상자 때문에 등도 아팠다. 길은 장애물을 피해 계속 달리면서 주위를 두리번거렸지만 숨을 만한 곳이 딱히 없었다. 조만간 경비원들이 가까이 올 것이었다.

길은 숨을 곳을 찾아서 주차장을 미친 듯이 훑어보았다. 왼편에 바퀴가 달린 커다란 쓰레기통이 있었다. 받침대를 찾아 밟고 올라가면 쓰레기통 속에 숨을 수도 있을 것 같았다. 하지만 그럴 만한 시간이 없었다. 게다가 경비원이 쓰레기통 뚜껑 닫히는 소리를 듣게 되면 그야말로 낭패였다. 결국 길은 쓰레기통 뒤쪽으로 가서 벽에 바싹 붙어 몸을 숨긴 채 개가 자신의 냄새를 맡지 못하기만을 바랐다.

그때 누군가의 발걸음 소리가 점점 가까워졌다. 경비견이 킁킁대며 냄새를 맡는 소리와 경비원이 투덜거리는 소리가 들렸다.

"멍청한 개 같으니라고. 제발 목줄 좀 그만 당겨. 계속 그러면 물에 빠뜨려 버릴 테다! 망할 놈의 개. 그리고 쓰레기통에서 좀 떨어져! 내가 얼마나 더 얘기해야 되겠냐!"

쓰레기통 반대쪽에서 킁킁대는 소리가 나는가 싶더니 개가 깨갱거리는 소리가 이어졌다.

"꼴좋다. 그러니까 말 좀 들어."

"살살해. 아직 강아지잖아."

그때 다른 목소리가 들렸다.

"나랑 개를 바꿀래? 이 녀석 때문에 골치 아파 죽겠어."

"좋아. 하지만 이 녀석은 반쯤 졸고 있어. 난 분명히 말해 줬다."

길은 경비원들이 제발 이대로 조용히 지나가 주기를 바라며 몸을 더 웅크렸다. 오줌이 급해서 방광이 터질 것만 같았다. 목소리가 차츰 작아지더니 발걸음 소리도 잦아들었다. 길이 쓰레기통 위로 슬쩍 보니, 경비원이 연구실 뒷문을 지나서 느릿느릿 걸어가고 있었다.

길은 가방을 열어 아빠의 열쇠 꾸러미가 든 상자를 꺼냈다. 상자를 두 번째로 훔치는 일은 더 쉬웠다. 그러느라 그 끔찍한 비닐장갑을 다시 껴야 했지만. 길은 열쇠를 주머니에 넣고, 펜던트를 목에 건 다음 상자를 다시 가방 속에 넣었다. 그런 다음에 경비원이 건물 모퉁이를 돌아가는 걸 확인하자마자 일어서서 문 쪽으로 달렸다.

손만 뻗으면 닿을 만큼 뒷문이 가까워졌을 때였다. 갑자기 불이 켜졌다. 길은 당황해서 그 자리에 멈춰 섰다. 몇 초 후에야 그 불빛이 건물 근처에 다가가면 켜지는 보안등이라는 사실을 깨달았다. 어째서 이걸 예상하지 못했을까? 덕분에 열쇠 구멍이 보이기는 했지만.

길은 떨리는 손으로 주머니에서 열쇠를 꺼냈다. 열쇠고리에 열쇠가 백만 개쯤 달려 있는 듯했다. 미끄러운 비닐장갑 때문에 손에서 자꾸만 열쇠가 미끄러졌다. 길은 겨우겨우 자물쇠 두 개를 열고는 문고리를 잡아당겼다. 문이 너무 쉽게 열려서 하마터면 나동그라질 뻔했다. 길이 안으로 들어가자 문이 휙 닫혔다. 길은 곧바로 어둠 속에 내던져졌다. 그때 벽에 있는 패널에서 삐 하는 소리가 나더니 곳곳에서 작고 빨간 경고등이 번쩍거리기 시작했다. 도난 경보를 울려 버린 것이었다.

도난 경보기를 까맣게 잊고 있었다. 이제 잠시 후면 경보음이 미친 듯이 울려 댈 것이다. 그때 누군가가 얘기해 주기라도 하는 듯이 '시그마'가 생각났다. 도난 경보 장치의 암호였다. 길은 벽에 붙은 패널 앞으로 뛰어갔다. 주드 형에게 설명했던 대로 숫자를 눌러 시그마 모양을 만들 생각이었다. 일단 다섯 자리로 3-1-5-7-9번을 눌렀다. 틀리면…….

그때 삐 하는 소리가 멈췄다. 길은 다리가 풀려 바닥에 털썩 주저앉고 말았다. 누가 배 속을 잡아 비트는 것처럼 아파서 토할 것만 같았다. 눈가에 맺힌 눈물이 줄줄 흘러내렸다. 그러다가 문득 두려움이 사라졌다. 왜 아무도 잡으러 오지 않는 거지? 도난 경보 장치를 끄긴 했지만 문밖으로 보안등이 번쩍이는 게 보일 텐데. 하지만 불빛이 금방 꺼져서 길이 안에 있다는 사실을 모를 수도 있었다.

길은 집에서 나오기 전에 두 가지 계획을 세웠지만, 지금은 모두 부질없어 보였다. 안전한 방 안에서는 모든 것이 쉽게 느껴졌다. 첫 번째 계획은 연구소에 가서 주드 형보다 먼저 아빠의 실험용 쥐를 훔치는 것이었다. 첫 번째 계획이 틀어지면 뒷문을 활짝 열어 경보음을 울려 놓고 도망가는 게 두 번째 계획이었다. 그러면 주드 형이 연구소를 습격할 수 없을 테니까.

첫 번째 계획은 완전히 미친 짓이었다. 일단 연구소 안에 들어오긴 했지만 동물들이 있는 방까지 올라가 아빠의 실험용 쥐들을 찾을 수가 없고, 설령 찾는다고 해도 데리고 나갈 방법이 없었다.

이제는 두 번째 계획까지 망쳐 버렸다. 도난 경보기를 꺼 버렸으니 경보음이 울리지 않을 것이다. 길이 위험을 감수하지 않는 한 주드 형의 습격을 막을 길이 없었다. 게다가 길은 안에서 문을 어떻게 열어야 하는지도 몰랐다. 아빠와 건물에서 나갈 때 주의를 기울이지 않았던 것이다. 길은 문을 살펴보기 위해 엉거주춤 일어섰다. 바로 그때, 문밖에서 누군가의 목소리가 들렸다.

또다시 두려움이 밀려왔다. 무슨 일인지 알아보러 온 경비원인 듯했다. 숨을 곳을 찾아서 연구소 안으로 더 깊숙이 들어가야 했다. 길은 문 바로 옆에 있는 복도를 따라가며 아빠의 열쇠 꾸러미를 더듬거렸다. 바깥에서 두런거리는 소리가 들렸다. 마침내 맞는 열쇠를 찾았다. 길은 두 번째 문을 통과해 다음 문 쪽으로 부리나케 달려갔다. 벽에 있는 패드에 아빠의 펜던트를 갖다 대자 문이 스르르 열렸다. 길은 안으로 뛰어 들어가 계단 아래에 몸을 숨겼다.

그때 안쪽 문에 있는 유리창을 통해 뒷문이 열리고 불빛이 비치는 것이 보였다. 이윽고 첫 번째 문과 다음 문이 순식간에 열렸다. 여러 사람들의 목소리가 쏟아지더니 불빛이 심하게 요동쳤다. 길은 최대한 벽으로 바싹 붙어서 몸을 웅크린 채 들려오는 소리에 귀를 기울였다.

"도난 경보기도 켜 놓지 않은 게 믿어져?"

"식은 죽 먹기라고 말했잖아."

"연구소 안에 누가 남아 있을 것 같진 않은데? 누가 우릴 기다리고 있으려나?"

"줄이랑 청테이프가 좀 남았지?"

"응."

"그럼 그걸로 해결하지 뭐. 눈이나 크게 뜨고 있어."

어둠 속에서 키득대는 소리가 들렸다. 길은 숨을 죽였다. 경비원이 아니라 주드 형이었다.

주드 형은 한 번에 두 계단씩 올라가더니 순식간에 사라졌다. 길은 함께 온 사람들을 세어 보려 했지만 금방 놓치고 말았다. 여섯 명, 아니면 일곱 명? 그 사람들은 기다란 하나의 형체로 보였다. 계단을 느릿느릿 올라가는 거대한 애벌레 같았다. 조금 뒤, 길은 다시 혼자가 되었다.

길의 계획은 실패였다. 지금 할 수 있는 일이라고는 경보음을 울려 주드 형이 체포되게 하거나, 이대로 도망쳐서 형이 계획한 일을 완수하도록 내버려 두는 것뿐이었다.

길은 다시 곰곰이 생각했다. 어쩌면 주드 형이 실험용 쥐들을 풀어 주는 것을 막을 수 있는 다른 방법이 있을지도 몰랐다. 길이 주드 형보다 먼저 거기에 가면 아빠의 실험용 쥐를 안전한 곳으로 옮겨 놓을 수 있을 것이다. 그럴 수 있는 시간이 없다면, 주드 형에게 모든 걸 설명하고 부탁해서 필요한 쥐를 뺀 나머지 동물들만 가져가라고 할 수도 있다. 어쨌든 두 사람은 아직까지 친구니까. 물론 거의 승산이 없는 짓이었다. 하지만 주드 형이 길의 절박한 사정을 알게 되면 부탁을 들어줄 수도 있지 않을까?

길은 주드 형과 그 일행을 뒤따라서 계단을 올라가기 시작했다. 가방 속에 있는 손전등은 쓸 엄두도 못 냈다. 대신 기억을 더듬어 카메라로 찍었던 영상을 떠올려 보았다. 계단을 올라가다가 화장실이 있는 층에 도착하면 거기에서 곧장 자동문을 통과해 아빠가 실험용 쥐의 배아를 만드는 방을 지나면 된다. 주드 형 일행이 자동문 사이에 지지대를 끼워 넣어 문을 다 열어 두었기 때문에 따로 아빠의 펜던트를 사용할 필요는 없었다. 복도를 따라 열린 문을 몇 개 더 통과한 뒤에 다시 계단 앞에 다다랐다. 다 올라가서 왼쪽으로 가야 하는지, 아니면 오른쪽으로 가야 하는지 헷갈렸다. 길은 계단 아래에서 머뭇거리며 멈춰섰다. 희미한 불빛이 천장에 있는 패널에서 흘러나왔고, 어스름하게 빛나는 비상구 표지가 통로를 비추었다.

길이 어느 쪽으로 갈지 고민하며 서 있는데, 바로 위층에서 발걸음 소리가 들렸다. 뒤로 한걸음 물러서자 때맞춰 누군가 계단을 요란하게 내려가며 옆을 급히 스쳐 지나갔다. 그 사람들은 저마다 손에 커다란 상자를 들고 있었다. 각자의 머리에 손전등을 끈으로 매달고 있어서 불빛이 이리저리 흔들렸다. 그들은 복도를 따라 달려가면서 길에게서

서서히 멀어졌다.

길은 곧장 계단을 뛰어 올라가 오른쪽으로 돌았다. 이번에는 다른 사람이 상자를 들고 뛰어가는 게 보여서 얼른 옆의 복도로 몸을 숨겼다. 겁먹은 눈빛의 토끼 머리가 흘깃 보였다. 길은 손전등의 불빛을 경계하며 복도를 따라 천천히 걸었다.

그때 앞이 아닌 뒤에서도 발걸음 소리가 들렸다. 앞서 계단을 뛰어 내려간 사람들이 되돌아온 게 틀림없었다. 길은 벽이 우묵하게 들어간 곳에 재빨리 기댔다. 숨을 만한 장소는 아니었지만 다행히 아무도 길을 발견하지 못했다. 그들은 길을 지나쳐 가면서 조용히 뭔가를 속삭이더니 각자 반대 방향으로 움직였다.

길이 동물들이 있는 방에 도착했을 때에는 완전히 지쳐 버렸다. 샤워장 작업대 아래에 몸을 숨기자마자 누군가 방으로 뛰어 들어오더니 동물들이 든 상자를 들고 헉헉거리며 사라졌다. 주드 형을 돕는 사람들이 어둠 속에서 수천 개의 형상으로 불어난 것 같은 느낌이었다. 모두 까만색 옷을 입고 복면을 쓴 채 장갑을 꼈으며 이마에는 손전등을 매달고 있었다. 그리고 하나같이 커다란 플라스틱 상자를 들고 있었다. 길은 공기 샤워장에서 빠져나와 토끼가 있던 방으로 갔다. 누군가와 부딪칠까 봐 조심했지만 다행히 아무도 없었다. 토끼장의 문은 죄다 열려 있었고, 모래밭도 텅 비어 있었다. 토끼들이 모두 사라졌으니 다음은 쥐의 차례일 것이다.

길은 쥐를 보관하는 방 입구에 서서 귀를 기울였다. 아무 소리도 들리지 않아서 용기를 내어 안으로 들어갔다. 쥐가 들어 있던 상자는 텅 비어 있었다. 쥐 오줌 냄새와 톱밥 냄새가 진동했다. 그리고 방 안에 아직 누군가 있었다. 그 사람은 바닥에 무릎을 꿇은 채 쥐를 잡아 커다란 상자에 담고 있었다. 머리에 단 불빛이 위아래로 흔들렸다. 복도에서 스쳐 지나갔던 다른 사람들과 똑같은 차림새였지만, 길은 그 사람이 주드 형이라는 걸 단번에 알아차렸다.

길이 어떻게 해야 할지를 고민하고 있을 때, 누군가 숨을 헐떡이며 방으로 들어왔다. 빈 상자를 바닥에 떨어뜨렸는지 와장창 하는 소리가 울렸다.

"다른 사람들한테 거의 다 되어 간다고 전해 줘. 이제 두 번 정도 남은 것 같아."

주드 형의 목소리였다. 방금 들어온 사람이 밖으로 나가면서 끙 하고 앓는 소리를 냈다. 길은 상자가 죽 늘어선 곳으로 걸어갔다. 반대편에서는 주드 형이 아빠의 실험용 쥐가 보관되어 있는 쪽으로 점점 다가오고 있었다. 주드 형한테 맞서지 않고 쥐를 구하기에는 이미 늦어 버렸다.

길은 잠시 동안 거기에 서 있었다. 경비원과 경비견 때문에 느꼈던 두려움과는 또 다른 두려움이 엄습했다. 주드 형이 자신을 다치게 할까 봐 두렵진 않았다. 길이 두려워하는 것은 주드 형이 자신을 비웃고, 무시하고, 밀치고, 꼬맹이라고 말하는 것이었다. 길은 침을 꿀꺽 삼킨 후, 후드티의 모자를 벗고 주드 형 앞으로 나섰다.

엄마 VS. 실험용 쥐

주드 형은 길을 흘깃 보고도 계속 상자에서 쥐를 꺼냈다. 아무래도 길을 다른 사람으로 착각한 것 같았다. 주드 형 앞에 놓인 커다란 상자에는 쥐가 가득 들어 있었다.

"이 줄은 아직 안 끝났어."

주드 형은 이렇게 말하면서 고개를 번쩍 들었다. 그제야 길을 제대로 쳐다보았다. 머리에 달린 전등의 불빛이 길의 눈을 똑바로 비추었다. 길은 눈을 질끈 감았다. 주드 형이 나지막이 욕을 웅얼거리는 소리가 들렸다.

"길! 대체 여기에서 뭐하는 거야?"

"얘기 좀 해요."

길은 여전히 눈을 감은 채 얼른 대답했다. 감은 눈꺼풀 안으로 빛이 붉게 비쳤다.

“젠장, 때를 아주 잘 맞췄구나. 내가 좀 한가해질 때까지 기다릴 순 없었니?”

“그 불빛 좀 치워 주세요. 앞을 볼 수가 없어요.”

불빛이 사라지자 길은 눈을 뜨고 몇 차례 깜빡였다.

“얼른 말해. 시간이 없어.”

길은 목소리만 들어서는 주드 형이 자신을 여전히 친근하게 대하는지 알 수가 없었다. 표정은 검정색 복면 아래에 숨겨져 있었고, 눈조차 보이지 않았다. 길이 무슨 말을 꺼내야 할지 고민하는 동안, 주드 형의 일행 중 한 명이 방으로 훅 들어왔다. 그 사람이 길을 보고 얼어붙자 주드 형이 말했다.

“괜찮아. 모든 게 계획대로 되고 있어. 잠깐 얘랑 얘기 좀 할게.”

그 사람은 주드 형의 말에 유령처럼 스르르 사라졌다.

“우릴 따라서 들어온 거구나? 오늘 밤에 여기 올 줄 알고 말이야.”

주드 형이 차분한 목소리로 물었다.

“뒤따라온 게 아니에요. 내가 먼저 도착했어요.”

주드 형은 놀라서 날카롭게 소리쳤다.

“길! 제발 바보 같은 짓 좀 하지 마!”

“내가 도난 경보기를 껐어요. 형이 들어올 때 경보기가 꺼져 있었죠? 그 얘기 하는 것도 다 들었어요.”

“맙소사! 이러니까 어린아이나 동물하고는 같이 일하지 말라고 하는 건가?”

주드 형이 빙긋 웃었다.

"영웅이 되겠답시고 혼자서 연구소를 습격한 모양이구나. 하마터면 우리의 계획을 완전히 망칠 뻔했어. 그거 알아?"

"네, 그게 바로 내가 원하는 거예요. 형을 막고 싶었어요."

두 사람 다 아무 말도 하지 않았다. 침묵 속에서 쥐들이 찍찍대며 바스락거리는 소리만 들렸다.

"길, 대체 왜 이러는 거야?"

주드 형이 위협적일 만큼 차분한 목소리로 말을 이었다.

"친구, 날 실망시키지 마. 너랑 내가 이 일을 함께 계획했잖아. 왜 이제 와서 일을 망치려 드는 거야? 너도 이 동물들이 더 이상 고통받지 않기를 바랐잖아."

"그 동물들은 모두 가져가도 돼요. 그런데 이 상자에 있는 쥐는 남겨 두세요."

길이 아빠의 실험용 쥐가 담긴 서랍에 손을 얹으며 말했다.

"아, 그렇군."

주드 형이 서랍 앞에 있는 자그만 클립보드에 불빛을 비추어 보고는 말했다.

"이게 바로 너희 아빠한테 희생당하는 녀석들이로구나? 너는 아빠를 못 견뎌 하면서, 왜 아빠 쥐만 못 가져가게 하는 거지?"

"왜냐하면…… 엄마가 정말로 끔찍한 병에 걸렸을 수도 있대요. 아빠는 그 쥐들을 이용해서 치료약을 찾고 있고요. 그러니까 형, 제발 그 쥐들은 내버려 두세요."

"그렇구나."

주드 형은 웃으며 말했지만 호의적으로 들리지는 않았다.

"넌 엄마의 생명과 관련이 없을 때만 동물 실험을 반대하는 거로구나. 모든 생명은 다 똑같지만, 일부는 다른 것보다 더 중요하다 이거냐?"

길은 숨을 쉴 수가 없었다. 주드 형과 말로 싸워서 이기는 건 불가능했다. 두려움 때문에 다리가 뻣뻣해지기 시작했다. 주드 형은 쥐를 몽땅 가져갈 테고, 길이 그걸 막을 방법은 없었다.

"그 어떤 생명도 다른 생명을 구하기 위해서 고통받거나 죽어서는 안 돼. 그게 너희 엄마라 할지라도 말이야. 이렇게 말해서 미안하지만, 너희 엄마가 다른 사람보다 특별하지는 않아."

"엄마는 특별해요!"

"그래? 그럼 우리 엄마는? 아니면 네 친구의 엄마는? 옆집 녀석의 엄마는? 다들 엄마가 있잖니? 그 엄마들은 모두 특별하지."

"형은 내 말을 듣고 있는 거예요?"

"어떤 경우라 해도 이런 실험은 막아야 해. 병에 걸린 쥐를 낫게 하는 게 너희 엄마에게 도움이 되진 않을 거야. 쥐는 사람이 아니니까. 이건 시간 낭비일 뿐이야. 내가 그 쥐들을 데려가는 게 옳아."

"부탁이에요!"

"미안하다, 길. 꼭 해야만 하는 일이야. 우리가 여기에 온 이유잖니?"

주드 형이 일어서서 아빠의 실험용 쥐가 들어 있는 상자에 손을 댔다. 길은 앞뒤 재지 않고 달려가 주드 형을 세게 밀쳤다. 주드 형은 휘청거리다가 바닥에 놓인 상자에 발이 걸려서 넘어질 뻔했다. 길은 주드 형과 아빠의 실험용 쥐가 들어 있는 상자 사이를 막아 섰다.

"얘들은 그냥 놔둬요."

길은 최대한 강한 목소리로 말했다.

"길, 너는 착한 애야. 너는 지금 네가 망치고 있는 게 뭔지 잘 모르고 있어. 자, 어서 비켜서라."

"싫어요."

"저리 비켜."

"싫어요!"

길은 쥐가 들어 있는 상자에 등을 바싹 붙였다. 그러나 곧 머리가 벽에 쾅 부딪히면서 바닥으로 나동그라졌다. 주드 형이 길을 잡아서 옆으로 내던진 것이다.

"미안하다. 하지만 난 분명히 경고했어."

주드 형이 길을 내려다보면서 말했다.

길은 주드 형의 손이 아빠의 실험용 쥐가 있는 상자 쪽으로 향하는 걸 보았다. 그와 동시에 자신의 머리 위에 붙어 있는 화재경보기가 눈에 들어왔다. 마침내 자신이 할 수 있는 일을 찾았다. 길은 몸을 일으켜 주먹을 들어 올렸다. 주드 형은 길이 달려들 거라 생각하고 긴장하는 듯했다.

"그러지 마라. 난 널 다치게 하고 싶지 않아."

길은 화재경보기를 주먹으로 세게 쳤다. 귀청을 찢을 듯한 경보음이 크게 울리기 시작했다. 어찌나 시끄러운지 누가 자신의 머리를 벽에다 계속 처박는 것만 같았다. 주드 형은 귀를 손으로 막고는 쥐가 든 커다란 상자를 들고 밖으로 뛰어나갔다.

순간, 길은 마음이 탁 놓이면서 눈물이 쏟아질 것 같았다. 아빠의 실험용 쥐들은 안전했다. 길은 잠시 벽에 기대서 있었다. 화재경보기의 유리를 깨느라 왼손이 다친 걸 그제야 알아챘다.

길은 가방을 뒤적거려 손전등을 찾았다. 손전등을 켜서 보니 왼손에서 피가 솟구치고 있었다. 손목과 새끼손가락 가운데쯤이었다. 비닐장갑 안에 피가 서서히 고이더니, 찢어진 장갑 틈새로 피가 새어 나와서 바닥으로 뚝뚝 떨어졌다. 청바지에도 핏자국이 선명히 나 있었다. 길은 찐득한 붉은색 액체를 보고는 자기도 모르게 흠칫 놀랐다.

그와 동시에 자신이 지금 어디에 있는지를 새삼 깨달았다. 절대로 들어와서는 안 되는 곳에 와 있었다. 한밤중에, 그것도 경보음이 시끄럽게 울리는 곳에. 주드 형은 달아났고, 지금쯤이면 경찰이 오고 있을 것이다. 그러나 자신은 연구실 꼭대기에서 피를 흘리면서 경찰에게 붙잡히길 얌전히 기다리고 있었다.

길은 세면대로 뛰어가 핸드타월을 다친 손에 둘둘 감은 다음, 복도를 미끄러지듯이 달려갔다. 그러나 곧 시끄럽게 울려 퍼지는 경보음 소리를 들으며 우뚝 멈춰 섰다. 경찰에게 잡히기 전에 무사히 뒷문으로 빠져나갈 수 있을까? 길은 경찰에게 잡히고 싶지 않았다. 얼마 전 경찰차에서 맡았던 냄새가 떠오르자 욕지기가 슬쩍 치밀었다. 하지만 계단 말고 다른 출구는 알지 못했다.

길은 속수무책으로 그 자리에 서 있었다. 머릿속에 온갖 생각들이

스쳐 지나갔다. 시간 낭비 그만하고 얼른 방법을 찾아야 했다. 그때 문득 아빠 사무실이 생각났다. 길에겐 열쇠가 있었다. 길은 다시 뛰기 시작했다.

매슈 워커 박사. 길은 주머니에서 열쇠를 꺼내서 불빛에 비춰 보았다. 어떤 열쇠인지 알 수가 없었다. 시끄러운 경보음 소리가 계속해서 길을 덮쳤다. 길은 맞는 열쇠를 가까스로 찾아서 아빠의 사무실 안으로 들어갔다. 숨을 크게 들이마시고는 창문 쪽으로 살금살금 걸어갔다.

그때 방 안에서 어딘지 익숙한 냄새를 맡았다. 길은 그게 아빠 냄새라는 것을 깨달았다. 로션, 커피, 깨끗한 셔츠, 따뜻한 피부, 만년필 잉크, 그리고 미세하게 느낄 수 있는 쥐 오줌 냄새가 뒤섞인 냄새였다. 길은 아주 어렸을 때 아빠 무릎에 앉아 놀던 기억이 났다.

길이 울면 아빠가 꼭 안아 주곤 했다. 발이 아파서 칭얼거리다가 아빠 가슴에 얼굴을 묻은 채 아빠 냄새를 맡았다.

"길, 걱정하지 마. 네 몸이 나아서 아픔을 없애 줄 거야. 우리 몸은 아주 똑똑하단다."

아빠가 했던 말도 떠올랐다.

길은 책상 위의 사진을 물끄러미 바라보았다.

'저건 나야.'

길은 속으로 중얼거렸다. 세포 사진을 보고 있노라니, 자못 복잡한 심정이 되었다. 아무것도 아닌 저 작은 알갱이와 경보음을 들으면서 아빠의 사무실에 서 있는 자신 사이의 간극이 도무지 이해가 되지 않았다.

'이제 가야 해. 시간이 없어.'

창문은 쉽게 열렸다. 길은 창문 아래에 있는 상자를 열고 비상 사다리를 꺼냈다. 쇠사슬 사이에 금속 가로대를 고정해 만든 사다리였지만 그리 무겁지는 않았다. 길은 사다리를 꺼내 창문 너머로 던졌다. 사다리가 떨어지면서 벽에 부딪혀 쨍겅거리는 소리를 냈다. 길은 재빨리 창틀 너머로 다리를 뻗어서 사다리에 올라탔다. 사다리를 쥐어야 했기에 손에 휘감아 놓은 핸드타월을 이로 뜯어 내어 바닥에 버렸다. 다시 피가 배어 나왔지만 아랑곳없이 사다리를 타고 아래로 내려가기 시작했다. 핏방울이 얼굴 위로 뚝뚝 떨어지는 게 느껴졌다. 사다리가 흔들거리면서 매끈한 돌벽을 자꾸 긁었다.

영원히 땅에 발이 닿지 않을 것만 같았다. 하지만 이것 말고 다른 탈출구는 없었다. 쇠사슬에서 나는 쇠 냄새, 손에서 떨어지는 핏방울, 사다리의 다음 가로대를 찾으려 허공을 찔러 대는 발만 느껴질 뿐이었다. 화재 경보음은 한층 약해졌지만, 이제 경찰차의 사이렌 소리가 들려왔다. 하지만 길은 사다리를 타고 내려가는 데 집중하느라 알아차리지 못했다.

마침내 길의 발이 딱딱하고 평평한 것에 닿았다. 처음에는 사다리의 가로대라고 생각했는데 다시 보니 땅바닥이었다. 바닥까지 무사히 내려온 것이다. 개 짖는 소리가 가까이에서 들렸다. 개가 오기 전에 일어나 자전거를 세워 둔 곳으로 돌아가야 했다. 서서히 몸을 일으켜 도로 쪽으로 한걸음 내딛었지만 다리가 떨려서 뛸 수가 없었다. 가능한 한 빨리 건물에서 벗어나려고 휘청거리면서 뛰었다. 그리고 마침내 모퉁이를 돌아 자전거를 세워 둔 골목에 도착했다. 도로는 텅 빈 데다 사뭇 고요했다. 주드 형도, 경찰도, 아무도 보이지 않았다. 하지만 경찰차 사이렌 소리는 점점 더 커졌다.

길은 피가 떨어지는 손을 다시 동여매야 했다. 안 그러면 핏방울이 흔적을 남겨 경찰이 쫓아올지도 몰랐다. 후드티 속에 받쳐 입은 티셔츠를 벗어서 손을 단단히 감쌌다. 그런 다음에 다시 후드티를 입고 모자를 눌러쓴 뒤 골목에서 자전거를 밀고 나왔다.

처음에는 자전거를 타고 균형을 잡을 수가 없었다. 다리가 제 것이 아닌 것만 같았고, 페달을 밟는 법조차 생각이 나지 않았다. 가까스로 자전거를 몰고 골목을 벗어나 오 분 정도 지나자 경찰차가 옆으로 스쳐 지나갔다. 소방차의 빨간 불빛이 연방 번쩍거렸다. 길은 머리를 푹 숙인 채 계속 자전거를 몰았다. 차가운 바람이 후드티 속으로 들어와 뼛속까지 시렸다.

'밟아. 계속 밟아!'

길은 무사히 집으로 돌아가 자전거에서 내렸다. 집은 여전히 불이 꺼진 채 조용했다. 일단 자전거를 차고 쪽에 기대 놓고 힘겹게 온실 지붕 위로 올라갔다. 두 번이나 떨어질 뻔했다. 왼손이 미칠 듯이 아팠다. 길은 가까스로 올라가 자기 방 창문 안으로 떨어지다시피 해서 들어가 바닥에 나동그라졌다. 피로가 덮쳐 왔지만 아직 해야 할 일이 있었다. 아빠가 알아차리기 전에 아빠의 물건을 모두 제자리에 갖다 둬야 했다. 길은 가방을 벗으려 손을 뻗었다가 너무 괴로워서 비명이 새어 나왔다.

조심스럽게 손을 만져 보았다. 손부터 치료하지 않으면 사방에 피를 뿌려 댈 터였다. 길은 발로 힘겹게 책상을 밀어낸 다음에 밖으로 나가서 조용히 화장실로 들어갔다. 세면대에 손을 얹고 꽁꽁 싸맨 티셔츠를 풀었다. 티셔츠는 피로 흠뻑 젖어 있었다. 길은 찬물을 틀고는 손을 갖다 댔다. 상처가 하도 깊어서 피가 쉽사리 멈추지 않았다. 이러다 과다 출혈로 죽는 게 아닐까? 일단 욕실의 서랍장을 뒤져 탈지면과 붕대를 찾아낸 뒤 가능한 한 상처를 세게 감싸 묶었다. 티셔츠는 욕조에 던져 두었다. 코피가 났다고 둘러대면 그만이었다.

길은 화장실의 불을 끄기 전에 자신의 모습을 거울에 비춰 보았다. 아주 엉망이었다. 얼굴에도 핏자국이 좀 있었지만, 코피가 났다고 둘러대기 위해 그대로 놔두었다. 아직 목에 걸고 있는 아빠의 펜던트에도 피가 묻어 있었다. 길은 멀쩡한 손으로 최대한 꼼꼼하게 핏자국을 닦아 냈다.

그런 다음 서재로 살금살금 걸어갔다. 비닐장갑은 연구소 근처 골목에 버리고 왔기 때문에 물건을 잡거나 문을 열 때는 수건을 이용했다. 그러다 열쇠 꾸러미를 놓치는 바람에 엄청나게 큰 소리가 나서 소스라치게 놀랐다. 다행히 아무도 나타나지 않았다. 길은 책상 서랍을 잠그고 사진틀 뒤에 열쇠를 겨우겨우 밀어 넣었다. 한숨 돌리려던 차에 갑자기 거실에서 전화벨이 울렸다.

전화벨 소리는 아빠의 연구소 건물에서 울려 대던 경보음처럼 요란했다. 아무도 받지 않아 자동응답기로 넘어가자 전화가 이내 끊어졌다가 다시 울렸다. 누군가 받을 때까지 계속해서 울릴 것 같았다. 길은 서재에서 나와 문을 닫고는 숨을 죽이고 서 있었다.

위층에서 문이 열리는 소리가 나는가 싶더니 누군가 조용히 계단을 내려와 전화를 받았다. 곧 아빠 목소리가 들렸다. 몰래 위층으로 올라갈 수 있는 좋은 기회였다. 길은 자기 방으로 살그머니 올라와서는 가방을 책상 아래에 두고 침대 위로 올라갔다. 그러고는 이불을 머리끝까지 뒤집어썼다.

온몸이 비명을 질러 댔다. 다친 손은 참을 수 없이 쑤셨고, 머릿속에는 사람들의 목소리와 경보음, 번쩍이는 불빛이 마구 뒤섞였다. 게다가 주드 형이 옆으로 밀쳐서 벽에 머리를 부딪히는 바람에 아직까지 두개골이 울리는 것만 같았다.

길은 쥐들이 나타나 자기 몸을 마구 밟고 다니는 듯한 느낌을 받았다. 어느새 질식할 만큼 많은 쥐들이 자기 몸을 뒤덮고 있었다. 길은 숨이 턱 막혔다. 자리에서 일어나 앉아 숨을 크게 내쉬었다.

그때 계단을 올라오는 아빠의 발걸음 소리가 들렸다. 길은 도로 누워서 이불을 덮어썼다. 잠시 뒤, 발걸음 소리가 방문 앞에서 멈추었다. 길은 짐짓 잠든 척을 했다. 아빠가 살짝 열린 문틈으로 안을 들여다보고 있는 모습이 머릿속에 그려졌다.

"길?"

길은 가만히 누워 있었다. 아빠는 조용히 한숨을 내쉬고 방문 앞을 떠났다. 침대 옆의 알람 시계는 새벽 3시를 알리고 있었다. 길은 자신이 한 일이 도무지 믿어지지가 않았다. 대체 무슨 짓을 한 걸까?

길은 밤새 뒤척였다. 몇 번이나 소스라치게 놀라며 잠에서 깼다. 시계를 보니 4시 반이 넘어 있었다. 완전히 잠이 깨는 바람에 다시 자는 건 불가능했다. 청바지는 쇠사슬을 엮어 만들기라도 한 것처럼 무거웠고 발은 꽁꽁 얼어붙은 듯했다. 길은 어릴 적에 악몽을 꿨을 때처럼 엄마 아빠 방으로 가고 싶은 맘이 굴뚝같았다. 아빠는 별 말 없이 부스스 일어나 길의 침대로 갔고, 길은 아빠가 남긴 온기 위에 누워 안심하며 잠이 들곤 했는데……. 하지만 그러기에는 이제 너무나 커 버렸다.

머릿속에서 수많은 생각이 들끓었다. 아빠의 쥐들을 구했지만, 한편으로는 아빠에게 복수했다. 주드 형을 실망시켰으니 이제 자신을 경멸하겠지? 쥐를 가져가도록 내버려 둘걸. 믿을 수 없을 정도로 어리석었어. 쥐를 훔쳐 달아나도 아무도 알아내지 못할 텐데. 경찰에게 붙잡혀 감옥에 갈지도 몰라. 그래도 아빠는 나를 용서해 주겠지. 아니, 영원히 미워할지도 몰라.

길은 그렇게 몇 시간 동안 아무것도 하지 않고 누워서 천장을 바라보다가 아침을 맞았다.

끊어진 전화

얼마나 지났을까? 창밖에서 새 우는 소리가 들리기 시작했다. 길은 다치지 않은 손을 베개 밑에 넣어 머리를 받쳤다. 누가 일어났는지 문 밖에서 소리가 들렸다. 화장실 문이 딸깍 하고 닫히는 소리, 변기 물 내리는 소리, 보일러가 돌아가는 소리가 났다. 길은 밖에서 나는 소리에 귀를 기울이면서 엄마 아빠가 아래층으로 내려갈 때까지 기다렸다. 부모님이 2층에 없는 게 확실해지자 침대에서 일어나 피 묻은 청바지를 낑낑대며 벗어서 침대 옆 서랍장에 넣었다. 그러고는 잠옷 바지와 깨끗한 티셔츠로 갈아입었다.

이번에는 다친 손을 만져 보았다. 아직도 쓰라리긴 했지만 피가 배어 나오지는 않았다. 붕대를 조심스럽게 풀어 보니 탈지면에 피가 말라붙어 있었다. 상처에 달라붙은 탈지면을 꼼꼼하게 떼어 내자 1센티

미터가 넘는 상처가 드러났다. 길은 화장실로 가서 일회용 밴드를 찾다가 욕조 안에 있는 피 묻은 티셔츠를 발견했다. 코피라고 둘러대기로 마음먹은 게 갑자기 떠올랐다.

길은 거울에 비친 자신의 얼굴을 봤다. 코피라고 하기엔 핏자국이 죄다 엉뚱한 곳에 튀어 있었다. 아래층에 내려가 엄마 아빠를 보면 뭐라고 하지? 한밤중에 아빠한테 전화가 왔었다. 연구소 소식을 알리는 전화였겠지. 아빠가 그 소식을 전하면 길은 놀란 척해야 할 것이다. 하지만 아빠가 자신의 속을 꿰뚫어보면 어쩌지? 아니면 "네가 꾸민 일이지? 길, 난 바보가 아니야. 네가 무슨 일을 저질렀는지 솔직하게 말해 봐."라고 하면서 은근히 길을 떠볼지도 몰랐다. 아빠는 어제 주드 형이 누군지 알아내기 직전까지 갔으니, 오늘 아침엔 길이 연구소 일과 관련이 있다는 사실도 알아낼 수 있을 터였다. 아빠가 놓칠 리가 없었다.

길은 얼굴에 말라붙은 피를 닦아 내고 부엌으로 내려갔다. 엄마와 아빠가 식탁에서 조용히 차를 마시고 있었다. 아침 8시 30분밖에 안 되었는데 옷을 말끔히 차려 입고 있었다.

두 사람은 길이 방금 깬 것처럼 기지개를 켜고 연신 하품을 하며 부엌으로 오는 것을 지켜보았다. 길은 아빠의 얼굴을 보고는 바로 걸음을 멈추었다. 아빠는 어디서 한바탕 싸우고 온 듯한 표정이었다. 눈 아래에 다크서클이 짙게 드리운 데다, 머리카락이 이마 위로 힘없이 흘러내렸다. 길은 처음으로 아빠에게 흰머리가 있다는 것을 알았다.

"길, 잘 잤니?"

엄마가 물었다.

길은 막 일어난 척 연기하려던 것을 그만두고 의자에 앉았다.

"음, 사실은 잘 못 잤어요."

"전화 소리 때문에 잠을 못 잤니?"

"아뇨, 갑자기 코피가 나서요. 그런데 무슨 전화였어요?"

길은 아빠가 소리를 지를지도 모른다고 생각했다. 엄마가 아빠 팔에 손을 얹으며 말했다.

"경찰이었단다. 새벽 3시에 전화해서는 누가 연구소를 습격해서 실험 동물들을 죄다 가져갔다고 하더구나."

길은 아빠가 무슨 말이라도 하기를 바랐지만, 아빠는 커피잔만 지그시 내려다볼 뿐 아무 말도 하지 않았다.

"아, 안됐네요."

"그래, 퍽도 그렇겠지."

잠자코 있던 아빠가 입을 열었다.

길은 움찔했다. 마치 말벌에 쏘이기라도 한 듯했다. 그때 엄마가 염려스러운 표정으로 아빠의 팔을 살짝 흔들었다.

"여보, 어제 두 사람이 심하게 말다툼을 한 건 알지만 그래도……."

"아니."

아빠는 엄마의 말을 끊고는 고개를 저으며 말했다.

"길은 개의치 않을 거요. 내 연구엔 관심도 없으니까. 어쩌면 오랜만에 들은 좋은 소식이라고 생각할지도 모르지. 그렇지 않니?"

아빠가 길을 매섭게 노려보며 말했다.

"길, 솔직히 말해 보렴. 넌 이 소식이 별로 놀랍지도 않지?"

길은 속이 울렁거렸다. 그토록 두려워했던 일이 벌어진 것이다. 아빠는 자신을 의심하고 있었다.

"전, 아빠가 무슨 말씀을 하시는 건지 모르겠어요."

"여보, 대체 무슨 얘길 하는 거예요?"

엄마가 물었다.

"생각해 봐. 당신도 머리를 써 보라고."

길은 아빠가 저토록 잔인한 투로 말하는 것을 들어 본 적이 없었다.

"당신 말은, 그러니까 길이 이 일에 관련이 있을 거라는 뜻이에요?"

"맞아."

"말도 안 돼요."

"그래요, 아빠. 증거가 있나요?"

"아, 증거는 곧 나올 거야. 경찰이 찾을 테니까."

아빠는 자리에서 일어나 부엌을 나서며 덧붙여 말했다.

"난 가서 머리 좀 정리해야겠다. 조만간 경찰이 올 테니까."

"여보! 그만해요!"

엄마가 날카롭게 소리치자 아빠는 곧바로 멈추어 서서 뒤를 돌아보았다.

"아주아주 신중해야 해요. 내 말이 무슨 뜻인지 알죠?"

아빠는 엄마의 말에 아무 대답도 하지 않고 가만히 서 있었다. 그러고는 다시 부엌 문을 향해 걸어갔다. 엄마가 다시 아빠의 걸음을 멈추게 만들었다.

"당신, 내 말 이해했어요?"

엄마는 아빠에게 질문을 하는 게 아니라 뭔가 다짐을 받는 듯했다. 하지만 길은 두 사람이 무슨 말을 하는 건지 도무지 알 수가 없었다. 아빠가 마지못해 고개를 끄덕이고 부엌에서 나가자 엄마도 일어나서 차를 끓일 준비를 했다.

길은 식탁에 엎드린 채 엄마가 퍼부을 질문을 하릴없이 기다렸다.

'대체 무슨 일이 있었던 거니? 네가 이 일과 관련이 있을 거라는 아빠 말이 맞니?'

길은 어떻게 대답할지를 고민하다가 문득 이런 질문은 엄마가 아닌 경찰이 할지도 모른다는 생각이 들었다.

이번에 또 경찰에게 잡히면 저번처럼 쉽게 빠져나가지는 못할 것이다. 이 일은 공원에 쓰레기를 버리는 수준이 아니라, 심각한 결과를 불러올 수도 있는 중범죄니까. 가슴속의 비밀이 차츰 길을 짓누르기 시작했다. 엄마가 아무것도 묻지 않는다면 길은 점점 더 고백하고 싶어질 것이다. 길은 압박감에 가슴이 터질 것만 같았다.

잠시 후, 엄마가 식탁에 찻잔을 내려놓으며 의자에 앉았다.

"엉망이네."

엄마가 말했다.

"내 말은, 어젠 참 엉망진창이었다고. 하지만 이번……."

길은 고개를 들 엄두가 나지 않았다. 얼굴에 모든 게 다 드러날까 봐 두려워하며 잠자코 엄마의 말을 듣고 있었다.

"길, 엄마가 밉니?"

엄마가 나직한 목소리로 물었다.

길은 깜짝 놀라서 자세를 고쳐 앉았다. 예상했던 질문이 아니었다.

"네?"

길이 물었다.

엄마의 얼굴이 하얗게 질린 데다 표정도 무척 심각했다.

"너한테 그토록 많은 일을 숨긴 것 때문에 말이야."

"아니에요. 하지만……."

"넌 아빠를 미워하지?"

길은 아무 말도 하지 않았다.

"우린 함께 결정을 내렸단다. 옳은 일을 하려고 했지. 이제 와서 보니 잘못된 것도 있긴 해. 그 책임은 우리가 같이 져야 하는 거란다. 아빠만 탓할 게 아니야."

엄마는 아빠를 용서하라고 이런 소릴 하는 걸까? 길은 자신이 없었다. 게다가 지금은 아빠가 도리어 길을 미워하고 있을지도 몰랐다. 길은 뭐라고 해야 할지 몰라 입만 달싹거렸다.

"너한테 고백 같은 걸 해 달라는 게 아니야. 지금은 너에게 신뢰를 받기엔 부족하다는 걸 알고 있어. 난 그저…… 무슨 일이 있었든지 간에 네가 그 일을 그만둘 거라는 걸 확인하고 싶을 뿐이야."

"네, 그만둘 거라고 약속할게요."

길의 대답에 엄마는 고개를 끄덕였다.

"길, 엄마를 용서해 주렴. 내가 널 많이 힘들게 했구나."

"전 단지…… 엄마가 아프시지 않았으면 해요."

"그래, 엄만 괜찮을 거야. 만에 하나 병에 걸린다 해도, 최소한 지금은 우리가 함께 마주하고 있을 수 있다는 게 더 중요해. 그리고 그게 나에겐 희망을 준단다."

길은 다시 압박감을 느끼기 시작했다. 태풍이 다가오고 있는 것 같았다. 그 일이 터졌을 때, 엄마와 함께 있고 싶지 않았다.

"방에 올라가 볼게요."

길은 말끝을 흐리며 자리에서 일어나 부리나케 방으로 돌아왔다. 방문을 꼭 잠근 뒤 천천히 숨을 골랐다. 경찰은 언제 찾아올까? 무엇을 얼마나 알고 있을지 내심 걱정이 되었다. 조바심이 난 나머지, 침대 아래에 숨겨 둔 낡은 휴대폰을 꺼냈다. 일단 침대에 앉아서 마음을 가다듬었다. 그러고는 용기를 내어 주드 형에게 전화를 걸었다.

발신음이 한참 동안 울리더니 음성 사서함으로 넘어갔다. 길은 전화를 끊은 뒤 음성으로 남길 메시지를 생각한 다음 다시 전화를 걸었다. 이번에는 벨이 두 번 울리더니 누군가 전화를 받았다.

"여보세요."

어찌나 짧고 퉁명스러운지 주드 형이란 생각이 들지 않았다.

"여보세요. 길이에요."

"알아."

주드 형은 더 이상 길을 편하게 대할 생각이 없는 것 같았다.

"아빠가 눈치채신 것 같아요."

"알려 줘서 고맙다. 그 전화나 좀 없애 줘."

주드 형은 딱딱하게 대답한 뒤 먼저 전화를 끊어 버렸다.

50 대 50

잠시 후, 초인종 소리가 들렸다. 길은 서랍 속의 잡동사니를 뒤져 가위를 찾았다. 그러면서도 귀를 쫑긋 세워서 엄마가 문을 열어 누군가를 맞아들인 뒤, 아빠의 서재 쪽으로 데려가는 소리를 들었다. 길은 휴대폰의 플라스틱 덮개를 벗겨 내고는 유심 카드와 배터리를 꺼냈다. 먼저 유심 카드를 네 조각으로 자른 다음, 자판과 휴대폰 액정을 가윗날로 꼼꼼하게 부수기 시작했다. 그러고는 흩어진 휴대폰 조각을 그러모아 책상 위에 올려 두었다.

그런데 바깥이 이상할 정도로 조용했다. 길은 휴대폰을 분해하는 작업에 집중했다. 아빠가 경찰에 연락할까 봐 심장이 조여드는 것 같았다. 주드 형은 영리하니까 이미 안전한 곳으로 달아났을 것이다. 예전에도 이런 일을 해 봤을 테니까 별 문제 없겠지. 하지만 주드 형 걱정이 전부는 아니었다. 길은 손이 덜덜 떨려서 더 이상 가위를 쥐고 있을 수가 없었다. 일단 휴대폰 조각을 쇼핑백에 쓸어 담아서 가방에 넣었다. 그러고는 자리에서 일어나 방 안을 왔다 갔다 했다. 극도로 긴장이 되었다. 아래층에 내려가 모든 것을 다 털어놓아야 안심이 될 것 같았다.

길이 방에서 나와 계단을 반쯤 내려갔을 때, 서재의 문이 열리면서 말소리가 들려왔다. 길은 그 자리에 얼어붙었다. 고백하리라는 결심은 온데간데없이 사라져 버렸다.

"협조해 주셔서 감사합니다. 계속해서 상황을 전해 드리겠습니다."

뜻밖에도 귀에 익은 목소리였다.

"고맙습니다."

아빠가 대답했다.

길은 그 목소리가 왜 귀에 익은지 곰곰이 생각하다가, 주드 형을 처음 만났을 때 자신을 공원에서 체포한 경찰이라는 것을 알아챘다. 길이 뒤돌아서 계단을 오르려는 순간, 그 목소리가 말을 걸어 왔다.

"어! 이거, 누군가 했더니 '반사회적 행위 금지 명령' 소년이 아닌가. 그동안 착하게 지냈겠지?"

"안녕하세요?"

길이 힘없이 대답하며 벽에 등을 기댔다.

"그땐 정신 바짝 차리라고 일부러 겁을 준 거란다."

"네에……."

경찰관이 길을 위아래로 의기양양하게 훑어보았다. 경찰은 당장이라도 날카로운 추측을 해낼 것만 같았다.

'잠깐만. 그때 공원에서 그 녀석과 같이 있었지? 골칫덩이 주드라는 작자 말이야. 우린 주드를 잘 안단다. 그래, 그 녀석과 뭉쳐서 무슨 짓을 한 거냐?'

길은 경찰이 자신에게 던질지도 모르는 질문들을 떠올리며 몸을 바르르 떨었다. 아빠는 경찰 뒤에서 얼굴을 찌푸리고 있었다. 게임은 끝났다. 길은 경찰이 지금 당장 자신의 손목에 수갑을 채울 것만 같았다.

"너희 아버지 말씀을 들어 보니 정말로 다행이다 싶더구나. 그때 너를 그 동물 권리 보호론자 녀석과 어울리지 못하게 막길 잘했지. 안 그랬으면 일이 고약해질 뻔했어."

경찰이 쾌활하게 말했다.

"네?"

길은 경찰의 말이 이해가 안 되었다. 아빠가 뭐라고 말한 걸까?

"하지만 그건……."

"길, 부엌에 좀 가 있거라."

"그치만……."

"어서."

아빠가 부엌 쪽으로 고갯짓을 하며 말했다.

길은 계단을 내려와 부엌으로 갔다. 등 뒤에서 경찰이 말하는 소리가 들렸다.

"아드님한테 무슨 일이 있나요? 꼭 유령이라도 본 듯한 표정이네요."

"아, 지난밤에 좀 안 좋은 일이 있었어요."

아빠가 부드럽게 대답했다. 두 사람은 현관 쪽으로 천천히 걸어갔다.

길이 부엌에 들어서자 엄마가 몹시 걱정스러운 얼굴로 쳐다보았다. 길이 의자에 털썩 주저앉자 엄마가 다가와서 말없이 어깨에 손을 얹었다. 엄마와 길은 잠자코 아빠를 기다렸다. 현관문 쪽에서 아빠가 대화를 끊고 경찰관을 내보내려고 애를 쓰는 기색이 느껴졌다.

마침내 현관문이 닫히는 소리가 나더니, 조금 뒤 아빠가 부엌으로 들어왔다. 길은 하도 겁이 나서 아빠를 쳐다볼 수조차 없었다. 혼란스러웠다. 아빠는 경찰에게 뭐라고 말한 걸까? 경찰은 이번 사건이 주드 형과 관련된 것을 알고 있는 눈치였다. 아빠는 왜 말이 없지? 길을 겁주려고 시간을 끌고 있는 걸까?

"여보, 커피 한 잔 더 부탁해."

아빠가 의자에 털썩 앉으며 말했다.

"먼저 무슨 일인지부터 얘기해 줘요."

엄마가 말했다.

"그냥 내 추측을 말해 줬을 뿐이오."

아빠가 조용히 대답했다. 길은 바닥이 무너져 내리는 듯한 느낌이 들었다.

"당신 느낌이라면……."

엄마가 물었다. 엄마의 손끝이 길의 어깨를 파고들었다.

"이번 일이 두어 주 전쯤 시내에서 나와 말다툼을 벌였던 동물 권리 보호론자의 소행일 것 같다고 말했소. 그리고 경찰에게 길이…… 어쩌면 연구소의 중요한 정보 몇 가지를 그자에게 전해 줬을 수도 있다고 했소. 그게 이런 결과를 불러올 거라고 예상하지 못한 채 말이지."

"길이 고의로 그런 건 아니라는 뜻이군요."

길은 이게 과연 좋은 일인지 나쁜 일인지 알 수가 없었다.

"그래요."

아빠가 느릿하게 대꾸했다.

"참 이상하지 뭐요. 말도 안 되는 일이 아주 많아."

"예를 들면요?"

"음, 경찰이 말하길 습격자들은 실험 동물을 다 가져가진 못했다고 하더군. 우연의 일치인지 운명의 장난인지 몰라도, 내 연구에 쓰인 쥐들은 모두 남아 있다는 거야. 다른 사람들 건 하나도 남아 있지 않은데 내 실험 동물만 말이지."

"정말로 놀랍군요! 연구를 처음부터 다시 하지 않아도 되잖아요!"

엄마가 말했다.

"그래, 놀라운 일이지. 하지만 모든 것을 잃은 동료들을 생각하면 마냥 기뻐할 수만은 없소. 경찰은 누군가 일부러 화재 경보를 울렸다고 확신하고 있는 눈치야. 도난 경보는 해제되어 있었다더군. 언제부터인지는 확실치 않지만. 그런데 화재경보기가 최초로 작동된 곳이 바로 내 실험용 쥐들이 보관되어 있는 곳이라고 하네. 아무래도 우연은 아닌 것 같아. 화재경보기에도 피가 묻어 있고, 바닥에도 꽤 많은 피가 흩뿌려져 있었다고 하던걸. 누가 유리를 깨다가 심하게 베인 것처럼 말이지……."

길은 손을 식탁 아래에 숨겼다. 무의식적으로 상처를 만졌다가 쓰라려서 이맛살을 찌푸렸다.

아빠는 숨을 깊게 들이마시고는 부엌을 둘러보았다. 길의 눈길을 애써 외면하면서.

"자, 여보. 이제 커피 한 잔 더 마셔도 되겠소?"

엄마가 커피를 타 오는 동안 길은 아빠가 아는 것이 정확히 무엇이며, 아빠의 말에 어떤 의도가 감추어져 있는지를 알아내려고 열심히 머리를 굴렸다. 아빠는 경찰에게 길이 우연히 이 일에 휘말렸을 뿐이라고 말한 걸까? 아빠가 더 알고 있는 건 뭘까? 길을 얼마나 의심하고 있는 걸까? 길은 연구소에서 일어난 일을 모르는 척하며 얼마나 더 앉아 있을 수 있을까?

이윽고 엄마가 아빠에게 커피잔을 건네며 길 옆에 앉았다.

"계속해요."

"경찰은 누가, 왜 화재 경보를 울렸는지 그 의도를 알 수 없어서 혼란스러워하고 있소. 그 습격을 멈추고자 했던 사람이 거기에 있었다고 보는 게 설득력 있는 설명이지. 그 사람은 화재 경보를 울린 뒤 내 사무실로 와서 비상 사다리를 이용해 탈출한 것 같소. 아마 혼자였던 듯하오. 사이렌이 사방에서 울려 퍼지는 가운데 경찰이 출동한 데다, 깊은 상처 때문에 꽤 많은 피를 흘리면서 말이지."

'아빠는 지금 내 얘기를 하고 있어. 하지만 아빤 그게 나란 걸 알 리가 없잖아?'

길은 생각했다. 그러면서 자신이 사다리를 타고 힘들게 내려오는 것을 머릿속에 그려 보았다. 아찔한 기분이 들었다.

"정말 이상하네요."

엄마가 생각에 잠겨 말했다.

"그래, 이상한 일이지."

아빠가 대꾸했다.

길은 부엌이 뱅글뱅글 도는 것 같아 몹시 어지러웠다. 더 이상은 참을 수가 없었다.

"이것 보세요. 저, 손을 다쳤어요."

길이 큰 소리로 말하면서 왼손을 펼쳐 상처를 보여 주었다. 일회용 밴드 위로 핏자국이 선명하게 드러났다. 아빠가 길의 손목을 잡았다.

"많이 다친 것 같은데?"

아빠가 일회용 밴드를 조심스럽게 떼어 냈다. 길은 상처가 쓰라려서 소리를 질렀다. 상처를 본 아빠는 눈이 휘둥그레졌고, 엄마는 숨을 헉 하고 들이마셨다. 상처에서 다시 피가 배어 나오기 시작했다. 상처는 꽤 깊어 보였다.

"길, 어쩌다 이랬니?"

아빠가 물었다.

"유리 같은 거에 베었어요."

"언제?"

"어젯밤에요."

"어젯밤?"

"네, 제가……."

길은 말을 멈추고 몸을 천천히 앞으로 숙였다. 손이 너무나 아파서 기절할 것만 같았다.

"오, 맙소사. 안 돼."

엄마가 말했다.

"아빠, 드릴 말씀이 있어요……."

길은 현기증이 나서 말을 제대로 잇지 못했다.

"안 돼. 안 돼!"

엄마가 작게 웅얼거리는 소리가 총소리처럼 크게 들렸다.

"안 된다니, 그게 무슨 말이오? 나는 길이 하려는 말을 끝까지 듣고 싶어."

"안 돼요. 들으면 안 돼요. 둘 다 그만해요."

엄마가 자리에서 벌떡 일어나 키친타월을 들고 오더니 길의 손에 난 상처에 대고 부드럽게 눌렀다.

"들으면 안 된다니, 도통 이해가 안 되는군."

"내 말 잘 들어요."

엄마는 불안해하며 빠르게 말했다.

"지난 몇 주간 우리 가족은 거의 붕괴된 상태였어요. 서로에게 숨기는 게 있었어요. 다들 그랬죠. 우리 모두 책임이 있어요. 우린 돌이킬 수 없는 데까지 왔다고요. 지금 멈춘다면 아직 기회가 있어요. 하지만 이대로 계속 나간다면……. 당신이 길의 얘기를 계속 듣겠다고 고집부리고, 길이 아빠한테 말하겠다고 끝까지 고집부린다면 이 난관을 헤쳐 나갈 방도가 보이지 않을 거예요. 지금 이 순간, 최소한 난 어젯밤에 일어난 일에 대해 거의 아는 게 없어요. 그러니까 둘 다 더 이상 아무 말도 하지 말아요. 부탁이에요."

길은 아프고 혼란스러운 가운데 죄책감을 느꼈다. 엄마의 말도 이해가 되었다. 길이 어젯밤 일을 고백하면, 엄마 아빠는 엄청난 고민과 갈등을 겪을 것이다. 어쩌면 경찰에 신고할지도 몰랐다. 그러면 어떻게 될까?

길의 머릿속에 텔레비전 드라마에서 보았던 장면이 떠올랐다. 철문이 굳게 닫힌 창문 없는 방에서 덩치 큰 경찰이 소리를 지르고, 엄마 아빠는 저 멀리 법정의 방청석에 앉아 있고, 길은 방탄유리가 달린 좁은 방에 있게 될지도 모른다. 그런 다음에는 감옥으로 보내지겠지. 정말로 그렇게 되면 어쩌지? 연구소 내부를 카메라로 몰래 찍고, 아빠의 열쇠를 훔치고, 도난 경보를 해제해서 주드 형이 동물들을 풀어 주도록 도운 건 중범죄일까? 열다섯 살짜리가 그런 일로 감옥에 갈까?

"하지만 우린 진실을 알아야 해."

아빠가 말했다.

"우린 이미 많은 걸 알고 있어요. 당신은 지금 정의 구현을 얘기하고 싶은가요? 그래서 행동의 결과에 따라 마땅한 벌을 받아야 한다고 얘기할 작정이에요? 그렇다면 나는 지난 며칠간 우리가 평생토록 지워지지 않는 벌을 충분히 받았다고 생각해요."

한동안 아무도 입을 열지 않았다. 정적을 깬 것은 길이었다.

"액자 유리에 베인 거예요."

길은 상처 난 손을 들어 올리며 말을 이었다.

"어젯밤에 속이 상해서 주먹으로 액자를 내리치다가 다쳤어요. 죄송해요."

엄마와 아빠가 눈을 마주쳤다. 아빠는 깊게 한숨을 내쉬며 머리를 한 손으로 쓸어내렸다.

"몇 바늘쯤 꿰매야 할 거야."

아빠가 말했다.

"어서 옷 갈아입고 나오렴. 응급실에 가자."

엄마가 밝은 목소리로 말했다.

"전 잠을 조금 더 자고 싶어요."

길이 말했다.

"나도 그래."

아빠는 완전히 지친 표정이었다.

"잠깐만요. 그 전에 하고 싶은 말이 있어요."

길은 엄마가 다시 말을 잇기 전의 그 짧은 순간에, 연속극에 나오는 온갖 요상한 대사들을 떠올려 보았다.

'난 떠나겠어. 나 임신했어. 넌 내 아들이 아니야, 길. 주드와 사랑에 빠졌어.'

엄마의 이야기는 길의 상상과 전혀 상관이 없었지만, 그래도 꽤 충격적이었다.

"그 병에 걸렸는지 검사해 보고 싶어요."

"뭐라고? 여보!"

"이제 때가 된 것 같아요. 그러는 게 우리 모두를 위한 일이기도 하고요. 막연한 상태로 기다리는 것보다 확실히 아는 게 더 낫잖아요."

"난 잘 모르겠어. 당신, 정말로 알고 싶은 거요?"

아빠의 목소리에서 고통이 느껴졌다. 잘난 체도, 확신도 없이 오로지 고통뿐이었다. 길은 처음으로 아빠의 마음이 가늠이 되었다. 아빠는 자신이 치료약을 찾아내지 못한 병에 걸려 아내가 죽을 수도 있다는 것을 알면서 힘겹게 살아가고 있었던 셈이다.

"네, 정말이에요."

엄마가 대답했다. 아빠는 아무 말 없이 양손으로 머리를 감싼 채 손가락으로 정수리를 눌렀다.

"여보, 당신이 검사를 해 줬으면 좋겠어요."

"내가 감당할 수 있을지 모르겠소."

"여기서 가장 힘겨운 사람은 바로 엄마예요."

길이 말했다.

"그래, 네 말이 맞아."

아빠가 말했다.

"우리가 마음을 모아 이 일을 함께 헤쳐 나갈 수 있었으면 좋겠어요. 정말로 큰 힘이 될 거예요."

엄마가 말했다.

"엄마가 그 병에 걸릴 확률이 얼마나 되나요?"

길이 물었다.

"딱 50 대 50이란다."

엄마가 부드러운 목소리로 대답했다.

세상에, 50 대 50이라니. 엄마는 칼날 위에서 간신히 균형을 잡고 있었던 것이다. 문은 딱 두 개뿐이다. 한쪽 문 안에는 행복한 미래가 펼쳐져 있고, 다른 쪽 문 안에는 죽음이 기다리고 있다. 아빠가 두려워하는 것도 당연했다.

"내가 괜찮을 확률이 반이라는 것을 잘 명심해 둬. 만약 괜찮지 않다 해도…… 아빠가 계속 연구를 하고 있잖아. 하지만 두 사람이 모두 반대한다면, 검사를 하지 않을게."

엄마가 말했다.

길은 아무 말도 할 수 없었다. 인간이란 게, 인지한다는 게, 선택한다는 게 너무나 어려웠다. 뭐라고 말해야 할까? 병에 걸릴 것인지를 아는 게 나을까? 아니면 모르는 게 나을까? 결과가 뭐가 됐든지 일단 알게 되면 그 사실을 무시할 수 없게 된다.

"전 아는 게 좋을 것 같아요. 아빠는요?"

마침내 길이 입을 열었다.

"좋다. 그래."

아빠가 말했다. 아빠는 여전히 고개를 들지 않았다.

"지금은 잠을 좀 더 자 두자고요. 둘 다 침대로 가요."

엄마가 말했다.

길은 침대로 돌아와 이불을 푹 뒤집어썼다. 꿈을 꾸지 않고 잘 수 있기를 바랐다.

빛과 그림자

길은 잠결에 누가 방에 들어오는 소리를 들었다. 병원에 손을 꿰매러 가야 하나?

"일어날게요, 엄마."

길은 웅얼거리면서 가까스로 일어나 앉았다. 그런데 엄마가 아니었다. 루이스가 침대 끄트머리에 우두커니 서서 길을 내려다보고 있는 게 아닌가.

"너……?"

"너희 엄마가 괜찮다고 하셨어."

루이스는 불안한지 발끝으로 바닥을 연신 콩콩 두드려 댔다. 길은 졸려서 멍한 나머지, 뭐라고 말해야 할지 몰라서 눈만 연신 끔벅였다.

"그런 눈으로 쳐다보지 마! 미안해. 됐냐? 미안하다는 말을 하러 왔어. 어제 너희 아빠한테 너에 관한 일을 일러바친 거 진짜 별로였다는 거 알아. 꼴 보기 싫다고 나가라고 하면 나갈게."

루이스가 버럭 소리를 질렀다.

"아냐. 그런 거 아니라고. 기다려."

길이 얼굴을 문지르며 말했다. 루이스한테 뭐라고 말해야 하지?

"괜찮아. 넌 옳은 일을 했어."

"그래?"

루이스가 자신 없는 투로 말했다.

"그래, 진짜야. 그럴 필요가 있었어. 그건 마치……."

길은 잠깐 생각에 잠겼다. 머리가 아직도 흐리멍덩했다.

"내 다리에 괴저가 생겼을 때하고 비슷한 거야. 네가 내 목숨을 구하기 위해서 주머니칼로 내 다리를 난도질해서 잘라 냈잖아. 처음엔 너한테 몹시 화가 났지만, 이제는 네가 내 생명을 구했다는 걸 알겠어."

"대체 무슨 소리를 하는 거야?"

루이스는 정말로 불안해 보였다.

"너, 어디 아프니? 맙소사! 죽을병에라도 걸렸어?"

"아냐, 바보야. 전에 이러고 놀았잖아. 기억 안 나? 난파선 놀이 말이야. 나한테 괴저가 생겨서 네가 내 다릴 잘라야 했잖아."

"아, 그거……. 사실 늘 네가 내 다리를 잘랐어."

"그랬나?"

길은 제대로 기억해 보려고 애썼다.

"그래. 하지만 네가 왜 괴저 얘길 하는지 통 모르겠어."

"그러니까 내 말은, 네가 날 처박아 두는 바람에 어제 난 아빠와 엄청난 시간을 보내게 됐다고. 그래서 너한테 정말로 화가 났지. 하지만 그러고 나서…… 깨달았어."

길은 말끝을 흐렸다. 루이스한테 얘기해 줄 게 많았다. 머릿속에서 마구 엉킨 비밀들이 꿈틀거렸다.

"너희 아빠 말로는 네가 충격을 좀 받았다고 하시던데."

루이스가 얼굴을 찌푸리며 말했다.

"정말?"

"응, 나한테 전화해서 그러셨어."

"언제? 뭐 때문에 전화하셨는데?"

"나더러 좀 와 달라고 하셨어. 너한테 도움이 될 거라고……."

"그랬구나. 아빠는 어째 나보다 널 더 좋아하시는 것 같네."

길이 울적하게 말했다.

"그렇지 않아. 그딴 소리 집어치워. 길, 대체 무슨 일이야? 너, 정말로 안 좋아 보여."

길은 루이스에게 엄마 이야기를 꺼냈다. 외할머니를 서서히 죽이고 있는 것과 똑같은 병을 엄마가 앓을지도 모른다는 것과, 길에게 그 병이 유전되지 않도록 하기 위해 배아 상태일 때 검사를 했다는 이야기도 했다. 주드 형과 연구소, 그리고 아빠의 연구에 대해서는 입도 뻥긋하지 않았다. 루이스는 눈이 튀어나올 것처럼 휘둥그레진 채 길의 이야기에 귀를 기울였다.

"그래서 엄마는 괜찮으신 거야?"

길이 이야기를 마치자 루이스가 물었다.

"아직 몰라. 조만간 검사를 받으실 것 같아."

"넌 이 일을 하나도 몰랐어?"

"전혀 몰랐어. 부모님이 말씀하시지 않는 뭔가가 있다는 건 알고 있었지만. 그래서 내 행동이 좀……."

"멍청이 같았다고? 바보 천치는 어때? 아니면 루저?"

"야, 알았어, 알았다고. 자꾸 상기시키지 마."

"흠, 궁금했던 것들이 많이 풀렸어. 특히 네 유전자에 관한 것들 말이야. 난 네가 돌연변이 괴물이라는 걸 이미 알고 있었거든."

길은 웃음이 나왔다. 루이스가 변함없이 옆에 있어 줘서 고마웠다.

"저기, 이따가 또 놀러 올래? 뭐할까? 영화 DVD 한 편 볼까?"

"안 돼. 약속이 있어."

루이스가 자못 심각한 얼굴로 말했다.

"누군데? 벤이야?"

길은 가슴이 철렁했다. 루이스와 자신의 사이가 얼마나 멀어지게 된 걸까?

"아니, 벤은 아니야. 그 녀석은 골칫거리잖아. 그냥 스케이트를 타다가 만난 앤데, 넌 모르는 애야."

"알았어."

"내일 학교 끝나고는 어때? 혹시 아직도 외출 금지인 거야?"

"나도 잘 모르겠어. 내일 알려 줄게."

길은 이렇게 말은 했지만, 외출 금지를 당할 수밖에 없는 이유가 빼곡히 적힌 목록이 눈앞에 어른거리는 것만 같았다.

그런데 벌은커녕 정반대의 일이 벌어졌다. 며칠 후에 엄마 아빠가 최신형 휴대폰을 사 준 것이었다. 게다가 길이 원하면 언제, 어디든 혼자서 가도 된다고 허락해 주었다. 길은 갑작스럽게 얻은 자유에 오히려 겁을 먹고서, 처음 이삼 일 정도는 그 자유를 누릴 엄두도 내지 못했다. 하지만 금요일에 학교가 끝나고 집으로 오면서 해야 할 일이 생각났다. 주드 형을 만나러 가야만 할 것 같았다.

길은 주드 형이 더 이상 그곳에 살지 않으리라고 짐작하고 있었다. 주드 형을 만나러 가는 길은 마치 죽은 사람의 무덤을 방문하러 가는 듯만 싶었다. 작별 인사를 하거나, 미안하다고 말하거나, 그 사람이 살아 있을 때 말하지 못했던 수많은 일 중 하나를 하러 가는 것 같았기 때문이다.

집은 예전과 똑같아 보였다. 길은 초인종을 누르고 문도 몇 번이나 두드렸지만 아무도 나와 보지 않았다. 할 수 없이 뒤돌아서려는데, 뒤에서 누군가 부르는 소리가 들렸다.

"저기……."

샐리 아줌마였다.

"안녕하세요?"

"여기 없어. 너도 알겠지만. 가 버렸어."

샐리 아줌마가 문을 빠끔히 열고 침울한 목소리로 말했다.

"네, 그럴 것 같았어요. 알려 주셔서 고마워요."

"보고 싶어. 나한테 정말 잘해 줬거든. 근데 넌 그 사람이 어디로 갔는지 아니?"

샐리 아줌마는 이제 훌쩍이기 시작했다.

"아뇨, 저도 몰라요. 죄송해요."

"배가 고파. 돈 좀 빌려줄래?"

샐리 아줌마가 눈물을 흘리며 말했다.

길은 망설였다. 주드 형이라면 이대로 매정하게 가 버리진 않겠지. 아줌마에게 먹을 것을 사 주었을 것이다.

"제가 먹을 것을 좀 사 드릴게요."

길이 대답했다.

둘은 모퉁이를 돌아 샌드위치 가게로 느릿느릿 걸어갔다. 길은 샐리 아줌마에게 샌드위치를 사 주었다. 그리고 아줌마가 샌드위치를 허겁지겁 먹는 것을 아무 말 없이 지켜보았다. 아줌마는 기분이 한결 나아진 듯했다.

"정말 맛있구나. 고마워. 넌 그 사람과 닮았어. 좋은 사람이야."

"그런 것 같진 않아요."

"아니, 좋은 사람 맞아. 사람들은 다 나를 무시해. 그런데 그 사람은 그러지 않았어. 너도 그렇고. 날 미친 여자 취급하지 않고, 따뜻하고 살뜰하게 대했어. 그 사람과 넌 친구지?"

"잘 모르겠어요."

길은 주드 형과 자신이 아주 강하게 연결되어 있다는 느낌을 받았다. 주드 형이 자신을 어떻게 생각하고 있는지는 알 수 없지만. 주드 형은 나를 이용하기만 한 걸까? 아니면 조금쯤은 진심으로 마음을 써 주었던 걸까? 주드 형은 정말 사람의 생명보다 동물의 권리가 더 중요한 걸까?

"또 와 줄 거니? 이제 그 사람이 없는데도?"

샐리 아줌마가 물었다.

"어쩌면요."

길이 대답했다.

샐리 아줌마는 주드 형과의 연결 고리였고, 길은 그 고리를 놓치고 싶지 않았다. 주드 형이 진짜로 보고 싶었다. 매사를 명확하고 간단하게 처리하는 형만의 방식이 그리웠다.

길은 타는 듯한 햇볕이 내리쬐는 거리 한복판에 서 있었다. 건물의 한쪽 벽은 빛나는 거리 쪽에 있었고, 다른 쪽 벽은 까만 그림자 속에 있었다. 빛과 그림자를 정확히 반으로 가르는 선이 보였다. 주드 형은 길이 어느 쪽에 속해야 하는지를 깨닫게 해 주었다. 이윽고 태양이 사라지고 구름이 몰려오자, 거리는 회색빛 그림자로 뒤덮였다. 이제는 그 어떤 것도 확실하다고 단정지을 수 없었다.

길은 토요일에 루이스와 함께 스케이트를 타러 갔다. 링크로 내려가는 계단의 꼭대기에 다다랐을 때, 아주 잠깐이었지만 꼼짝도 할 수가 없었다. 지난번에 여기 왔을 때가 생생하게 떠올랐다. 주드 형을 위해 아빠의 열쇠를 훔쳤던 날이었다. 길은 아래로 한없이 추락하는 듯한 기분이 들었다. 균형을 잡으려고 난간을 붙잡았다. 그때 앞장서 가던 루이스가 계단을 다시 올라와 물었다.

"괜찮아?"

"어. 그냥 좀, 시끄러워서……."

"그래, 시끄러워서 머리가 멍해질 때가 있어. 가자, 링크에 가면 괜찮아질 거야."

길은 스케이트화를 신고 루이스의 뒤를 따랐다. 스케이트를 왜 그렇게 좋아했는지 기억이 났다. 스케이트를 타는 동안에는 사람들 한가운데에 있으면서도 완전히 혼자만의 세계에 몰입할 수 있었다. 길은 능숙하게 링크장 여기저기를 누비면서, 몸에 있는 100조 개의 세포가 한데 뭉쳐 움직이는 모습을 상상해 보았다. 세포들은 서로 수백만 개의 정보를 주고받으면서 화학 물질을 만들고 연료를 태우고 있었다. 그렇게 해서 길이 제대로 서 있기조차 힘들 정도로 미끄러운 곳에서 얇은 날 위에 올라타 균형을 잡으며 스케이트를 탈 수 있게 해 주는 것이다. 그러나 각각의 세포는 약하디약하고 일회용인 데다 혼자서는 살아남을 수가 없었다. 이건 기적이었다. 아빠 말마따나 길은 기적인 것이다.

길은 속도를 내어 스케이트를 타면서 자신의 출생을 생각했다. 고작 세포 여덟 개로 이루어진 덩어리였던 순간부터 엄마 아빠는 길을 사랑했다. 길은 자신이 언제부터 자기 자신이었는지 궁금해졌다. 그 병이 유전되었는지 검사를 했던 배아 때부터가 길이었던 걸까? 그게 아니면 언제부터 길이 되었던 것일까? 시간이 지나면서 차츰 길이 되어 간 것인지, 아니면 '길'과 '길 아님'을 나누는 선을 넘는 특정한 시기가 있었던 것일까? 사람들이 난자와 정자가 만나서 수정이 된 순간부터 하나의 생명체로 인정을 하는 것이 이제는 이해가 되었다.

자신이 어떻게 태어났는지 알게 되자, 뭔가 특별해진 느낌이 들었다. 그러면서도 마음 한켠에서는 버려진 듯한 기분이 들기도 했다. 자신은 돌연변이 괴물이 아니라고 수없이 되뇌었지만, 이상한 감정이 스며드는 것은 어쩔 수가 없었다. 길의 유전자는 조작이나 이식과는 무관했다. 그저 병이 있는지 검사를 받았고, 병이 없기에 선택을 받았다. 그래도 여전히 주드 형이 말했던, 생선과 섞인 딸기와 자신이 사촌쯤 되는 게 아닌가 싶기는 했다.

왼손의 상처는 차츰 나아 갔다. 무시무시해 보이던 딱지는 점차 작아지더니 이내 떨어져 나갔고, 그 자리에는 옅은 보라색 선만 남았다. 루이스는 길의 상처에 강한 인상을 받은 듯이 호들갑을 떨었다.

"우아, 징그럽다! 어떻게 하다 그랬어?"

"유리에 베었어."

"맙소사, 제대로 끔찍하네."

루이스와의 관계는 거의 예전으로 돌아갔다. 길에게 당한 게 있어서 그런지 가끔씩 루이스가 경계하는 눈치일 때도 있었다. 하지만 길은 루이스를 탓할 수가 없었다. 루이스는 길을 있는 그대로 받아들여 주는 유일한 친구이니까. 루이스는 길이 생각에 빠져서 멍하니 허공을 바라보고 있거나 자신의 말을 하나도 듣지 않고 있어도, 그러려니 하고 내버려 두었다.

길은 주드 형이 연구소에서 데려간 동물들을 어떻게 했는지 궁금했다. 림프종이 있는 누드 쥐와 병이 있던 다른 동물들이 특히나 더 걱정이 되었다. 가끔은 너른 들판에서 토끼와 쥐가 행복하게 뛰노는 상상을 하기도 했다.

"자유란다, 얘들아!"

주드 형의 목소리가 들렸다.

하지만 그것은 환상일 뿐이었다. 실험실에 있는 동물들은 애완동물처럼 길들여진 상태였다. 건강한 녀석들이라 해도 야생에서 살아남지는 못할 터였다. 기껏해야 하룻밤도 못 넘겼을 것이다.

길은 엄마 생각도 했다. 엄마는 늘 똑같아 보였다. 그러나 길은 이제 엄마를 조금 더 면밀하게 관찰했다. 심각할지도 모르는 변화의 기미가 조금이라도 있는지 살피면서. 아빠가 엄마를 그런 식으로 주의 깊게 관찰하는 걸 보는 게 늘 마음에 안 들었는데, 이제는 길이 그러고 있었다.

길은 여전히 고기를 먹지 않았다. 채식주의자로 남기로 한 정확한 이유는 길 자신도 몰랐다. 일종의 거래일지도 몰랐다. 길은 주드 형이 아빠의 실험용 쥐를 풀어 주는 것을 막았다. 그러니 더는 고기를 먹지 않는 것으로 보답해야 할 것만 같았다. 논리적이지는 않아도 그렇게 하는 게 마음이 편했다.

아빠는 길의 결정을 받아들였다. 하룻밤 사이에 부자 간의 다툼이 사라졌다. 두 사람은 서로를 피하지는 않았지만 약간의 거리를 두었다. 숙제나 저녁 식사, 스포츠 경기같이 사소한 일에 대해서만 대화를 나누었다. 연구소, 엄마, 주드 형, 그 외에도 길의 머릿속을 꽉 채우고 있는 다른 이야기는 일절 나누지 않았다. 그러나 생각보다 속이 후련하지는 않았다. 지난 몇 달 동안 길은 아빠가 자신을 그만 좀 건드렸으면 했는데, 지금은 우습게도 아빠와 다투던 때가 그리웠다.

어느 날 저녁, 길이 방에서 숙제를 하고 있을 때 아빠가 방문을 두드렸다.

"바쁘니?"

길은 놀라서 고개를 번쩍 들었다.

"아뇨, 거의 끝냈어요."

"들어가도 되니?"

"네."

아빠는 방으로 들어와 침대 끄트머리에 걸터앉아서 잠시 머뭇거렸다. 길은 아빠가 원하는 게 뭔지 궁금했지만 일부러 묻지 않았다. 그저 침묵이 어색해서 공책을 만지작거리며 아빠의 말을 기다렸다.

"손은 좀 어떻니?"

"손이요?"

길은 상처를 내려다보았다. 보일락 말락 하게 희미한 선만 남아 있었다.

"다 나았어요."

"어디 좀 보자."

길이 손을 내밀자 아빠가 손목을 살짝 잡고는 상처를 살폈다.

"엄마의 유전병 검사 말이야. 이번 주말에 할까 싶어."

아빠는 여전히 길의 손에 시선을 고정하고 있었다.

길은 기분이 이상했다. 아빠가 자신의 손을 잡고 있다니.

"너도 같이 갔으면 좋겠다. 너만 괜찮다면 말이야."

"네, 괜찮아요. 같이 가고 싶어요."

"네가 엄마의 검사를 좀 도와줬으면 좋겠구나."

아빠가 손끝으로 길의 손에 난 상처를 부드럽게 두드리며 말했다.

"네, 저도 도울게요."

길은 엄마의 유전병 검사에 대해 깊이 생각하고 싶지 않았지만, 이제는 그것을 직시해야만 한다는 것을 깨달았다.

"그렇지만 제가 도움이 될지는 모르겠어요."

"도움이 되고말고. 나는 너를 믿는단다."

아빠가 길의 손을 꼭 쥐었다가 놓고는 침대에서 일어섰다.

토요일 아침, 길은 엄마 아빠와 함께 연구소에 갔다. 세 번째 방문이었다. 이번에는 엄마 아빠와 함께였다. 길은 실험용 쥐가 있던 방에서 무엇을 하게 될지 상상해 보았다. 아빠는 엄마 입안의 상피 세포를 샘플로 채취하거나, 아니면 팔에서 채혈을 할 것이다. 그런 다음에는 길에게 유전자를 분리하여 그 유전병을 일으키는 IT-15 유전자 수십억 개를 복사하는 과정을 보여 줄 것이다. 아빠 말로는 세 가지 물질로 구성된 단순한 유전자로, 특정 단백질을 만드는 법을 세포에게 알려 준다고 했다. 하지만 유전자가 이 과정을 여러 차례 반복하면, 커다랗고 끈적끈적한 벌레같이 긴 단백질을 만들게 된단다. 그리고 이것이 몇 년 동안 거듭되면 뇌세포는 그 찐득찐득한 단백질로 마구 엉켜서, 결국 외할머니처럼 몸과 정신을 제어할 수 없게 된다는 것이다.

결과가 좋을지 나쁠지는 아직 알 수 없었다. 세 사람은 조용히 복도를 지나 밝은 빛이 가득한 방으로 들어갔다. 길은 이곳에 처음 왔을 때와 두 번째 왔을 때의 자신을 되돌아보았다. 결과가 나쁠 경우에 어떻게 해야 할지는 아직 알 수가 없었다. 확실한 것은 예전의 자신이었다면 결코 이번 일을 극복할 수 없었으리라는 것이었다.

흐릿했던 것들이 보다 선명해졌다. 길은 많은 것들을 분명히 알게 되었다. 엄마 아빠가 무엇으로부터 길을 보호하려 했는지, 그 이유를 정확하게 알았다. 또 자신이 무엇 때문에 그렇게 화가 났는지도 알았다. 자신이 잘못한 것이 무엇인지 알았고, 아빠가 괴물이 아닐뿐더러 동물을 고문하는 사람이 아니라는 것을 알았다. 진실이란 어느 쪽에서 있는지에 따라 달리 보인다는 것을, 때로는 옳고 그름이 불분명할 수도 있다는 것을 알았다. 그리고 자기 자신과 다른 이에게 너무나 큰 상처를 입혀서 모든 것이 끝난 것 같을지라도, 굳건하게 버티며 상처를 치유하여 앞으로 계속 나아갈 가능성이 있다는 것을 알았다.

마침내 세 식구는 문 앞에 다다랐다. 아빠는 길을 쳐다보았고, 엄마는 애써 미소를 지었다. 길은 이제 어떤 일이 닥치더라도 피하지 않고 정면으로 부딪쳐 볼 생각이었다. 손잡이를 비틀어 문을 열었다. 눈이 부실 정도로 환한 빛이 쏟아졌다.

50 대 50

첫판 1쇄 펴낸날 2015년 2월 16일
19쇄 펴낸날 2024년 11월 11일

지은이 S. L. 파월 **옮긴이** 홍지연
펴낸이 박창희
편집 홍다휘 백다혜 **디자인** 배한재
마케팅 박진호 **홍보** 김인진 **회계** 양여진 김주연

펴낸곳 (주)라임
출판등록 2013년 8월 8일 제2013-000091호
주소 경기도 파주시 심학산로 10, 우편번호 10881
전화 031) 955-9020, 9021 **팩스** 031) 955-9022
이메일 lime@limebook.co.kr **인스타그램** @lime_pub
홈페이지 www.prunsoop.co.kr

ISBN 979-11-85871-13-4 44840
979-11-951893-0-4 (세트)